Variationen der Wahrheit
oder
Von Liebe, Käse und anderen Dingen

Ursula Sternberg

Variationen der Wahrheit
oder
Von Liebe, Käse und anderen Dingen

Kriminalroman

Bibliografische Information der Deutschen Nationalbibliothek:
Die Deutsche Nationalbibliothek verzeichnet diese Publikation in der
Deutschen Nationalbibliografie; detaillierte bibliografische Daten sind
im Internet über http://dnb.dnb.de abrufbar.

Lektorat der Originalausgabe 2007: Ulli Langenbrinck
Umschlagmotiv: canva.com\ Cheese knife in cheese.jpg
Umschlaggestaltung: Ursula Sternberg
Verlag: BoD · Books on Demand GmbH, In de Tarpen 42,
22848 Norderstedt, bod@bod.de
Druck: Libri Plureos GmbH, Friedensallee 273,
22763 Hamburg

ISBN: 978-3-7693-9893-9

Für Andreas

Ohne dich, deine Ideen und deine Unterstützung am Anfang hätte ich dieses Buch nie geschrieben.

Harald Schreiber liebt Frauen, Geld und Anzüge. Von Käse hat er keine Ahnung, von Gesetzen umso mehr. Wegen eines dieser Dinge verliert er sein Leben.

Renate Schreiber hat die Liebe neu entdeckt und findet Geld nicht wichtig, solange es vorhanden ist. Käse ist für sie kein Thema.

Anna Mandinsky hat Angst vor der Liebe und liebt ihre Ruhe. Käse mag sie in allen Variationen.

Wolfgang Ackermann liebt im Verborgenen und verliert seinen Job. Auch ihm ist Käse ziemlich egal.

Marcel Fouchard macht sich um Liebe keine Gedanken und stolpert hinein. Er macht den Käse, den andere lieben.

Frauke Burger weiß einiges von der Liebe und noch mehr von der Freundin. Natürlich isst sie Käse, aber auch eine ganze Menge mehr.

Hugo Rouvillion liebt den Käse und kann sich an die Liebe nicht mehr erinnern.

Commissaire Geouffre liebt nicht einmal sich selbst und hasst seinen Job. Welchen Käse man ihm auftischt, sollte man sich besser genau überlegen.

Den heftigen Schlag registrierte er eher durch das damit verbundene hässliche Geräusch, als dass er ihn spürte. Von der Wucht des Hiebes wurde Harald nach vorn geschleudert, knallte hart auf die Knie und spürte den Stoff seiner Hose reißen. Auf den Handballen schlidderte er über das Kopfsteinpflaster, kleine Steinchen bohrten sich unter die nachgebende Haut.

Oh Gott, verdammt... Instinktiv versuchte er sich hoch zu rappeln, wobei ihn der Schmerz verzögert, dafür aber umso intensiver erreichte. Blitzartig breitete er sich vom Schädel bis tief in den Rücken hinunter aus. Ihm wurde übel. Etwas Warmes rann über sein Gesicht, verschleierte seine Augen, vermischte sich mit Tränen. Ich sehe ... ich kann ... ich kann nicht mehr sehen ... Panisch krabbelte er auf allen Vieren, wahllos eine Richtung einschlagend, bloß weg, weg! Der zweite Schlag traf ihn am Hinterkopf. Nun spürte er nichts mehr.

Anna war völlig überdreht. Die Bilder des Nachmittags hafteten hartnäckig in ihrem Kopf. Sie purzelten durcheinander in unzusammenhängenden Sequenzen.

Müde und durchgefroren wie sie mittlerweile war, wollte sie jetzt nur noch schnell in ihr Zimmer. Sie hielt Ausschau nach einem Straßenschild. Im Schein einer Laterne nahm sie den Kampf mit den Falten des Straßburger Stadtplanes auf. Natürlich war die kleine Straße, die in den Platz nahe von ihrem Hotel mündete, mitten im Knick.

In der schmalen Gasse beschleunige Anna ihren Schritt. Verdammt dunkel hier, dachte sie und konzentrierte sich auf das schwache Licht, das ihr das Ende der Gasse ankündigte. Da, vor ihr auf dem Weg ... was zum Teufel war das? Scharf sog Anna die Luft ein und ließ sich in die Hocke nieder.

„Kann ich Ihnen helfen?" Vorsichtig berührte sie den Mann an der Schulter. Er bewegte sich nicht. Seine Arme waren irgendwo unter dem Körper begraben. Mit einiger Überwindung tastete sie an seinem Hals nach dem Puls und packte hinein in zähflüssige Feuchtigkeit.

Hastig zog sie die Hand zurück. Es klebte. Ein eigenartiger Geruch ließ ihre Magensäfte katapultartig in die Höhe schnellen. Sie fing an zu würgen, würgte weiter, übergab sich, konnte gar nicht mehr aufhören, bis die Kontraktionen des Magens nur noch bittere Galle aufs Pflaster beförderten.

Schließlich taumelte sie benommen zum nächsten Hauseingang. „Vite, vite!" Heftig trommelte sie an die nächstgelegene Tür und knallte immer wieder mit der Hand auf sämtliche Klingelknöpfe.

Missmutig betrachtete der Commissaire die Szenerie. Grelles Licht fiel jetzt auf den leblosen Körper. Die Leiche lag schräg auf dem Bauch, eine klebrige dunkle Spur breitete sich vom Kopf aus und verlor sich zwischen dem Kopfsteinpflaster. Der Schädel eingeschlagen. Schöne Sauerei. Widerwillig streifte er sich ein Paar Gummihandschuhe über und hockte sich vor die Leiche. „Wer hat denn hier so rumgekotzt, pfui Teufel!"

„Das war ich." Schüchtern löste sich Anna von der Hauswand.

„Bleiben Sie bloß weg hier. Sie können am Wagen warten, wenn Sie mir was zu sagen haben!" Mit spitzen Fingern griff Geouffre in den Mantel hinein, fand die Brieftasche und studierte die darin enthaltenen Papiere. Harald Schreiber. Deutscher. Bonn. Bundeshauptstadt. Ach nein, das ist ja jetzt Berlin. Drei Fotos, zweimal Kind, einmal Frau. Ein Haufen Karten. Visa. Euro Gold. EC. Master. Golden American Express. Platin. ADAC. Versicherung. Führerschein. Fahrzeugbrief für ein Mercedes Sportcoupé. Kleiner Flitzer, schweineteuer.

„Hallo, was haben wir denn hier." Leise pfiff Geouffre durch die Zähne. Ein EU-Kommissar. So ein Mist! Das riecht nach Überstunden, nach langen Nächten und einem ewig nörgelnden Chef. Und nach Einmischung durch die deutschen Behörden. Sauerkrautfresser. Merde!

Neben ihm ließ sich die Gerichtsmedizinerin in die Hocke nieder. Aufmerksam begann sie zu schnüffeln. „Irgendwas riecht hier seltsam", stellte sie schließlich fest.

„Ich rieche nichts", sagte Geouffre aggressiv. Ein dumpfes Grollen aus seinem Magen erinnerte ihn daran, dass er wie üblich nicht dazu gekommen war, vernünftig zu essen.

„Doch, es riecht streng hier", beharrte die Ärztin. Sie beugte sich noch dichter an den Toten heran. „Irgendwie nach Käse, nach einem dieser Stinkkäse, die immer so den Kühlschrank verpesten."

Hastig erhob sich Geouffre aus der unbequemen Position. Er wandte sich unauffällig beiseite, blies prüfend in die vorgehaltene Hand und schnupperte. Ein unangenehmes Gemisch von Latex und Hungermagen schlug ihm entgegen. Resigniert fischte er ein Pfefferminzdrops aus seiner Jackentasche. Ich bin doch Franzose, Herrgott noch mal! Immer dieses Fastfood. Von wegen französischer Lebensstil mit gemütlichen Mittagessen in kleinen Bistros ... verdammter Job! Und abends bekam er auch nichts Vernünftiges mehr auf den Tisch, seit Mathilde...

„Haben Sie das hier an der Wand gesehen, Commissaire?", unterbrach der Mann von der Spurensicherung seine Gedanken. „Es fällt erst mal nicht sehr auf, deshalb – aber es ist noch frisch. Obwohl, richtige Farbe scheint das nicht zu sein."

Missmutig sah Geouffre sich die Hauswand an. Die Schmiererei in dünnen, krakeligen Buchstaben an der Mauer war in der Tat leicht zu übersehen. *„La bureaucratie, elle tue nos fromageries!"*, buchstabierte er. „Die Bürokratie ruiniert unsere Käsereien." Ein frisch gesprühter Spruch über der frisch gemordeten Leiche eines Kommissars der Europäischen Union. Das kann ja heiter werden!

Anna saß immer noch auf diesem entsetzlichen Flur. Wartete. Irgendjemand hatte ihr einen Becher mit einer Flüssigkeit in die Hand gedrückt, an der sie sich die Zunge verbrannte. Die Plörre schmeckte bitter und erinnerte nur schwach an das, was man sonst Kaffee nennt. Müde versuchte Anna, auf dem orangefarbenen Hartschalensitz eine bequemere Position zu finden. Durch die nur angelehnte Tür drangen Gesprächsfetzen zu ihr. Irgendein unverständlicher Name wurde gesagt.

„...im *Hotel Regent Petite France*," verstand sie. „Allein ... erst heute Mittag angekommen ... nichts Auffälliges im Zimmer. Keine Anrufe ... Auto ... Tiefgarage des Hotels."

„Da waren wir ja mal richtig fleißig, was? Und so schnell! Wollen wir Karriere machen, Albert?" Der sarkastische Ton von Commissaire Geouffre war sehr viel deutlicher zu verstehen als das leise Gestammel seines Mitarbeiters.

„Unsere lieben Kollegen sind nun hoffentlich endlich alle hier eingetrudelt von ihren samstäglichen Vergnügungen. Hocherfreut und deshalb hochmotiviert, versteht sich. Trommeln Sie sie im Besprechungszimmer zusammen."

Käse! Kleine Meisterwerke, deren Rezepturen auf jahrhundertealter Kenntnis und Tradition basieren. Köstlichkeiten in zarten Farbtönungen, sich oft hinter unappetitlichem Äußeren und noch unappetitlicherem Geruch verbergend. Geronnene Milch, verschimmelte, angegammelte Substanzen.

Wie verzweifelt hungrig musste ein Mensch sein, um da freiwillig hineinzubeißen. Es zu schlucken, dieses alte, schimmelige, mit einer frischkäseähnlichen Substanz überzogene Butterbrot, das der Legende nach eine Woche in einer Höhle gelegen hatte. In dieser Zeit an diesem feuchten Ort hatte sich mit der Butter jene biochemische Reaktion vollzogen, die schließlich als Camembert in die Geschichte der Esskultur einging.

Taugte das als Einleitung für einen Artikel über französische Käse? Anna konnte sich nicht entscheiden. Wieder und wieder las sie die Zeilen durch, veränderte hier ein Wort, dort die Satzreihenfolge. Wie üblich zu Beginn einer Arbeit lähmte sie dieser fatale Wunsch nach Perfektion. Immer war das so bei neuen Artikeln. Führst dich auf, als ginge es um den Pulitzerpreis. Blöde Akribie, Mandinsky! Mach voran. Überarbeiten kannst du das später noch. Endlich raffte sie sich auf und schrieb weiter:

Über 370 verschiedene Käsesorten werden mittlerweile in Frankreich hergestellt, wobei nur die bekannteren Sorten gezählt wurden. Rechnet man die vielen bäuerlichen, noch manuell gefertigten Produkte als eigenständige Sor-

ten, ohne sie einer der großen Gattungen zuzuordnen, ist die Zahl um ein Vielfaches größer.

Die französischen Käse lassen sich zunächst unterteilen in die groben Kategorien Frischkäse, Ziegenkäse, Weißschimmelkäse, Rotschimmelkäse, Blauschimmelkäse, Schnittkäse sowie Hartkäse.

Frischkäse
Neben den Produkten, die auf Quark basieren, gibt es eine Fülle von handwerklich hergestellten Spezialitäten, die so jung verzehrt werden, dass sich noch keine Rinde bilden konnte. Die Farbe ist weiß wie bei allen jungen Käsen, die Konsistenz von locker körnig bis cremig wird durch den Fettgehalt bestimmt, der zwischen 45 % und 75 % i.Tr. liegen kann. Die Frischkäse werden aus Ziegen-, Schaf- und Kuhmilch hergestellt und häufig mit Gewürzen, Kräutern, gehacktem Knoblauch oder Zwiebeln, aber auch mit Honig, Zucker oder Marmelade angereichert.

„Der Gesetzesentwurf wird der Europäischen Kommission am 07. Oktober zur Abstimmung vorgelegt." Harald Schreiber schaltete das Diktiergerät ab und seufzte. Er griff zum Telefon. „Frau Brammes, ich habe hier noch was für Sie, wenn Sie das bitte heute noch fertig machen könnten, es ist dringend."

Er lehnte sich zurück und starrte aus dem Fenster, in Gedanken schon weit weg von der morgigen Sitzung der Europäischen Kommission, der er in seiner Funktion als Kommissar beiwohnen würde. Wie leicht ließen sich doch in vermeintlich neutralen Vorschriften Vorteile für die deutsche Lebensmittelindustrie unterbringen, dachte er zufrieden. Und sein eigener Vorteil war dabei nicht zu kurz gekommen...

Das müsste eigentlich gefeiert werden. Jetzt mit Renate die Stadt unsicher machen, so wie früher.

Konzert, Oper oder einfach nur eine dieser gemütlichen Brüsseler Kneipen. Um seinen Mund legte sich ein bitterer Zug. Gesundheitlich nicht auf der Höhe, das hatte sie so lange erzählt, bis er nicht mehr gefragt hatte. Dumme Gans! So einen Krach zu veranstalten. Obwohl – gestört hatte es ihn ja erst mal nicht. Unwillkürlich musste er lächeln.

In seinen Gedanken wurde er durch Frau Brammes unterbrochen, die den Raum mit dem Diktiergerät genauso unauffällig wieder verließ, wie sie ihn betreten hatte. Gleichgültig sah Harald ihr hinterher. Ganz schön fetter Arsch. Und ohnehin viel zu alt. Aber deswegen hatte er sie ja schließlich eingestellt. Gedankenverloren strich er gegen die Borsten seines kurz gehaltenen Schnauzers.

Ein paar Minuten später registrierte er leicht verwundert, dass er schon wieder an Renate dachte. Er hatte erwartet, es würde sich von selbst einrenken. Aber nein! Es war bei diesem einen kühlen, distinguierten Wortduell geblieben. Und eingerenkt hatte sich gar nichts. Trist starrte er auf die eingerahmte Feininger -Reproduktion an der Wand. Vielleicht hätte er ja doch noch mal mit ihr reden sollen.

Schön, wenn sie jetzt hier wäre. Er seufzte. Unglaublich hübsch in letzter Zeit, richtig aufgeblüht, wirklich erstaunlich. Allerdings hätte sie ihn vorher fragen sollen, ob sie sich die Haare kurz schneiden lassen darf. Wirklich schockierend, alles ab, die ganze Pracht. Aber sie sieht jünger damit aus, knabenhaft, attraktiv. Ein Grinsen zog über sein Gesicht. Sie hatte sich schön gemacht für ihn. Seine Kleine! Er musste sich einfach wieder mehr um sie kümmern, sie mitnehmen, keine Widerrede dulden.

Sacht strich Marcel Fouchard über die verwitterten Kanten seiner Bank. Dunkel war sie, die Bank, aus hartem Holz gesägt und geschnitzt. Jede Pore ihrer rissigen Oberfläche schien eine Geschichte zu erzählen. Man musste sich nur die Mühe machen und zuhören, und schon erschienen sie, die Reihen von Hinterteilen, die sich über Jahrzehnte auf dieser Fläche breit gemacht hatten. Gehüllt waren sie in die unterschiedlichsten Stoffe. Leder. Samt. Leinen. Baumwolle. Jeans. Windeln. Dicke Hinterteile, ausladend wie Pferdebacken, hungrige Gestalten, durch die die Sitzbeine stakten, sanft geschwungene, birnenförmige Rundungen mit matt schimmernder Haut, hängende, faltige Altershintern, schwielige Reitergesäße, seufzende, furzende, sehnsüchtige Ärsche und solche, zu müde, um Sehnsucht zu haben. Die warme Spätsommersonne schmeichelte sich in seine träge dahinplätschernden Gedanken, trieb die Vielzahl dieser Bilder vor sich her und waberte wie etwas zu dünn geratener Kartoffelbrei durch die Winkel seiner Gehirnwindungen. Schließlich trieb er den letzten Po, den runden, weichhäutigen, einladend sanft geschwungenen, in eine kleine Gehirnzelle, sperrte ihn dort ein und öffnete die Lider.

Das helle Licht trieb ihm die Tränen in die Augen, so dass er den See zunächst nur verschwommen wahrnahm, der sich südlich vor den bereits in schattige Graufärbung gehüllten Bergen der Vogesen erstreckte. Er liebte diese Aussicht, kam in ihr zur Ruhe. Jeden Nachmittag freute er sich aufs Neue an diesem Blick. Das, genau das war es, was er gesucht hatte, als er sich vor zwei Jahren hier niedergelassen hatte. Jawohl! Er, Marcel Fouchard, hatte dem ganzen Mist den Rücken gekehrt und war einfach gegangen.

Das Stadtleben vermisste er nicht. Hektik, Lärm, Gestank und viel zu viele Menschen auf einem Haufen. Glänzende Schaufenster, sülzende Frauenstimmen 'Bitte berücksichtigen Sie auch unsere Sonderfläche im ersten Stock'. Obdachlose, die im Februar auf ihren ausgebreiteten Zeitungen auf dem Pflaster erfroren. Nicht eine Träne hatte er diesem Leben bisher nachgeweint.

Auch nicht seiner Arbeit. Konkurrenz, Ellenbogen, Schleimerei. Und diese permanente Borniertheit auf diese bescheuerten Karren! 'Design' nannte sich das. Ein Auto ist und bleibt ein Auto. Ein Mittel, um von Punkt A nach Punkt B zu kommen. Funktional und technisch sicher, so weit so gut. Aber mehr eben auch nicht. Landeten sowieso auf Halde, die Kisten. Weil es nämlich viel zu viele davon gab, letztendlich. Schickere, modernere, schnellere. Noch schnellere, schickere, modernere. Produktion für die Halde, nicht billig genug und deshalb nicht zu gebrauchen. Zu gebrauchen natürlich, aber eher wurde das Zeug verschrottet als verschenkt. Ebenso wie Butter. Oder Obst. Oder Kaffee. Oder... Auf jeden Fall kein guter Grund, dauernd diese irrsinnigen Zwölf-Stunden-Schichten zu schieben. Es taugte bestenfalls zum Kohle machen und dabei Nerven zu lassen. Und noch mehr Nerven zu lassen. Und ein Nervenbündel zu werden.

Und dann seine Frau. Warf ein paar Klumpen Lehm auf eine Leinwand und träufelte Menstruationsblut darüber. Oder machte Reliefs aus blutigen Tampons und eingetrockneten Monatsbinden. Mutter Erde nannte sie diese unappetitlichen Absurditäten, oder Die Notwendigkeit der Befreiung, oder Female revolution. Und so was nannte sie politische Aktion!

Ob sie sich damit von ihm, vom Tampon oder von der Menstruation befreien wollte, war ihm nie so ganz klar geworden. Er hatte auch keine Lust, das zu verstehen. Vollkommen abgedreht, das Weib, mittlerweile. Früher war sie ganz vernünftig gewesen.

Anna langweilte und ärgerte sich gleichermaßen. Diese Typen! Wo kam bloß immer dieser Profilierungsdrang her? In der letzten Stunde hatte dieser hier ihr ununterbrochen mit Anekdoten aus seinem Büro- und sonstigem Leben zu verstehen gegeben, was für ein wichtiger und interessanter Mann er doch war. Nun hatte sie das Wort.

„Grundstoff bei der Käseherstellung ist das Milcheiweiß, Fachbegriff Kasein. Durch bakterielle Milchsäuerung bei Sauermilchkäse oder mit Hilfe von Lab bei Süßmilchkäse wird dieses Kasein ausgeschieden. Spezielle Zusätze, Verfahren, Reifungsgrade bestimmen den Charakter des Endproduktes." Anna leierte die Worte mehr, als dass sie sie sprach.

Sein Blick bettelte um Erlösung.

Klar. Das Thema interessiert dich nicht die Bohne. Aber selbst dran schuld, warum fragst du auch so blöd. Trocken fuhr Anna fort: „Zu den den meisten deutschen Bürgern bekannten Sauermilchkäsen gehören solche Schaurigkeiten wie Harzer, Limburger, Korbkäse oder Kochkäse." Bedauernd dachte sie an ihren gemütlichen Bademantel, das blaue Sofa und einen unterhaltsamen Schmöker.

„Das ist wirklich sehr beeindruckend, was du alles darüber weißt." Er versuchte, ihr tief in die Augen zu blicken, während seine Linke ihr Knie berührte.

Sie zog es beiseite. Wie gönnerhaft. Natürlich weiß ich Bescheid, ist ja schließlich mein Job!

Gnadenlos fuhr sie mit ihrem Monolog fort: „Eines größeren Beliebtheitsgrades erfreuen sich Süßmilchkäse, die am besten so jung sind, dass sie nach gar nichts schmecken. Ich meine hiermit Gouda, Edamer, Tilsiter und absolut schnittfesten Brie." Gut sah er ja aus, ein Don-Johnson-Verschnitt mit verwegenem Schopf, der ihm in die Stirn fiel, und draufgängerischem Blick. Sie gähnte ausgiebig. Reicht nicht. Reicht überhaupt nicht. Diese unerfreuliche Selbsteinschätzung. Blödes Katergepinkel!

„Anna, lass uns doch irgendwo noch gemütlich was trinken gehen!" Flüchtig drückte sein Knie gegen ihres.

„Ich bin noch nicht fertig", erwiderte Anna streng. „Zum ausgefeilten Käsegeschmack gehört natürlich der Genuss von Emmentaler oder einem reiferen Camembert." Mit ironischem Glitzern in den Augen sah sie ihn an. „Ich vermute, du mit deiner weltmännischen Erfahrung hast diesen ausgefeilten Geschmack. Das habe ich mir gleich gesagt, als ich dich gesehen habe: dieser Mann isst nicht Gouda, nein, er isst Camembert!" Ihr Ausdruck hatte jetzt etwas ausgesprochen Gehässiges. Aber jetzt wird die Balz abgekürzt. „Ich möchte nun wirklich gehen, ich muss morgen sehr früh raus." Sie winkte den Kellner heran.

„Halt, stopp, ich lade dich ein!" Eilfertig zückte er seine Brieftasche.

„Danke nein, ich zahle selber."

„Aber dafür, dass ich eine so aufregende Frau kennen lernen durfte, möchte ich gern ein kleines Dankeschön aussprechen", protestierte er lächelnd.

Ich und aufregend. Sonst noch was? Aber gut. Wenn du dein Geld unbedingt in eine aussichtslose Sache investieren möchtest ... Resigniert zuckte Anna mit den Schultern und stand auf.

Anna rannte die Treppen zu der kleinen Dachgeschosswohnung hinauf, wobei sie immer zwei Stufen auf einmal nahm. „Mach das nicht noch mal", drohte sie, als sie oben ankam.

Frauke ließ sie wortlos ein.

Wütend rauschte Anna ins Wohnzimmer. Die Arme angriffslustig vor sich verschränkt, baute sie sich vor dem üppigen Benjamin auf und legte los. „Fragst mich, ob ich Lust hätte, mit dir eine Kleinigkeit essen zu gehen, verschwindest dann mit einer fadenscheinigen Begründung und lässt mich mit diesem blasierten Affen da hängen? Ich finde Käse wahnsinnig aufregend ... blubb, blubb, blubb. Du tickst wohl nicht ganz richtig!"

„Jetzt mach mal halblang." Auch Frauke verschränkte die Arme vor ihrem schmalen Körper. „Es ist ein Bekannter von Rainer. Wir dachten, du würdest ihn vielleicht mögen. Du übertreibst ein bisschen mit deinem igeligen Einsiedlerdasein, und deshalb..."

„Ist ja reizend", unterbrach Anna sie brüsk. „Da gluckt meine beste Freundin mit meinem Verflossenen zusammen und versucht, mich zu verkuppeln. Ich sehe schon die Annonce vor mir ´Suche lieben Mann für Ex-Geliebte, damit ich sie in guten Händen weiß´. Wirklich rührend."

Störrisch reckte Frauke ihr Kinn nach vorn. „Wir machen uns Sorgen um dich, verdammt noch mal. Merkst du eigentlich nicht, wie gereizt und unausgeglichen du in letzter Zeit bist?"

„Unausgeglichen? Auch das noch! Und deshalb diagnostizierst du, mir fehlt ein Mann. Klasse. Fragen Sie Frau Frauke! Du bist ja wohl nicht ganz gescheit. Treibst dich selber schon jahrelang zufrieden alleine in der Gegend herum und hetzt mir ausgerechnet so einen an den Hals. Ein bisschen besser solltest du mich eigentlich kennen. Ich bin stinksauer!"

„Okay, es war eine blöde Idee. Vergiss es. Wird nicht wieder vorkommen." Verlegen wuschelte sich Frauke durch das strubbelige Haar. „Aber wo wir nun mal gerade beim Thema sind – jetzt machen wir wirklich reinen Tisch. Ich treibe mich nicht mehr alleine in der Gegend herum. Ich habe mich mit Rainer zusammengetan."

Anna sah sie sprachlos an.

„Mach den Mund zu. Hat sich halt so ergeben. Wir wollten es dir nicht gleich auf die Nase binden, hätte ja auch schnell wieder vorbei sein können. Es ist aber richtig schön. So schön, dass wir tatsächlich zusammenziehen wollen. Und das ausgerechnet mir!" Unsicher lächelte sie Anna an. „Schlimm?"

Anna war immer noch entgeistert. Frauke ... mit Rainer zusammen getan... Diese Worte ergaben keinen Sinn, stoben als einzelne Begriffe durch ihr Hirn und fügten sich nur langsam zu einem verständlichen Inhalt zusammen. Schließlich fing sie leise an zu kichern. „Du und Rainer? Das ist zu komisch!"

„Haha, ich lache mich tot."

Abrupt hörte Anna auf, zu lachen. „Verdammt! So war das doch nicht gemeint, wirklich nicht. He Kleine, komm." Sie nahm Frauke in die Arme und drückte sie fest. „Viel Glück, euch beiden! Vielleicht könnt ihr ja besser miteinander umgehen als wir damals."

Das Wasser, schmeichelnd warm, legte sich um den Körper als gewichtslose, nach Zedernholz duftende Hülle. Wohlig dehnte und streckte Marcel sich und lockerte die müden Muskeln. Aus dem Wohnraum drang in weichen Klängen Stan Getz' Tenorsaxophon in seine in der Wärme der Wasserdämpfe entspannten Sinne ein. Marcel formte ein bizarres Gebilde aus Badeschaum, pustete sachte hinein und beobachtete die leichten Fetzen, die träge durch die Luft trieben.

Als das Wasser kühler wurde, warf er dem Ungetüm von Boiler einen resignierten Blick zu. Wie gerne würde er jetzt heißes Wasser nachlaufen lassen und noch eine Weile vor sich hin dösen. Aber das Relikt aus den Zwanzigern wurde mit Kohle beheizt und brauchte eine Stunde, um das Wasser zu erhitzen. Ein Tank reichte gerade aus, die monströse Wanne zu füllen, die sich auf geschnörkelten Füßen von der schwarzgrauen Kachelung des Bodens erhob.

Marcel betrachtete seine verschrumpelten Finger. Er hievte sich aus der Wanne, trocknete sich ab und vollführte zu Girl from Ipanema ein paar herausfordernde Tanzschritte auf den Spiegel zu. „Na ja, ein kleines bisschen mollig bist du ja", sagte er kritisch zu seinem Spiegelbild. „Aber schon wesentlich besser als damals in Paris!" Freundlich tätschelte er seine rundliche Hüfte, grinste sich an und wackelte mit dem Hintern. Eingewickelt in einen kimonoähnlichen glänzenden Morgenmantel tanzte er zum Kühlschrank, holte sich ein Glas Weißwein und schaltete die Nachrichten ein.

„...gab es Protestmärsche im ganzen Land gegen die geplante Landwirtschaftsreform. Mehrere tausend Bauern haben die Zufahrtsstraßen nach Paris blockiert, indem sie ganze Wagenladungen faulen Obstes auf die Fahrbahn kippten." Marcel grinste.

Der Höhepunkt kam schnell und heftig. Ineinander verknäult blieben sie auf dem flauschigen, weichen Teppich liegen. Renate Schreiber dehnte sich wohlig, wodurch sich die feuchte Haut ihres Bauches mit einem schmatzenden Geräusch von seiner trennte.

Nie hätte sie geglaubt, dass Sex einmal eine so große Rolle für sie spielen würde, und schon gar nicht, dass er so viel Spaß machen könnte. Seit über einem Jahr ging das nun so. Sobald sie alleine waren, fingen sie an, sich anzufassen, zu streicheln und die Schichten von störenden Kleidern beiseite zu raffen. Sie sehnte sich nach diesen Begegnungen mit einer Heftigkeit, die sie selbst überraschte, sie begehrte ihn mit der ganzen Intensität von zwanzig verlorenen Jahren. Anfangs liebten sie sich auf unbequemen Autositzen, nassen, stacheligen Wiesen und in schäbigen Hotelzimmern. In dem kleinen Café mit den roten Plüschnischen, in dem sie sich oft trafen, streichelten sie sich unter dem Tisch, mit lächelndem, fest verschlossenem Mund jeden Laut unterdrückend und immer bereit, die Hände sofort zurückzuziehen, wenn die Bedienung vorbeikam. Später dann, nach einem halben Jahr, gestalteten sie es sich etwas komfortabler. Wenn Harald beruflich unterwegs war, genossen sie nun die Vertrautheit eines gemeinsamen Erwachens und ein gemeinsames Frühstück, als wären sie ein richtiges Paar.

„Babuschka", flüsterte Wolfgang ihr ins Ohr. „Kleines Mütterchen." Dabei strich er ihr ganz zart über die Lippen.

Sie biss zu.

„Autsch", rief Wolfgang.

Renate gab den Finger wieder frei. „Mütterchen! Du Frechdachs! Aber ich bin wirklich..."

„Ich weiß", unterbrach er sie. „Du bist sechseinhalb Jahre älter als ich, alle Leute lachen über uns und fragen sich, wie denn dieser junge, göttliche Adonis mit dem vollen Haarschopf" – er tätschelte seinen unverkennbaren Bierbauch und strich sich über die Halbglatze – „zu so einer faltigen, alten Vettel kommt."

Sie tastete nach dem erstbesten Gegenstand, den sie zwischen die Finger bekam. Lachend richtete sie sich auf und warf ihm voller Wucht ihren Schuh vor die Plauze.

„Wie rabiat!"

Renate lachte immer mehr, um die Augen breitete sich ein Netz von kleinen Fältchen aus.

Wolfgang rollte sich auf den Rücken und zog sie halb auf sich herauf. Mit beiden Händen griff er ihr ins kurz geschnittene Haar, in dem sich einige graue Strähnen breit machten, zog ihren Kopf zurück und sah ihr in die Augen. „Ich verzehre mich nach deinen Runzeln, Babuschka."

„Es scheint so, als würdest du nicht lügen." Renate schmunzelte und rollte sich vollends auf ihn. „Im Augenblick zumindest."

Müde schloss Anna die Tür zu ihrer Wohnung auf. Wie immer brannte die kleine Lampe in der Diele, denn sie hasste es, in eine dunkle Wohnung zu kommen. Sie streifte die halbhohen Pumps von den Füßen und ließ sie zusammen mit dem weichen Microfasermantel mitten in der Diele liegen. Auf ihrem üblichen Rundgang durch die Wohnung schaltete sie überall Licht an.

„Hallo Olli", sagte sie, als sie das vertraute Reißen und Knacken am alten Weidenkorb in der Diele hörte.

Er schritt langsam auf sie zu, maunzte einmal laut und begann mit seinem Ritual: Beine lang nach vorne dehnen, Schultern und Kopf zum Boden hin, dabei den ganzen Rücken nach hinten ziehen, den Hintern hoch in die Luft gereckt, den Schwanz als Verlängerung der Linie weit ausgefahren. Nun das rechte Bein noch ein Stückchen weiter nach vorne dehnen, die Krallen leicht in den Teppichboden schlagen, dasselbe mit dem linken Bein. Fertig. Ausgiebiges Gähnen, begrüßend um die Beine streichen, und mit zum Fragezeichen gebogenen Schwanz verschwand der Kater auffordern in der Küche.

Anna streifte Jeans und rotes T-Shirt ab, ließ die Unterhose als kleines Häufchen auf dem Schlafzimmerteppich zurück und stieg in den alten, ausgeleierten Pyjama.

Erneut strich ihr Olli um die Beine, um dann wieder demonstrativ in Richtung Küche zu verschwinden. Diesmal drehte er sich auf halber Strecke um und beobachtete, ob Anna ihm folgte. Er stieß eine Reihe von Maunzlauten der unterschiedlichsten Färbungen aus.

„Ja ja, ich komm ja schon", brummte sie und nahm den Plastikverschluss von der Dose. „Lecker, Krabentöpfchen! Puh, dass das Zeug so stinken muss!" Angewidert verzog sie das Gesicht.

Olli, der bis dahin aufgeregt auf der Stelle getrippelt hatte, roch einmal kurz daran und sah sie vorwurfsvoll an.

„Das habe ich heute Morgen frisch aufgemacht", verteidigte sich Anna. „So hungrig kannst du nicht sein, sonst würdest du es fressen, du Snob."

Mit einer Flasche trockenem Riesling-Sekt aus dem Kühlschrank ließ sie sich im Wohnzimmer auf ihrem kobaltblauen Sofa nieder. Sie entkorkte die Flasche und schenkte sich ein Glas ein. Aus der Küche kam lautes Schmatzen. „Na also, geht doch", rief sie. Mit angezogenen Beinen kuschelte sie sich in die Sofaecke.

„Prost Rainer", sie trank dem roten Sessel zu, „prost Frauke, lasst es euch gut gehen." Schnell stürzte sie den Sekt in sich hinein, schenkte nach und trank in großen Schlucken. Nachdenklich starrte sie auf den bunten Blumenstrauß auf dem Glastisch. Rainer und Frauke. Seltsam. Frauke und Rainer? Diesen Gedanken verfolgte sie mir einem weiteren Glas. Noch seltsamer. Erneut füllte sie auf. Die beiden zusammen im Bett? Übersteigt mein Vorstellungsvermögen. Hätte ich nie geglaubt. Wo ich die beiden doch so verdammt gut kenne.

„Prost, ihr Mistviecher!", sagte sie laut. „Ja, ich kenne euch. Ich kenne euch wirklich gut. Aber ihr, ihr kennt mich gar nicht. Überhaupt nicht. Hetzt mir diesen Typ da auf den Hals, diesen Schleimsack!" Sie schüttelte sich und griff erneut nach der Flasche. Die war fast leer. „Rennen denn nur solche Idioten herum?" Ganz leise fing sie an zu weinen. „Scheiße, nicht heulen", schimpfte sie und biss die Zähne zusammen. Aber jetzt ging es erst richtig los.

Der Kater sprang zu ihr auf die Couch und leckte ihre Hand.

„Ach Mist", schluchzte sie, während er es sich auf ihrem Schoß bequem machte. „Ich weiß überhaupt nicht, was los ist. Ich will doch gar nichts mehr von ihm." Sie heulte noch eine ganze Weile weiter.

Mit gespitzten Ohren sah Olli sie aufmerksam an. Als sie sich langsam beruhigte, begann er zu schnurren. Er boxte ihr den Kopf unters Kinn, sie legte den Arm um seinen schwarzen Wanst. Der Kater schien zu seufzen, als er sein ganzes Gewicht in ihre Armbeuge rutschen ließ.

Auch Anna seufzte, kuschelte sich noch ein Stück tiefer ins Sofa und schlief erschöpft vom Weinen ein.

Der erste, wohlig entspannte Schlaf war vorbei. Ruhelos wälzte Renate sich von einer Seite auf die andere. Um Wolfgang nicht zu stören, stand sie schließlich auf, hüllte sich in ihren Mantel und sah aus dem Fenster.

Lichter der Großstadt, dachte sie und hatte plötzlich die Melodie von Chaplins *Limelight* im Ohr, unsagbar rührend und traurig. Die Stirn gegen das kühle Glas gepresst pfiff sie leise vor sich hin: Dadadidadi dadidadi ... Morgen würde Harald aus Brüssel zurückkommen ... dadadidadi, da di da da... Er würde ihr ausführlichst von den zwei Sitzungstagen der Europäischen Kommission berichten und seine eigenen Beiträge minutiös fast wörtlich zitieren. Renate fing an zu gähnen und spürte, wie die alte Müdigkeit sie wieder einzufangen drohte.

Nein! Sie löste sich von der Scheibe und straffte ihren Körper. Sie sah nun klar vor sich, was sie zu tun hatte.

„La bureaucratie, elle tue nos fromageries! HmHm."
Nachdenklich drückte Commissaire Geouffre den
linken Zeigefinger mit der rechten Hand so weit
nach hinten, bis es laut knackte. „Das waren doch
diese Bauerntölpel heute, die randaliert haben. Jemand soll sich mit der Bereitschaftspolizei in Verbindung setzen, Robert, ja!" Er ignorierte den knur-
renden Magen und befühlte seine lange Nase. „Versuchen Sie, etwas über die Demonstration herauszu-
bekommen. Wenn das wirklich damit zusammen-
hängt, können wir einen Heuhaufen durchsuchen!"
Prüfend sog er die Luft durch die Nase ein und registrierte den dumpfig unangenehmen Geruch, der
seinen Atem anfüllte wie von Bakterien durchsetztes
Fleisch in einem zu warmen Raum. Er griff zum Telefon. „Ich brauche etwas zu essen", knurrte er in
den Hörer. „Na, Gratin von Steinpilzen, Morcheln
und feinen Trüffeln an in Honig gebratenen Wach-
teln natürlich. Mon Dieu, es ist mir vollkommen egal,
was, nur bitte nicht schon wieder dieses Käseba-
guette!" Mit zornigem Blick bedachte er die Runde.
„Wer kümmert sich um die Frau, die die Leiche gefunden hat? Musste die so rumkotzen, die blöde
Gans? Anette! Ein bisschen weibliches Mitgefühl bitteschön, so von Frau zu Frau. Vielleicht hat sie ja
doch etwas bemerkt. Gehen Sie das Ganze noch mal
mit ihr durch, und dann bringen Sie sie nach Hause.
Morgen will ich sie selber sprechen. Nein, ich weiß
noch nicht, wann wir hier so weit sind. Sie soll sich

bereithalten. Ein bisschen merkwürdig ist das schon, Deutsche findet Deutschen in Straßburg, tot..."

Er begann, sich die Schläfen zu massieren.

Es war spät und alle waren müde. Im Raum war es still, denn jeder duckte sich gewissermaßen, um ja nicht um diese späte Stunde mit einer unliebsamen Aufgabe bedacht zu werden.

„Olivier, Sie setzen sich mit den Herren Kollegen in Bonn in Verbindung. Die sollen alles zusammenstellen, was sie über den Toten haben. Und über die Frau auch, die glückliche Finderin. Schaffen Sie mir morgen früh die Mieze vom Rechenzentrum ran, wir brauchen eine Verbindung nach Bonn. Besprechen Sie das mit den Fritzen in Bonn, ja. Aber Fingerspitzengefühl, bitte!" Mit zusammengezogenen Brauen starrte er Olivier an, um dann jedem der übrigen Anwesenden die gleiche Drohung zu übermitteln. „Das gilt für alle, die an diesem verdammten Fall arbeiten, ist das klar! Der Mann ist Politiker, und wir müssen die Sauerkrautfresser bei Laune halten. Ich selbst nehme mit der Europäischen Kommission Kontakt auf. Das wird jetzt am Wochenende vermutlich nicht einfach sein. Aber zunächst werde ich mit unserem Chef sprechen müssen. Es ist ohnehin fraglich, ob da nicht unsere lieben Freunde von der Sécurité eingeschaltet werden. Also noch mal: Fingerspitzengefühl! Haltet euch gefälligst dran."

Gereizt nahm er das Päckchen in Empfang, das seine Sekretärin ihm brachte. „Oh, danke, Mademoiselle! Sie wissen doch wirklich, was gut für mich ist."

„Es gab nur das", lautete gleichgültig die Antwort.

Mit spitzen Fingern zog er ein schwabbeliges Baguette aus seiner Cellophanumhüllung. Zwischen den Hälften lappten welker Salat und blässlich trockener Bonbel armselig hervor. „Mein Gott!", murmelte Geouffre und biss hinein.

„Welch liebliches Antlitz", knurrte Anna, während sie ihr vom Weinen verquollenes Gesicht im Spiegel betrachtete. Das Kreuz tat ihr weh vom Schlafen auf dem Sofa, und in ihrem Schädel pochte es heftig. Sie klatschte sich viel kaltes Wasser ins Gesicht. Nach zwei Bechern Kaffee ging es langsam besser. Sorgfältig kaute sie auf einem trockenen Brotkanten herum.

Ich sollte nicht trinken, wenn ich schlecht drauf bin, schimpfte sie. Blöde Kuh. Dieser Weltschmerz! Ich habe doch Glück gehabt, schoss es ihr durch den Kopf. Nachdenklich schob sie die Krümel auf dem Küchentisch zu einem Häufchen zusammen und fegte die Krümel in ihre Hand. Sie hatte wirklich Glück gehabt. Denn gerade als ihr bewusst wurde, dass ihre Beziehung schon lange dieses ungesunde Stadium des gleichgültigen nebeneinander her erreicht hatte, das leider so typisch für ein langjähriges Zusammenleben zu sein schien, wurde im Vorderhaus über ihrem Käsehandel eine Wohnung frei, zwei luftige Altbauzimmer mit Wohnküche, kleinem Balkon und Blick über die Hinterhöfe. Kurz entschlossen hatte sie die Gelegenheit genutzt. Dabei wollte sie ursprünglich nur eine räumliche Trennung vollziehen, denn sie hatte gehofft, die Liebe würde sich dadurch beleben und, vom Alltagsmüll entrümpelt, wieder spannender und interessanter werden. Es zeigte sich schnell, dass das Gegenteil der Fall war. Die erotische Beziehung starb einen schnellen Tod und zurück blieb so etwas wie Freundschaft, basierend auf acht Jahren gemeinsamen Lebens. Rainer und sie sahen sich nur noch relativ selten.

Es war so einfach gewesen und auch wieder nicht. Denn wenn Anna ganz ehrlich war, dann spürte sie tief in sich einen leisen Groll. Zu leicht hatte Rainer sich in die Situation gefügt, die Veränderung einfach akzeptiert ohne sichtbare Trauer. Keine Verzweiflung, keine Wut. Er hatte sie gehen lassen, gerade so, als wäre diese Trennung ihm insgeheim recht gewesen, als hätte er sich bereits lange vorher innerlich von ihr verabschiedet und den Vollzug ganz einfach ihr überlassen. Das war's, was wehtat.

Ach egal. Schnee von gestern. Anna gähnte ausgiebig, kratzte sich den Kopf und verschwand wieder im Badezimmer. Eigentlich fühle ich mich viel wohler so. Mit verkatertem Lächeln bedachte sie ihr immer noch etwas desolat wirkendes Spiegelbild.

Von Olli begleitet schleppte sie ihre Reisetasche nach unten ins Geschäft. Der Flachbau, an dem Wein empor rankte, lag im Hinterhof. Eine Eisentreppe, eine rote Metalltür, dahinter ein Büro, geziert mit einer Ansammlung von Gebrauchtmöbeln. Hinter dem Büroraum gab es mehrere unterschiedlich temperierte Kühlräume. Hier lagerten die Käse. An einer Seite des Flachbaus führte eine Verladerampe direkt zur Einfahrt des Hinterhofes, wo die beiden Kleinlaster mit dem ebenfalls kühlbaren Laderaum standen.

Mit geschlossenen Augen ertastete Marcel Fouchard den Wecker und versetzte ihm einen wohlgezielten Schlag. Es war noch früh, gerade mal halb sieben. In embryonaler Haltung zusammengerollt blieb er noch ein Weilchen liegen, schälte sich dann grunzend aus der Decke und tappte auf nackten Füßen zur Küche.

Marcel hasste Kaffeemaschinen. Das Zeug, was da herauskam, schmeckte immer miserabel. Deshalb machte er sich die Mühe, seinen Kaffee mit der Hand aufzubrühen und mit heißer Milch aufzufüllen. Mit kleinen Schlucken trank er den café au lait und kaute ein Stück trockenes Baguette.

Duschen, Anziehen, Hundefutter mischen. Den Napf in der Hand trottete er die ausgetretenen Holzstiegen hinunter.

„Auf geht's, Armand", rief er dem gefleckten Mischling zu, der in seiner ganzen beachtlichen Größe wie üblich noch ziemlich verschlafen mitten im Stallraum lag. Während der Hund sich über das Futter her machte, betrachtete Marcel geruhsam den See und atmete die morgendliche Stimmung in sich hinein. Dichte Nebelschleier hingen über dem Lac de Schiessrothried und gaben ihm ein märchenhaftes, unwirkliches Aussehen. An einigen Stellen schimmerte das Wasser durch die Schwaden, von der verhangenen Morgensonne schwach erleuchtet. Die Berge auf der gegenüberliegenden Seite waren noch vollständig in Wolken gehüllt.

Schließlich ging er hinüber zu dem Jeep mit dem Anhänger, auf dem die gereinigten Milchkannen vom Vortag in einer Gitterkonstruktion mit Halteringen abgestellt waren. Über einen Schotterweg holperte der Wagen hinauf in die Berge. An einer Kreuzung standen bereits fünf große Kannen am Wegrand, gefüllt mit noch warmer, leicht schäumender Ziegenmilch.

Marcel tauschte volle gegen leere Gefäße und trug Anzahl und Datum unter dem Namen des Bauern in sein Buch ein. Insgesamt achtunddreißig Kannen Milch waren an diesem Tag an seiner Route abgestellt, das würden 380 bis 400 Liter ergeben. Zurück auf dem Hof fuhr er direkt an die Rampe des mitt-

lerweile zur Käserei umfunktionierten Wirtschafts-
gebäudes, hob die Kannen auf den bereit stehenden
Handkarren und zog sie nacheinander in den Kühlraum hinein.

„Salut René, salut Jaques", rief er in den benachbarten Raum hinein. „Wie geht's?" Während die
beiden die Vorbereitungen für die Fertigung der
Rohmasse trafen, begann Marcel, Proben von der
frischen Milch zu entnehmen und sie auf Bakterien
hin zu untersuchen.

Als sie hörte, wie die Haustür geöffnet wurde, versteifte Renate sich am ganzen Körper. Seit sie ihre
Kleider, die wichtigsten Unterlagen, Bücher, Bilder
und persönlichen Gegenstände zusammengerafft
und weggebracht hatte, fürchtete sie sich vor diesem
Augenblick und versuchte, sich innerlich zu wapp-
nen. Wieder und wieder hatte sie die Worte gedreht
und gewendet, die sie ihm sagen wollte. Sie hatte
den Tonfall geprobt, auf ihre Stimmlage geachtet
und sich dabei beobachtet wie eine Schauspielerin.
Trotzdem war sie nicht vorbereitet.

„Renate, ich bin wieder da", schallte es von unten
herauf. „Wo bist du?"

Dem geschäftigen, energischen Hantieren lauschend spürte sie, wie seine geballte Energie sich den
Weg zu ihr nach oben bahnte. Wie einfach wäre es
doch, sich davon einlullen zu lassen. Langsam ging
sie die Treppe hinunter. Da stand Harald, silber-
graues volles Haar, leicht gebräunt und frisch nach
Karl Lagerfeld duftend.

„Du, ich war brillant", rief er ihr zu und strahlte
sie aus blauen Augen an. „Ich habe fast alle über-
zeugt!"

Er gab ihr einen Kuss, hakte sich bei ihr ein und zog sie ins Wohnzimmer.

Nur nicht schwach werden. Er absorbiert mich, saugt mich auf.

„Ach, übrigens kommt Monsieur Fabian morgen Abend zum Essen, bestell doch bitte einen Tisch für uns drei im *l'orquivit*", tönte es weiter. „Er findet dich ja so charmant."

Mit einem Ruck machte Renate sich von ihm los.

„Ihr werdet ohne mich auskommen müssen." Sie brachte ein paar Meter Distanz zwischen sich und seine sie lähmende Energie. „Ich ziehe aus, ich möchte mich scheiden lassen."

Warum dieser kraftlose Ton, dachte sie ärgerlich.

„Was möchtest du?"

Vor Überraschung vergaß Harald, den Mund zu schließen, was Renate plötzlich ein Gefühl der Sicherheit gab.

„Aber ich war diesmal wirklich ganz brav", protestierte er schließlich. „Das meinst du doch nicht ernst!" Er grinste sie jungenhaft charmant an.

Diese Selbstgefälligkeit! Angewidert trat sie einen Schritt beiseite, als er mit ausgebreiteten Armen auf sie zukam.

„Ich Schuft habe dich vernachlässigt. Komm, ich will dich verwöhnen, Häschen." Dazu ein vielsagendes Lächeln. „Ab sofort begleitest du mich wieder nach Brüssel, damit du nicht mehr auf so dumme Gedanken kommst."

Wie schafft er es nur, alles immer so zu seinen Gunsten zu deuten! Diese wahnsinnige Selbsteinschätzung, diese Vereinnahmungsversuche! Renate war nun sehr ruhig. Anstatt weiter auszuweichen, blieb sie stehen und taxierte ihn kühl. Sie stand so dicht vor ihm, dass sie die Minze seiner Zahnpasta roch. „Fass mich nicht an, Harald."

Überrascht trat er einen Schritt zurück.

„Und sag nicht Häschen zu mir. Ich kann es nicht ausstehen." Sie starrte ihm noch einen Moment in die Augen.

Dann drehte sie sich um und zündete sich betont langsam eine Zigarette an. Er mochte es nicht, wenn sie rauchte. Nervös nahm sie einen Zug, während sie beobachtete, wie die selbstgefällige Mine einem irritierten Ausdruck Platz machte.

Jedes Wort einzeln betonend, sprach sie nun wie zu einem Kind. „Ich meine es ernst, Harald. Ich will die Scheidung."

Sie hörte ihn atmen. Wie immer, wenn er die Kontrolle über sich behalten wollte, atmete er betont tief ein und aus. Wie ein Blasebalg, dachte sie.

Eine Weile starrten sie sich an, bis Harald sich abrupt umdrehte und den Raum verließ. Die Haustür knallte zu. Kurz darauf heulte der Motor seines Wagens auf.

Anna war müde. Das Fahren strengte sie zunehmend an, zumal es jetzt dunkel wurde und ihr Nacken schmerzte von der Anspannung.

Ich habe nicht angerufen, fiel ihr plötzlich ein. Mist. Wie hatte sie das bloß vergessen können. Hugo! Hugo Rouvillion. Verdammt lange Zeit kannte sie ihn nun schon. Fast so lange wie Rainer, denn es war in ihrem ersten gemeinsamen Urlaub gewesen. Sie rechnete nach. Fast zwölf Jahre. Anna warf einen zornigen Blick auf die knisternden Tüten, die auf dem Beifahrersitz lagen, und ärgerte sich. Zu lange getrödelt bei ihrem spontanen Abstecher nach Heidelberg. Und zu viel Geld ausgegeben. Zu viele Klamottenläden. Und Schuhgeschäfte. Und Straßencafés. Und Feuerspucker...

Den Anruf hatte sie schlichtweg vergessen. Daran merkte sie, dass ihr die Lust zum Arbeiten fehlte. Und das war seltsam, denn eigentlich liebte sie ihren Beruf. Einkaufen, egal was. Na ja, natürlich nicht völlig egal. Aber es passte nun mal gut zusammen, das Einkaufen, der Käse und das Geschäft.

Sie hatte es mit ihrer Schwester und deren Mann aufgebaut. Während Birgit sich neben den Büroarbeiten um die Pflege der gelagerten Käse kümmerte und Friedrich den Verkauf bis hin zu dem kleinen Stand auf den Wochenmärkten organisierte, konnte Anna ihrem Hobby nachgehen. Sie hatten sich auf die Belieferung von Restaurants, Feinkostläden und Käsegeschäften spezialisiert und machten sich im Frankfurter Raum dadurch einen Namen, dass sie eine breite Palette unbekannter Käse aus Frankreich anbieten konnten.

Letzteres war ihr eigenes Verdienst, das war Anna völlig klar. Sie konnte eben einkaufen. Mit gutem Gespür und mit viel Freude ging sie in den unterschiedlichen Regionen und Departements auf Entdeckungstour.

Idiot, schimpfte Anna, als ihr ein Fahrzeug mit aufgeblendeten Scheinwerfern entgegen kam. Sie kniff die Augen gegen das gleißende Licht zusammen, verriss das Lenkrad und spürte, wie die Reifen auf den Schotter des Seitenstreifens gerieten. Wütend steuerte sie gegen und schlug auf die Hupe. Langsam, Mandinsky, knurrte sie sich an und reduzierte das Tempo. Als sie das nächste Dorf erreichte, hielt sie auf dem kleinen Marktplatz und kramte ihr Handy aus der Tasche.

Eigentlich hatte Renate ihm sagen wollen, warum. Aber er hatte ihr keine Gelegenheit dazu gegeben.

Langsam ging sie nach oben in ihr Zimmer, setzte sich an ihren Schreibtisch und begann zu schreiben. *Lieber Harald, ich verlasse dich, weil...*

Sie zupfte am Nagelhäutchen ihres rechten Mittelfingers. Wie sollte sie es beschreiben. Warum! Es ließ sich so schwer in Worte fassen, in nicht zu verletzende Worte, die der Realität entsprachen. Mechanisch knibbelte sie weiter, bis das Häutchen eingerissen war.

Er schien damals so unerreichbar für sie, ein Mann zum Schwärmen. Ihr Jungmädchenidol. Aus der Ferne hatte sie ihn angehimmelt. Und als er sie endlich auf einem Universitätsfest bemerkte, war sie einfach überwältigt. Er, von so vielen Mädchen umschwärmt, wollte sie! Er schlief mit ihr und sie genoss die Nähe, die Geborgenheit. Es war keine Frage, dass sie ihn heiraten wollte. Anfangs war sie so glücklich gewesen, glücklich und stolz. Natürlich gab sie ihr Studium der Literaturwissenschaften auf, als das erste der beiden Kinder kam. Ganz die repräsentative Gattin, förderte sie seine Karriere als Politiker. Sie galt als geistreich, witzig und charmant, oh ja. Aparte, ironische Renate. Seltsam, dass Harald so selten über ihre Bemerkungen lachte.

Sie hatte noch immer keinen weiteren Satz zustande gebracht. Jetzt war auch die Haut am rechten Zeigefinger eingerissen.

Was war falsch gewesen? Wie sollte sie ihm erklären, dass sie zwanzig Jahre nur für ihn gelebt hatte, bis sie selber als eigenständige Persönlichkeit gar nicht mehr zu existieren schien? Sie trug den Haarschnitt, den er an ihr liebte und die Düfte, die er aufregend fand. Bei der Auswahl ihrer Garderobe war immer in Gedanken immer Harald der Maßstab. Sie kannte seinen Geschmack. Nie kaufte sie Rot, dabei liebte sie diese Farbe. Abwesend beobachtete sie, wie ein Tröpfchen Blut aus dem Nagelbett quoll dort, wo sie das Häutchen eingerissen hatte. Der Schmerz tat ihr gut, führte sie in die Realität zurück.

Ein weiteres Blatt knüllte sie zusammen und warf es in den Papierkorb. Alles Halbwahrheiten, banales Geschwätz, blindes Gestammel. Dass sie Sex nicht so aufregend fand wie er, hatte sie nicht gestört. Sie kannte es nicht anders. Liebesszenen in Filmen, bei denen Frauen aktiv und fordernd waren, kamen ihr peinlich übertrieben vor. Im Laufe der Zeit ließ jedoch auch die Zärtlichkeit nach, in der sie sich so warm und geborgen gefühlt hatte, und das machte sie traurig.

Sie war so verletzt, als sie merkte, dass Harald eine Affäre mit seiner Sekretärin hatte. „Sie ist nicht so kalt wie du. Du bist ja frigide, mit dir macht das nicht so viel Spaß." Davon, dass es ihm keinen Spaß machte, hatte sie die ganzen Jahre hindurch nichts gemerkt.

Zunächst gab sie sich selbst die Schuld. Nicht heißblütig genug, frigide, gefühlskalt. Dabei sehnte sie sich doch so sehr nach seiner Nähe, fast schmerzlich verlangte sie danach. Wie konnte so viel Verlangen nicht genug sein!

Als sie nach einiger Zeit wieder miteinander schliefen, beobachtete sie die Szene wie eine Außenstehende, als wäre sie gar nicht daran beteiligt. Er tätschelte ein wenig an ihrer Brust herum, kam schnell zur Sache und rollte sich wieder weg. Kurz darauf wies sie ihn zum ersten Mal ab, als er sich ihr näherte.

Schlaff hing Harald im Chefsessel seines Bonner Büros und starrte die vertrauten Konturen seines Schreibtisches an. Hier die Marmorschale mit den teuren Schreibgeräten und der marmorne Aschenbecher, dort das silberne Gestell mit den pendelnden Kugeln. Rechts in der Ecke lächelte aus mattiertem Silberrahmen Renate über die Köpfe der beiden Kinder hinweg zu ihm herüber. Eine junge Renate mit weichem Mund und langem, leicht gewellten braunen Haar. Sie sah intelligent, verletzlich und wunderschön aus. Sein Mädchen!

Er dachte an ihren kühlen Blick und fröstelte. Sie war so ruhig gewesen, so überlegt. Mit einer heftigen Handbewegung wischte Harald das Bild vom Schreibtisch. Zornig pochte eine Ader an seiner Schläfe. Warum! Das kann sie nicht tun. Nicht jetzt. Ausgerechnet so kurz vor den Wahlen und der Neubesetzung der Ämter. Überhaupt nicht. Ich kann keine Klatscherei gebrauchen.

Er hob die hinterste der silbrig schimmernden Kugeln an ihrem Pendel nach rechts und ließ sie gegen die nächste Kugel knallen ... klack, klack, klack, klack, zurückschwingen, und klack, klack, klack, klack. Die spinnt ja wohl, was denkt die sich denn! Klack, klack, klack, klack. Das kann sie doch nicht machen. Klack, klack, klack, klack. Und das Geld...

Ach du Schande! Daran hatte er ja noch gar nicht gedacht!

Klack, klack, klack, klack.

Lange beobachtete er die Kugeln, wie sie hin und her schwangen, und dachte nach. Dann griff er zum Telefon und tätigte einige Anrufe in die Schweiz.

Etwas entspannter lehnte er sich schließlich zurück und zündete sich ein Zigarillo an.

Monsieur Hugo Rouvillion saß in der Bibliothek seines kleinen Landhauses in der Nähe von Wissembourg und begann ein spätes, leichtes Abendessen, bestehend aus Baguette, einer umfangreichen, mit Weintrauben dekorierten Käseplatte sowie einer Flasche 1983er Gevrey-Chambertin Grand Cru, einem Clos de Bèze.

Genießerisch tauchte er seine große Nase in den weiten Burgunderkelch, sog den runden Duft ein, fand eine vorherrschend beerige Komponente, unterlegt von erdigem Ton neben einer leichten Nuance von Eichenholz und einem zarten, aber unverkennbaren Hauch von Vanille. Er nahm einen großen Schluck, ließ den Wein über die Zunge rollen, schmatzte und spülte ihn über die Schleimhäute, um auch den letzten Geschmacksnerven im Mund das Bouquet mitzuteilen, und ließ ihn schließlich die Kehle hinunterrinnen. Zufrieden nickte er.

Als er seinen Blick über die Käseplatte schweifen ließ, registrierte er wohlwollend, dass Madame Fissou sowohl einen Petit Chabechou als auch einen duftenden, in Kräutern gewendeten Ziegenkäse unverkennbar provencalischer Herkunft kredenzt hatte. Er fand Roquefort und einen Brie heller Rohmilchfärbung, der sich in diesem Zustand fast flüssiger Konsistenz befand, die große Gaumenfreude versprach. Ein prächtiges Stück Munster, dessen Oberflächenbehandlung auf einen der seltenen, handgefertigten Bauernkäse verwies, verströmte einen kräftigen, von vielen Menschen sicher als abstoßend empfundenen Duft. Monsieur Rouvillion war erfreut.

Er hatte gerade mit der Mahlzeit begonnen, als er in der Diele das Telefon hörte. Unwillig runzelte er die Stirn, als es kurz darauf klopfte.

„Wie oft soll ich Ihnen noch sagen, dass ich während der Mahlzeiten nicht gestört werden möchte", grollte er.

Also nie, dachte Madame Fissou ironisch. „Aber es ist Mademoiselle Anna", verteidigte sie sich. „Sie ist in einer Telefonzelle und nur sehr schwer zu verstehen."

„Ah, Anna!" Ein Leuchten zog über Monsieur Rouvillions Gesicht. „Das ist natürlich etwas anderes. Stellen Sie bitte durch." Schnell wuchtete er seine stattlichen Kilo aus dem weinroten Ledersessel und eilte zum Schreibtisch, wobei er seine Masse erstaunlich elegant bewegte.

„Anna, welch eine Freude", rief er. „Wo sind sie? Hier in der Gegend? Natürlich können Sie kommen, das wissen Sie doch. Aber bitte, das kann doch mal passieren! Es macht nichts, ich bin ja zu Hause. Sie haben mich gerade bei einem Rendezvous mit einem kleinen Chabechou ertappt. Wir werden gemeinsam essen, keine Widerrede, ich werde warten."

Eine Weile lief er geschäftig hin und her, legte noch zwei Holzscheite auf das Kaminfeuer und warf ein paar Tannenzapfen hinein, um der Luft eine aromatische Note zu geben. Dann holte er aus der Glasvitrine einen weiteren der prunkvoll geschliffenen Weinkelche und trug ihn vorsichtig zu dem kleinen Tisch neben seinem Sessel. Er deckte die riesige Glasglocke über die Käseplatte und hüllte das Ganze in eine weiße Damastserviette. Zum Schluss rückte er einen weiteren Sessel heran. Sein Blick wanderte noch einmal kritisch durch den Raum. Schließlich nickte er zufrieden, sank behäbig in seinem Lehnstuhl nieder und widmete sich wieder dem Burgunder. Ermattet von diesen Aktivitäten schloss er die Augen.

Die Wahrheit war es nicht gewesen. Renate lachte leise in sich hinein, als sie daran dachte. Die Frigidität, als Urteil über sie gesprochen, hatte nach anfänglichen Selbstzweifeln und einem entsetzlich lähmenden Gefühl der Unvollkommenheit endlich heilsamen Zorn hervorgerufen.

Nicht sie, diagnostizierte sie schließlich, war gefühlskalt. Wenn jemand funktional und bar von Gefühlen zur Sache ging, dann war es Harald in den letzten Jahren gewesen. Wie oft hatte sie versucht, wieder die Zärtlichkeit in die Beziehung zurück zu streicheln. Seit sie Harald so neutral, als Außenstehende gewissermaßen, beim Beischlaf beobachtet hatte, gestand sie sich ihre Unzufriedenheit ein.

Beischlaf war wirklich das passende Wort, dachte sie ironisch, oder Geschlechtsverkehr. Auch sehr treffend. Der Verkehr zwischen zwei Menschen, die sich einmal sehr viel mehr zu geben hatten als diese reduzierte Stoßbewegung des einen Geschlechtes in das andere. Lieben hatte sie früher gesagt. Von Liebe machen war schon lange nichts mehr zu spüren gewesen.

Ihr Zorn hatte ihr zu einer Distanz verholfen, die sie von Harald weg und wieder Stück für Stück sich selbst zuführte. Indem sie ihn als Mittelpunkt aus ihrem Leben verbannte, fühlte sie sich Neuem gegenüber aufgeschlossen. Sie unternahm viel alleine, besuchte Ausstellungen, Konzerte, Filme und machte lange, einsame Spaziergänge.

Wolfgang Ackermann tanzte wiederholt mit ihr auf einem der großen Partei-Sommerfeste. Er brachte sie mit seinen flapsigen Bemerkungen zum Lachen und hatte Spaß an ihren eigenen ironischen Kommentaren. Sein rundes Bäuchlein geriet irgendwann auf der vollen Tanzfläche in völlig unvorschriftsmäßige Nähe und erzeugte eine angenehme Wärme. Sie lächelte ihn an und sein Bauch blieb, wo er war. Als er ihr etwas ins Ohr flüsterte, lief ihr ein kleiner

Schauer über den Rücken. Er hatte ein nettes Lächeln und ein freundliches Gesicht. Keine strahlende Erscheinung wie Harald, nicht gesetzt distinguiert wie viele der sonst anwesenden Herren, sondern einfach unauffällig nett. Sie war über sich selbst überrascht, als sie ihm vorschlug, sich irgendwann mal zu einem Wein zu verabreden.

Es war ein schwüler Sommerabend, der ihnen die Schweißperlen auf die Stirn trieb. Sie lagen auf einer Decke inmitten einer ungemähten Wiese und beobachteten, wie der abendrote Himmel langsam diese satte, nachtblaue Färbung annahm, die es nur im Hochsommer gibt. Ihre Küsse schmeckten nach dem Wein, den sie getrunken hatten, und ihre Haut nach dem Salz eines langen, keine Abkühlung bringenden Abends. Sie spürte, wie ihre Haut Zentimeter für Zentimeter angenehm wach wurde, während er mit der Zunge den Spuren des Salzes folgte.

Sehr viel später bat er sie, ihm zu sagen, was sie schön fände und was sie bräuchte.

„Aber es war wunderschön", antwortete Renate und meinte es ehrlich.

„Ich will, dass es richtig gut ist für dich", beharrte Wolfgang. „Du musst mir zeigen, wie es geht bei dir."

„Ich weiß es nicht anders", flüsterte sie. Beinahe hätte sie geweint.

Bei ihrem nächsten Treffen brachte ihr Wolfgang ein Buch mit, versehen mit einer großen roten Schleife. „Es gibt sicherlich mittlerweile modernere Literatur zu dem Thema, aber das hier kenne ich durch eine frühere Freundin von mir. Die hat mir mal erzählt, dass sie Selbstbefriedigung für eine rein männliche Domäne gehalten hatte. Sie sagte, es wäre das hilfreichste Buch ihres Lebens gewesen, und der Rest war dann wirklich nicht mehr so schwer. Lies es einfach mal." Es war der Hite-Report.

Wie peinlich. Wie unangenehm. Aber er hatte ja so Recht gehabt! Renate lachte wieder leise in sich hinein, als sie, das Buch als Lehrbuch benutzend, ganze Nachmittage lang exzessiv mit sich gespielt hatte, die Lust heranrollen spürte, sie hinaus zögerte und wieder forcierte, bis sie der Explosion freien Lauf ließ und fasziniert dem Stöhnen lauschte, das sie unwillkürlich von sich gab. Sie hatte das Spiel bis zur völligen Erschöpfung wiederholt, sank dann in einen kurzen, schweren Schlaf, um schließlich voller Energie und Dynamik, verjüngt durch eine ganz neue Körperlichkeit, aus dem Bett zu springen. Wie einfach das war, und wie berauschend!

Wie so häufig, wenn Anna sich angekündigt hatte, ließ Hugo Rouvillion genüsslich den Abend Revue passieren, an dem er sie kennen gelernt hatte: Da hatte er, wie üblich alleine, im *À l'Agneau* in Pfaffenhofen gesessen und ein fünfgängiges Menü genossen. Er war es gewohnt, ohne Gesellschaft zu essen, und in der Regel fühlte er sich nicht einsam, obwohl er sich manchmal in einer seiner seltenen selbstkritischen Momente fragte, ob er so wenige Freunde hatte, weil er gerne alleine war oder ob er hier aus der Not eine Tugend machte. Auf jeden Fall wurde er als wohlhabender Exzentriker zwar mit viel berechnendem Interesse umworben, aber nicht gerade als Freund betrachtet. Also hatte er sich im Laufe der Jahre immer mehr von den gewöhnlichen Formen menschlicher Kommunikation abgekapselt.

Monsieur Rouvillion beobachtete gerne. Da für ihn selbst das Essen zur größten Sinnesfreude zählte, sortierte er die Menschen nach dem ein, was sie aßen. Während der ausgedehnten Pausen zwischen den Gängen verfolgte er das Geschehen an den Nachbartischen auf das Genaueste. Er horchte mit großen Ohren, was die übrigen Gäste bestellten, begutachtete die Zusammenstellung der Gänge, wählte im Geist die hierzu passenden Weine aus und beäugte die Menschen kritisch beim Verzehr ihrer Speisen. Er kategorisierte gedanklich in Dilettanten, Ignoranten, Blender, Angeber, Menschen mit gutem Gespür, Genießer und die wahren Kenner.

Das junge Paar stufte er zunächst dem Äußeren nach als nicht gerade wohlhabend ein. Sie wählten in gut verständlichem Französisch das Menü für hundertfünfzig Francs und den offenen Tischwein, den Vin de maison. Diese Entscheidung konnte er billigen, da sie angesichts eines vermutlich nur mittelprächtig gefüllten Geldbeutels auf der sicheren Seite lag. Nun konzentrierte er sich auf die Unterhaltung der beiden.

„Sehen die Kellner nicht geradezu ehrfurchterregend würdig aus", sagte die Frau. Beide brachen in fröhliches Gelächter aus. Monsieur Rouvillion verstand zwar genug Deutsch, um den Sinn dieser Rede zu begreifen, ärgerte sich aber, dass er es nicht exakt übersetzen konnte. Während die beiden verliebt an ihrem Tisch turtelten, widmete er sich wieder den übrigen Gästen. Verliebten zuzusehen langweilte ihn.

Sein Interesse wurde erst wieder geweckt, als am Nachbartisch der Käsewagen zum Dessert aufgefahren wurde. Die Frau wählte mit glänzenden Augen ein Stück Tomme au Raisin, eine Ecke des unscheinbaren, aber hocharomatischen Rollot aus der Picardie und einen Vieux Lille, über den sich ein fast schon unappetitlicher graugrüner Pelz zog. Monsieur Rouvillion diagnostizierte nun einen experimentierfreudigen Geschmack, der von angehender Kennerschaft zeugte.

Kurze Zeit später stand die Frau auf, ging an seinem Tisch vorbei und sah sich suchend im Raum um. Dabei stolperte sie über seinen Stock, den er an einen Stuhl gelehnt hatte. Er spürte sie gegen seine Seite taumeln und sah das Glas, das er gerade zum Mund führen wollte, mit lautem Klirren auf dem Boden zerschellen.

„Verdammt, wie ungeschickt", murmelte Anna, um dann mit hochrotem Gesicht eine Flut von nicht zu Ende geführten französischen Entschuldigungen zu stammeln. *„Pardon Monsieur ... quel malheur ... je suis très ... c´est effroyable..."*

Zwei Kellner stürzten herbei und begannen, an ihm herum zu putzen. Monsieur Rouvillion begutachtete sein rotweingetränktes Hemd, dann die immer noch reglose Anna und zum Schluss die beiden Kellner. Sein mächtiger Körper begann langsam zu vibrieren, bis sich glucksende Laute den Weg bahnten. Sie steigerten sich zu einem Lachen, das Bauch und Doppelkinn in schwankende Bewegungen versetzte. Anna stand immer noch schreckerstarrt da und starrte ihn an. Die Kellner, nun etwas abseits stehend, sahen peinlich berührt in die Luft.

Wie hatte er diese Szene genossen! Schon lange hatte ihn nichts mehr so amüsiert. Er schickte den Kellnern einen einschüchternden Blick und winkte Anna zu sich heran. „Mademoiselle, bitte! Setzen Sie sich zu mir. Ich habe eine Frage, kommen Sie, kommen Sie." Ungeduldig wedelte er mit der Hand. „Und Sie auch, junger Mann", kommandierte er zu Rainer hinüber, der hilflos das Geschehen beobachtete.

„Bitte, was bedeutet *Ehrfucht erregend würdig?*". Das Flüstern, mit dem Monsieur Rouvillion seine Frage stellte, war mehr als laut.

Anna tauschte mit Rainer einen überraschten Blick.

„Die Kellner. Sie haben von den Kellnern gesprochen vorhin."

Bei zwei weiteren Flaschen des Chateau Palmer aus dem Gebiet von Margaux entspann sich ein angeregtes Gespräch, das durch das Mischmasch aus Deutsch und Französisch viel Gelächter hervorrief. Immer wieder beobachteten sie die Kellner, sich in mehr oder weniger klugen Wortspielen ergehend. Monsieur Rouvillion lachte, wie er schon lange nicht mehr gelacht hatte.

Müßig lungerten sie in der großen Küche herum, ein Gewirr von benutzen Tellern und Gläsern auf dem Tisch. Marcel genoss diese Abende, an denen sie sich zum Essen zusammenfanden. Es war eine schöne Gewohnheit, übriggeblieben aus der Zeit, als sie alle noch zusammen das geräumige Haupthaus bewohnt hatten, an das direkt im Winkel der Stall anschloss.

Dann hatte Marcel für sich die Gesinderäume über den Stallungen renoviert. Irgendwann, falls er jemals Lust und Geld dazu haben sollte, konnte er auch noch die Ställe selbst ausbauen.

Obwohl er sich auf diese Weise etwas von den anderen abgesondert hatte, nahmen sie das frühe Abendessen häufig nach wie vor gemeinsam ein. René, für den das Kochen eine Freizeitbeschäftigung war, ein Hobby, das ihn entspannte, solange er nicht hinterher aufräumen und spülen musste, bereitete einfache, aber schmackhafte Gerichte zu.

„Schalte mal jemand die Nachrichten ein", bat Claire, die gerade ihr Baby stillte. Träge sahen sie auf den Bildschirm.

„...der Ministerrat der Europäischen Union wird demnächst über einen Gesetzentwurf entscheiden, der eine einheitliche europäische Regelung bei der Milchverarbeitung vorsieht..."

„Was die sich da immer alles ausdenken", murmelte René müde und gähnte herzhaft.

Es war schon spät, als Anna endlich ankam. Sie fand sich überschwänglich umarmt, prüfend angeschaut und schließlich in einen Lehnstuhl vor dem Kamin gestupst.

„Sie sehen müde aus", kritisierte Monsieur Rouvillion. Fürsorglich stopfte er ihr ein Kissen in den Rücken, schob eine Fußbank unter ihre Füße und schürte das Feuer im Kamin. Schließlich sah er sie voller Verlangen an. „Und jetzt", sagte er feierlich, „lassen Sie uns anfangen!"

Anna griff sich in den verspannten Nacken, presste den Hinterkopf in die Handfläche und rollte ihn leicht hin und her. Dann lehnte sie sich gehorsam an die hohen Polster des Sessels, schloss die Augen und befeuchtete flüchtig ihre Lippen. Rosig erschien ihre Zungenspitze zwischen dem hellen Schimmer der Zähne. Sie hörte, wie Hugo unruhig auf seinem Sessel hin und her rutschte und schnaubte belustigt durch die Nase. Hugo. Immer so ungeduldig!

Hugo beobachtete sie liebevoll. „Fertig?"

Sie nickte und spürte, wie er näher an sie herantrat, leise neben ihr hantierte und ihr schließlich behutsam etwas unter die Nase führte. Mit immer noch geschlossenen Augen sog Anna den Duft ein. „Ein Ziegenweichkäse, aber ein ganz milder", murmelte sie, um dann in fröhliches Gelächter auszubrechen. „Sie machen es mir zu einfach, Hugo." Verschmitzt blinzelte sie ihn an. „Ein Rendezvous mit dem Chabechou", flötete sie. „Nein wirklich, wollen Sie mich beleidigen?"

Monsieur Rouvillion wackelte mit dem Doppelkinn. „Augen zu!", befahl er.

Anna schloss die Augen wieder.

„Chabechou. Natürlich ein Chabechou! Aber woher? Wie genau produziert? Sie haben hier ein Juwel von einem Käse, nennen Sie das genaue Alter, welche Milch, was für Ziegen, welches Dorf. Nein, das Dorf ist zu schwer, das können Sie noch nicht."

„Das kann ich sowieso nicht", protestierte sie.

„Doch, das können Sie! Sie müssen riechen, Anna, schmecken, an der Zungenspitze und am Zungenrand prüfen wie bei einem Wein."

„Pffffft", schnaubte sie. Manchmal ging er ihr wirklich auf die Nerven! Aber irgendwie schaffte sie es nie, sich ihrem väterlichen Freund zu widersetzen. Also roch sie schließlich noch einmal an dem Käse, lutschte ein Stückchen von der Gabel ab und verteilte es über die Zunge. „Dieser Chabechou ist wirklich besonders zart", begann sie zögernd. „Es muss die Morgenmilch sein, mit der er gemacht wurde. Ungewöhnlich bei einem Ziegenkäse, aber es ist ausschließlich die Morgenmilch, deshalb ist er so hervorragend mild, ohne dabei sehr fetthaltig zu sein. Der Käse schmeckt nach einem Hauch von Kräutern, Thymian, glaube ich. Er muss ins Futter beigemischt worden sein, denn dort im Poitier, da weiden die Ziegen auf richtigen Wiesen, dort wächst kein Thymian..."

Spöttisch hob sie eine Augenbraue in die Höhe. „Richtig so?" Aber ihre Ironie verpuffte im Raum.

Denn Monsieur Rouvillion strahlte vor Freude.

Mittlerweile war es dunkel. Über ihren Grübeleien hatte Renate völlig die Zeit vergessen. Sie wollte lieber weg sein, bevor er zurückkam. Also raffte sie sich auf, ging hinunter und zog sich den Mantel an.

Sie fühlte sich schuldig. Nicht eine Erklärung hatte sie zustande gebracht. Wie würde ihr das wohl gefallen, wenn Harald sie so sang- und klanglos verließe, einfach so, ohne ein Wort? Fast hatte sie Mitleid mit ihm.

Langsam kam er ihr die Auffahrt von der Straße hinauf entgegen. Baute sich vor ihr auf und sah sie an. Getroffen wirkte er nicht gerade. Er hatte eher etwas Irritierendes an sich.

„Du bist noch nicht weg?", erkundigte er sich beiläufig. „Hast du es dir etwa anders überlegt?"

„Nein", sagte Renate. „Ich wollte gerade gehen."

„Wovon willst du eigentlich leben?" Das kam sehr sachlich.

„Ich will nichts von dir haben." Ihr war mulmig zumute, irgendwas stimmte da nicht. „Das Geld meiner Eltern reicht völlig", fügte sie lahm hinzu.

„Wenn du meinst. Aber vielleicht überlegst du es dir ja noch mal. Ich an deiner Stelle würde das tun."

Was soll dieses zynische Grinsen? „Lass mich vorbei. Es gibt nichts zu überlegen." Sie versuchte, sich an ihm vorbei zu drängeln. „Oder willst du mich mit Gewalt festhalten?" Jetzt hatte sie Angst. Angst, weil er so ungeheuer selbstsicher war. Angst, weil er ihr immer noch den Weg versperrte.

„Meine Liebe!" Harald lächelte nachsichtig. „Gewalt ist unter meinem Niveau, das solltest du doch wissen. Ich habe da andere Mittel. Bleib bei mir, und Schwamm drüber."

Energisch schob sie ihn beiseite und ging weiter.

Plötzlich schwang Zorn in seiner Stimme mit. „Ich will keinen Ärger jetzt vor den Wahlen. Ich kann keine Scheidung brauchen."

„Sei nicht so melodramatisch. Kein Mensch regt sich heute noch über eine Scheidung auf. Schröder wurde regelrecht durchgehechelt von den Medien, als seine Hillu ihn verließ, und geschadet hat es ihm ja nun nicht. Aber von mir aus können wir mit der Scheidung auch warten, bis du wieder fest im Sattel sitzt. Mir ist das egal."

Mit einem Gefühl der Erleichterung erreichte Renate ihr Auto. Sie öffnete ihre Wagentür. „Ich habe andere Mittel ...", äffte sie ihn nach. „Wirklich filmreif, Harald. Was für Mittel können das schon sein!"

Er beugte sich zu ihr und sagte leise, jedes Wort einzeln betonend: „Es gibt dieses Geld von deinen Eltern nicht."

„Was? Natürlich gibt es das Konto in der Schweiz!"

Höhnisch sah er sie an. „Welches Konto? Und ich dachte immer, du wärest eine intelligente Frau. Habe ich mich da geirrt?"

Ihr Herz krampfte sich schmerzhaft zusammen. „Du bluffst!" Mit einem Ruck riss sie die Autotür aus seinem Griff und fuhr los.

„Erinnern Sie sich noch, Anna..."

Sie wusste genau, was jetzt kam, aber seltsamerweise störte sie ein Ritual dieser Art bei Hugo überhaupt nicht. „Natürlich", lachte sie. „Das war eine selten bescheuerte Situation."

Sorgfältig schob Monsieur Rouvillion mit der Feuerzange einen lodernden Holzscheit zurecht. Es knackte laut, als Funken in die Höhe stoben.

„Erzählen Sie es mir noch einmal! Ich höre es so gerne!", bettelte er schließlich.

„Also", hub Anna bereitwillig an. „Es war einmal ein älterer Herr..."

„Bitte! So alt ja nun auch nicht!"

„Ein älterer Herr," fuhr Anna unbeirrt fort, „der saß wie üblich allein im *À l'Agneau* von Pfaffenhofen und genoss ein mehr als opulentes Menü. Er war sehr exzentrisch..."

„Exzentrisch?", empörte sich Hugo gespielt.

„Natürlich! Der Herr beobachtet nämlich gerne. Genau das tut er, der Herr. Streiten Sie das bloß nicht ab. Versnobt bis in die Zehenspitzen." Anna lachte spitzbübisch. „Mein Glück, dass ich an dem Abend in einem Anfall von Wagemut diese Käse ausprobiert habe."

„Das hat mich sehr für Sie eingenommen."

„Na ja." Anna machte eine wegwerfende Geste. „In solchen Restaurants probiere ich eben gerne das, was marode aussieht. Das ist dann meistens verteufelt raffiniert." Nachdenklich blickte sie in die züngelnden Flammen. Plötzlich musste sie an Rainer denken. Es machte sie traurig.

Hugo beobachtete sie genau. Er wollte sie jetzt nicht entgleiten lassen. „Bitte", flüsterte er, „was ist ehrfurchterregend würdig?"

Ach Hugo, dachte Anna. Warum müssen wir es immer bis zum Ende spielen? Ich bin müde. Und ich bin traurig. Aber sie sagte nichts.

„Die Kellner", beharrte er. „Sie haben von den Kellnern gesprochen vorhin."

Anna seufzte und löste den Blick von den nunmehr nur noch rot glühenden Holzscheiten. Sie registrierte seinen bittenden Blick und dachte daran, wie oft sie ihm diese Szene schon vorgespielt hatte, ohne zu murren. Plötzlich hatte sie ihn schrecklich gern.

Nachsichtig lächelte sie ihn an. „Kennen Sie Pinguine?", fragte sie. „Diese Vögel, die immer auf Eisbergen sitzen und mürrisch sind. Sie ziehen die Schultern hoch, so etwa." Anna zog die Schultern hoch und machte eine übertrieben mürrische Miene.

Monsieur Rouvillion nickte zufrieden.

„Sie frieren, zumindest sehen sie so aus, und sie sind grämlich. Und wenn sie gehen, dann sind sie so behäbig, steif, na eben würdevoll." Sie tat so, als würde sie in der Handtasche nach ihrem Lexikon kramen und etwas nachschlagen. „Digne", sagte sie schließlich triumphierend.

„Und das", schloss Hugo, der sie nicht aus den Augen gelassen hatte, „war der Beginn einer wirklich guten Freundschaft."

Überrascht stellte Anna fest, dass es ihr besser ging.

Commissaire Geouffre wurde von seinem eigenen lauten Schnarcher aus einem ohnehin nur leichten Schlaf geweckt. „Du sägst, Mathilde", murmelte er. Er wälzte sich herum und tastete nach dem vertrauten Körper seiner Frau auf der anderen Seite des Bettes. Aber das Bett war leer. Dabei hatte sie doch immer dort gelegen. Siebenunddreißig Jahre lang, rechts neben ihm.

Die Magensäure stieg ihm bitter bis in die Kehle hinauf. Er richtete sich stöhnend auf und suchte nach einem Talcid auf seinem Nachttisch. Die Packung war ebenso leer wie das Bett neben ihm. Früher hatte Mathilde dafür gesorgt, dass die Tabletten immer griffbereit lagen. Früher ... Müde vergrub er den Kopf in seinen Händen. Eine weitere Nacht, in der er sich nur unruhig von einer Seite auf die andere gewälzt hatte.

Sie fehlte ihm. Dabei hatte er sich so oft über sie geärgert. War gleichgültig gewesen. Hatte sie angeraunzt, sich mit ihr gestritten oder sie insgeheim verwünscht, wenn sie ihn mit ihrem Geplauder vom Lesen der Tageszeitung abgehalten hatte. Dennoch fehlte sie ihm. Fehlte ihm, wenn er heim kam, fehlte ihm, wenn er zu Bett ging, fehlte ihm, wenn er aufwachte. Das machte ihn wütend, und obwohl er wusste, dass dieser Zorn ebenso ungerechtfertigt wie irrational war und dass er nach einem halben Jahr besser endlich heilsame Trauer als ohnmächtige Wut empfinden sollte, bohrte es nach wie vor tief in ihm.

Wie hatte die das tun können? Wie hatte sie einfach so gehen können? Es zulassen können, dass ihr das Herz den Dienst versagte! Es war einfach stehen geblieben. Hatte ausgesetzt. Nicht mehr weiter geschlagen. Einfach so, von einer Minute auf die nächste! Wie hatte sie das geschehen lassen können! Ihn einfach allein zurück zu lassen, nach siebenunddreißig Jahren?

Er schlug auf das Kopfkissen zu seiner rechten. Packte und schüttelte es. Er war so wütend. Und so schrecklich müde. Er würde zu gern mal wieder richtig tief schlafen. Stattdessen schüttelte er das Kissen, das einmal Mathildes Kopf gebettet hatte, schüttelte es, warf es gegen die Wand und schlug darauf ein, als wäre es sein persönlicher Dämon.

„48 Jahre, verheiratet, zwei Kinder, beide studieren. Unser Monsieur Schreiber hat eine steile Karriere hinter sich. Er hat seinen Doktor in Wirtschaftswissenschaften gemacht. Bereits während des Studiums begann er mit seiner politischen Laufbahn bei der SPD. Jusos, Unterbezirk, Bezirksvorsitzender, Landtagsabgeordneter, dann Bundesparlament."

„Ich sag's ja, der Kerl bringt Ärger", grollte Geouffre.

„Seit drei Jahren ist er nun zuständig für Europa, Spezialgebiet Landwirtschaft. Vor anderthalb Jahren geriet er mit den Kontrollettis der OLAF aneinander, es gab ziemliches Theater deswegen."

„Was bitte ist die OLAF?"

Tja, mein Lieber, da waren wir ja nicht gerade fleißig, dachte Olivier aufmüpfig. Wer wollte sich denn in Sachen Europäische Kommission schlau machen? War ja wohl sein Part, selbst auserkoren!

Olivier holte tief Luft und fuhr fort: „Die OLAF ist ein Kontrollorgan der EU. Sie wird in Sachen Korruption eingesetzt, in strittigen Fällen, wenn vermutet wird, dass Gelder unterschlagen wurden, aber auch, wenn Verdacht besteht, dass jemand von den hohen Herren sich schmieren lässt oder eigennützig irgendwelche Untersuchungsergebnisse verfälscht. Die vornehme Umschreibung für Geschäfte dieser Art ist Vetternwirtschaft. Dagegen gehen die Burschen vor. Anfang 1996 wurden erstmals zwei EU-Beamte wegen Korruptionsverdacht verhaftet. Für ein nicht unerhebliches Entgelt hatten sie übersehen, dass ein Teil der Zuschüsse, die sie verwalteten, nicht in die Projekte, sondern in die Taschen der Projektverantwortlichen floss. Und vor kurzem erst hat die OLAF einen großen Schlag gegen mehrere Kommissare gelandet.“

„Und was hat sich unser Monsieur Schreiber zuschulden kommen lassen?“ Geouffre knackte erst mit dem Zeigefinger, dann mit dem Mittelfinger der linken Hand.

„Das lässt sich den Unterlagen nicht entnehmen. Die Untersuchung ist ja nicht in eine Anklage gemündet. Ich würde vorschlagen, dass sich jemand nach Brüssel begibt und die Sache prüft. Hier habe ich übrigens eine Liste seiner Mitarbeiter in Bonn. Ich denke, es wäre gut, wenn ich selbst mit ihnen spreche, natürlich in Zusammenarbeit mit den deutschen Kollegen.“

„Na also, Olivier. Wird doch! Und sonst noch was?“

Diese Kommentare gehen mir auf den Sack, dachte Olivier wütend. Und das am Sonntagmorgen um diese grausliche Zeit. Wieder holte er tief Luft. „Er hat eine Villa in Bonn Bad-Godesberg. Zahlt monatlich fünftausendzweihundert Euro ab. Er fährt ein

Mercedes-Sport-Coupé, das doppelt so viel kostet, wie ich in einem ganzen Jahr verdiene. Zweitwagen für die Frau, selbstverständlich. Natürlich arbeitet sie nicht. Sie war nicht zu Hause, als unsere deutschen Kollegen bei ihr anklingelten. Ist auch bis jetzt nicht nach Hause gekommen."

„Rainer versucht doch tatsächlich, mich zu verkuppeln", erzählte Anna. „Bringt mich beiläufig mit Bekannten zusammen und hat eine hübsche kleine Schmierenkomödie mit meiner besten Freundin veranstaltet, um mir ein Rendezvous aufzunötigen."

Monsieur Hugo betrachtete sie prüfend. Ihr Gesicht sah bitter, fast verhärmt aus in der frühen Morgensonne. „Sie sind schon wieder traurig, Anna", stellte er fest.

„Nein." Sie schüttelte den Kopf. „Oder vielleicht doch. Ein bisschen." Ein Lächeln glättete die harten Linien und ging in breites Grinsen über. „Der Typ am Montag war wirklich die Härte! Obwohl – im Nachhinein betrachtet ist es komisch." Mit verschwörerischer Geste winkte sie Hugo zu sich heran. „Ich finde Käse wahnsinnig aufregend", raunte sie ihm ins Ohr, um dann loszulachen. „Mein Gott, war das vielleicht ein Idiot!"

Sie schlenderten durch den Garten, es roch nach Steinkraut, Brautmyrthe und Cassia. Monsieur Hugo hakte sich bei ihr ein und bugsierte sie zu einer grauen, verschnörkelten Steinbank, die in einer Laube aus Kletterrosen stand. Umständlich fegte er mit seinem Leinentaschentuch ein paar kleine Äste und Blätter von der Sitzfläche, breitete das Tuch dann aus und bedeutete Anna, sich darauf zu setzen.

Hugo, der Gute! Bei jedem anderen hätte sie schon einen beißenden Kommentar losgelassen. Sie lächelte gerührt.

„Apropos Käse", warf er ein. „Ich habe da neulich aus Munster einen wundervollen kleinen Tomme gehabt. So etwas Prächtiges habe ich schon lange nicht mehr gegessen. Er war aus Ziegenrohmilch und von klassischer Reife."

Anna sah ihn interessiert an. „Aus Munster? Das überrascht mich. Ich habe nicht gewusst, dass hier im Elsass auch Tomme hergestellt werden. Verraten Sie mir die Quelle, Hugo?"

„Aber natürlich! Sie sollten diesen Käsehändler wirklich aufsuchen, er ist ein Juwel, dieser Tomme. Sie sollten hinfahren und einen Vertrag aushandeln. Und jetzt erzählen Sie mir von dem Idioten."

Marcel versuchte, seinen Körper auf dem kleinen Stuhl in eine bequemere Position zu bringen. Dabei stieß er mit dem Knie gegen das Tischbein und fluchte leise. Er merkte, wie sein Hirn immer träger wurde. Die Sonne, verstärkt durch die Glasscheibe, wärmte sein Gesicht. Er hörte Vögel zwitschern. Ein Gemisch aus Benzindunst und frisch gemähtem Gras drang durch das aufgeklappte Fenster. Konzentration, fuhr er sich stumm in die Parade. Du sitzt nicht hier, um zu dösen. Bald musst du die Prüfung ablegen. Jede Menge Wissen zum einen Ohr rein und zum anderen wieder raus. Toll! Sachkundeprüfung und Lizenz. Lizenz zum Töten. 007. Hatte viele Frauen, dieser 007. Vielleicht fährt die Dunkelhaarige da vorne ja auch auf ihn ab. Nein, vermutlich eher auf diesen Antihelden von Truffaut, diesen kleinen Jean-Pierre Léaud. Oh, Monsieur Léaud, flötet sie und sieht ihn schwärmerisch an. Darf ich Sie Marcel nennen ... Blödsinn! Energisch fixierte er seinen Lehrer.

„Meine Damen, meine Herren", fuhr der Dozent der Landwirtschaftsschule in Straßburg fort, „hiermit ist Ihre letzte Stunde bei mir beendet. Ich muss Ihnen aber leider noch eine unangenehme Mitteilung machen."

Marcel, plötzlich hellwach, warf René einen alarmierten Blick zu.

Nervös rückte der hagere Mann seine Brille zurecht und räusperte sich mehrmals. „Sie alle legen nächste Woche die Sachkundeprüfung vor der Handwerkskammer ab. Ich weiß nicht, ob Sie in den letzten Tagen die Nachrichten verfolgt haben."

Kein Laut war mehr zu hören.

Wieder schob er umständlich an seiner Brille herum. „Es ist gerade eine neue Verordnung der Europäischen Union in Arbeit."

„Was?!" Aus etlichen Richtungen kamen die Rufe.

Verlegen sah der Dozent in die Runde. „Es tut mir wirklich leid für Sie, aber es sieht so aus, als wolle die Europäische Union die Richtlinien für die Führung von milchwirtschaftlichen Betrieben verändern."

„Was bedeutet das im Klartext?", fragte Marcel hart.

Der Lehrer sagte es ihnen. Mit betretenem Schweigen löste sich die Runde auf.

Es ist mein Geld. Immer wieder zirkelte der Gedanke durch Renates Hirn. Es ist mein Geld, mein Geld, mein Geld! Eiskalt der Körper, dumpfer Klumpen im Magen, schmerzende Verzweiflung. Mein Geld! Du Schwein. Du elendigliches Schwein. Du hast mich bestohlen. Reichen nicht die zwanzig Jahre, die ich dir gegeben habe? Ich habe dich verehrt, geliebt, unterstützt. Immer war ich für dich da. Eine faire Partnerschaft hast du propagiert! Ist ja widerlich. Mein Geld ist es. Du hast es gestohlen. Und du hast mich benutzt. Meinen Körper hast du benutzt. Und mir eingeredet, ich wäre frigide. Dass ich nicht lache. Du mieser Kerl! Schüttelfrostartiges Schluchzen, klappernde Zähne, das Heulen hört nicht auf.

Ich habe dich geliebt! Ich habe dir vertraut!

„Was meinst du damit", flüsterte Wolfgang. Sie hockte im Sessel und rührte sich nicht. Ihr Gesicht war vom vielen Weinen fleckig und aufgedunsen. „Was ist das für Geld, Renate?"

„Mein Geld!" Dies kam nun beharrlich zum fünften Mal.

„Du hast mir nie davon erzählt." Wolfgang hockte nun neben ihr auf dem Boden und streichelte ihre kalte Hand. „Babusch, sag endlich, was los ist."

Renate starrte noch immer auf einen imaginären Punkt an der Wand, genauso reglos, wie er sie vor einiger Zeit gefunden hatte.

„Ich habe die Bank in der Schweiz angerufen", sagte sie endlich monoton. „Das Konto ist aufgelöst. Das Geld ist weg." Sie fing an zu summen. Wiegte sich leicht hin und her, mit den Armen die hochgezogenen Knie umfassend. „Futsch ist futsch", sang sie leise, „futsch ist futsch."

Ratlos blieb Wolfgang neben ihrem Sessel hocken.

Nach ein paar Minuten straffte sich Renate plötzlich. „Komm, gib mir eine Zigarette." Zum ersten Mal, seit er da war, sah sie Wolfgang an. „Ich muss ja grässlich aussehen." Sie lachte zittrig und inhalierte tief. „Na ja, egal, das ist jetzt wirklich das geringste Problem." Nachdenklich sog sie den Rauch ein.

Dann gab sie sich einen Ruck. „Na gut. Dann will ich dir mal eine schmutzige kleine Geschichte von viel Geld erzählen."

Einen Teil des Tages hatte Anna damit verbracht, bei diversen kleinen Käsehändlern und Bauern unterschiedliche handgefertigte Munster und die quadratischen Carré de l'Est einzukaufen. Dank Hugo, der immer bestens darüber informiert war, wo man die feinste Qualität erstehen konnte, ging der Einkauf im Elsass meistens relativ schnell über die Bühne.

Gammeln. Füße hochlegen und schmökern. Stattdessen setzte Anna sich an ihr Notebook. Sie beobachtete einen Vogel in dem Blumenkasten vor dem Fenster, der so lange an einer Pflanze rupfte, bis er sie aus der Erde gelöst hatte und mit der Beute im Schnabel davon flog. Sei jetzt vernünftig, ermahnte sie sich.

Vernunft, tippte sie probeweise in das Dokument. Sie markierte das Wort. Wollen wir doch mal sehen, was der Thesaurus dazu zu sagen hat. So, so: *Vernunft respektive Besonnenheit. Besonnenheit respektive: Einsicht. Besinnung. Verständnis. Klarsicht. Urteilskraft ... Klugheit.* Na also! Anna nickte. Selbstverständlich bin ich klug.

Dann gähnte sie. Vernunft ist einfach langweilig. Sturzlangweilig! Aber – hier gähnte sie wieder herzhaft – leider notwendig. Energisch begann sie zu schreiben.

Die Ziegenkäse
Nach dem Zweiten Weltkrieg lehnten viele Milchbauern die Ziegenwirtschaft als unökonomisch ab und wandten sich der technisierten, modernen Landwirtschaft zu. Wegen ihrer Genügsamkeit, was das Futter betrifft, werden Ziegen heute jedoch wieder von vielen kleineren Bauernbe-

trieben gehalten, die nur über wenig oder karges Land verfügen. Insbesondere in Regionen wie dem Poitou, der Provence und Korsika erlebte die Produktion des Ziegenkäses in den letzten zwanzig Jahren einen neuen Aufschwung, der die alte Tradition wieder aufleben ließ.

Vier Liter Milch am Tag gibt eine Ziege durchschnittlich. Die Ziegenmilch ist reichhaltiger an Fett als Kuh- oder Schafmilch. Sie wird unter Zusetzung von Lab langsam erhitzt, bis die Milch zu einer gallert- oder puddingartigen Masse gerinnt. Vorsichtig wird die Masse dann in Stücke geteilt, damit die Molke besser ablaufen kann. In Formen mit durchlöchertem Boden gefüllt trocknet der Käse. Zwanzig bis dreißig Tage Reifung verändern das Aussehen. Die Kruste wird rissig und weist in fleckigen Belägen gelblichen oder bläulichen Schimmel auf. Am Anfang noch mild im Geschmack, wird der Käse immer schärfer und trockener.

„Ich fasse es einfach nicht." Ruhelos nahm Marcel seine Wanderung in der großen Küche wieder auf. Claire schaukelte ihr Baby sanft hin und her, René starrte vor sich hin. Der alte Brunel zündete sich am Stummel seiner letzten bereits die nächste Gauloises an.

„Wie oft soll ich dir eigentlich noch sagen, dass du nicht qualmen sollst, solange das Baby im Raum ist!" Claire bedachte ihn mit einem angriffslustigen Blick.

Brunel kratzte sich verlegen am Kopf, brummte aber aufmüpfig: „Ohne seine Gauloises, seinen Wein und seinen Pastis ist der Franzose nun mal kein Franzose."

„Klar. Und alle Deutschen saufen Bier und tragen Dirndl und Lederhosen", konterte Claire. „Versteck dich nicht hinter so dämlichen Allgemeinplätzen. Und jetzt mach die Zigarette aus. Du kannst bei dir oben rauchen, bis dir der Qualm aus den Ohren rausquillt, aber nicht hier, wenn das Kind im Raum ist."

„Mon Dieu!" Brunel verdrehte die Augen und drückte die Gauloises aus. „Kann dieses Weib giftig sein!"

„Deutsche Normen", zischte Marcel. „Wir waren fertig, noch fünf Tage, und wir hätten die Sache im Sack gehabt, und jetzt kommen diese Dreckskerle mit deutschen Ausbildungsnormen!"

„Hör auf, so rumzurennen", sagte Claire. „Das macht mich nervös."

„Ich mache dich nervös?" Heftig fuhr Marcel zu ihr herum. „Ich? Also wenn einen was nervös machen kann, dann ja wohl dieser deutsche Mist!"

„Jetzt komm mal auf den Teppich zurück und hör auf, mich so anzubölken."

„Ich kann nicht mehr", tobte Marcel.

„Wer so schreien kann, kann noch ganz gut", kommentierte Claire leise.

„Dann mach du's doch", schimpfte Marcel weiter. „Stattdessen versteckst du dich hinter dem Kind!"

„Haha!" Claire sprang auf und drückte Marcel das Baby in den Arm. „Sehr witzig, aber das hatten wir ja bereits. Weder ich noch René haben die nötigen Qualifikationen für dieses Studium." Prompt fing das Baby an zu jammern.

„Hört endlich auf zu streiten", mischte sich der alte Brunel ein. „Es ist doch noch gar nicht beschlossene Sache. Vielleicht wird der Gesetzesentwurf ja abgelehnt."

René, der zusammengesackt auf der Küchenbank hockte und schon lange nichts mehr gesagt hatte, murmelte „Wird er nicht. Worauf du einen lassen kannst!"

„Dann müssen wir eben dafür sorgen, dass es nicht dazu kommt." Brunel ließ die Faust kämpferisch auf den Tisch krachen. „Hört her!" Routiniert schlug er eine neue Gauloises aus der Packung, hielt dann aber mitten in der Bewegung inne und steckte sie wieder zurück.

„Wir werden die Bauern hier zusammentrommeln, von denen hat doch keiner einen Abschluss." Er warf einen funkenden Blick in die Runde. „Wir werden den hohen Herren Dampf unterm Arsch machen!"

„Arbeiter, Bauern, nehmt die Gewehre, nehmt die Gewehre zur Hand", summte Claire leise.

„Wie schade, dass Ihre reizende Gattin unpässlich ist." Monsieur Fabian lächelte charmant.

„Ja, wirklich sehr schade. Diese Grippewelle im Moment..." Harald seufzte, nicht eine Regung zeigte sich in seinem Gesicht.

„Aber", fuhr Monsieur Fabian freundlich fort, „vielleicht ist es ganz gut so. Ich wollte mit Ihnen eine geschäftliche Angelegenheit diskutieren", er räusperte sich kurz, „vertraulich, Sie verstehen."

Fragend zog Harald eine Augenbraue in die Höhe.

„Bald wird die Europäische Kommission über Ihren Gesetzentwurf entschieden. Wie es im Moment aussieht, ist es fraglich, ob Sie damit durchkommen werden. Vor allem Mitgliedsstaaten wie Spanien, Portugal, Griechenland und auch Italien werden sich gründlich überlegen, ob sie mit dieser Angleichung nicht ihre eigene Landwirtschaft schädigen würden. Und selbst der französische Minister", wieder räusperte sich Monsieur Fabian, „hat so seine Bedenken."

„Weshalb nun dieser Sinneswandel?", fragte Harald alarmiert. „Sie hatten mir doch zu verstehen gegeben, dass Frankreich nichts gegen das Gesetz unternehmen würde."

Monsieur Fabian hob sein Glas gegen das Licht. „Ihr Deutschen habt doch ein unvergleichliches Bier." Er nahm einen großen Schluck. „Köstlich, einfach köstlich. So viele Sorten. Und jede hat ihre eigene Note."

„Die Belgier sind uns um Meilen voraus", sagte Harald. „Kommen Sie doch zur Sache!" Nervös strich er sich über den Schnurrbart.

„Nun, der Minister zweifelt mittlerweile, ob die Unterstützung dieses Gesetzentwurfes nicht doch eheblche Probleme nach sich ziehen würde. Bereits vor einigen Monaten gab es heftige Proteste wegen der Aufhebung der Importzölle für landwirtschaftliche Produkte. Sie haben es sicher in der Zeitung gelesen."

Harald lachte grob. „Sie wollen mir doch nicht erzählen, dass ein paar grölende Landwirte, die nachts die Straßen nach Paris blockieren, nicht in den Griff zu bekommen wären! Außerdem sind die französischen Bauern doch ruhig, seit die staatlichen Subventionen noch einmal erheblich erhöht wurden."

„Nun ja mit den Bauern werden wir schon fertig. Aber der Minister ist dennoch – besorgt, gerade weil es eine ganze Zeit ruhig war an der Agrarfront und jetzt aber wieder losgeht. Er hat mir die Sache zur nochmaligen Prüfung in die Hände gegeben. Er wird sich ganz", hier lächelt Monsieur Fabian mild, „auf meine – äh – Einschätzung der Lage verlassen."

Sorgfältig drehte Harald ein Stückchen Weißbrot zu einer Kugel zusammen. Er war nun sehr vorsichtig. „Ja", sagte er bedächtig, „Sie sind sicher der richtige Mann, diese Frage zu beurteilen. Könnte man diese Einschätzung eventuell – wie soll ich sagen – festigen? Falls Sie vielleicht selbst noch gewisse Unsicherheiten haben ... möglicherweise kann ich ihnen ja behilflich sein?"

Monsieur Fabian lächelte wieder. „Ich denke, eine gewisse Unterstützung Ihrerseits könnte durchaus zur Klärung der Angelegenheit beitragen. Vielleicht haben Sie ja Lust, mich vor meiner Empfehlung an den Minister noch einmal zu besuchen? Sagen wir, am Wochenende davor, bei mir zu Hause in Straßburg, ja? Dann lässt sich sicherlich alles in Ruhe besprechen."

„Anna Mandinsky, Fünfundvierzig Jahre alt, ledig. Hier ist ihre Akte."

Commissaire Geouffre überflog das Papier, das Olivier ihm reichte. „Lehramtsstudium, Französisch und Geographie", las Geouffre.

„Ja", bestätigte Olivier. „Seit ihrer Ausbildung arbeitet sie freiberuflich für eine Reihe von Fachzeitschriften. Sie schreibt Artikel, Restaurantkritiken, Berichte über Neueröffnungen von kleinen Geschäften, so ein Zeug."

„Hm", räusperte sich Commissaire Geouffre. „Und dieser Käsehandel." Er legte den Bericht beiseite und rieb sich die müden Augen. „Sonst noch was Interessantes?"

„Doch, auf der nächsten Seite. Während ihrer Studienzeit war sie aktiv in der Anti-Atomkraft-Bewegung, wurde zwei Mal auf Demonstrationen verhaftet, das zweite Mal saß sie etwas länger ein, weil sie einen Polizisten tätlich angegriffen hat."

„Was hat sie gemacht?", fragte Geouffre interessiert.

„Sie hat ihn gebissen. Es musste genäht werden." Olivier grinste anzüglich. „Sie behauptete, er hätte ihr an die Wäsche gewollt. Sie hat ihm das Knie in die Eier gerammt und ihn in die Schulter gebissen. Als die Kollegen in den Raum rannten, hing sie fest wie ein Terrier und er schrie, während er auf sie einprügelte."

„Tsssss! Rabiates Weib."

„Genau. Und wissen Sie, was sie dann gemacht hat? Es gab ein Interview mit ihr in diesem Magazin 'Le mirroir', 'Der Spiegel', mit Fotos von ihren Blessuren. Schauen Sie sich die Bilder mal an, die Leitung nach Bonn steht. Sie sah nämlich selber mächtig mitgenommen aus, die Dame. Das Verfahren wurde dann ganz schnell eingestellt. Die Wogen schlugen ohnehin hoch in Deutschland, das Thema Polizeigewalt war Ende der Siebziger ziemlich brisant."

Geouffre schnalzte abfällig mit der Zunge.

„Als die Grünen gegründet wurden, war sie mit von der Partie, ist dort aber vier Jahre später mit großem Tamtam zusammen mit vielen anderen wieder ausgetreten. Sie warfen der Partei vor, sie habe ihre Grundprinzipien verraten, seit die sich im Bundesparlament etabliert hätte. So in etwa war der Tenor, auch das hat Wirbel in der Presse gemacht. Seitdem keine weiteren politischen Auffälligkeiten."

„Was ist los?" Verblüffung machte sich in Marcels Miene breit.

„Tja, mein lieber Freund, Sie sollten öfter die Nachrichten hören." Monsieur Minhard sah ihn traurig an und rieb sich die dicke, großporige Nase. „Es gibt eine neue Verordnung, die die Verwendung von Rohmilch erheblich einschränkt."

„Was soll denn dieser Schwachsinn?"

„Ich bedauere es sehr, wirklich. Es ist nicht meine Schuld. Sie wissen, ich schätze Ihre Tomme sehr." Mit einer beschwörenden Geste spreizte Monsieur Minhard die Hände. „Die Europäische Kommission entscheidet nächste Woche über diesen Entwurf. Es kam gestern im Radio."

Das darf doch nicht wahr sein! Irrenhaus Europa, oder was! Entgeistert starrte Marcel auf die glänzende Glasfläche der Theke, hinter der sich appetitlich angerichtet verschiedenste Käse und Würste türmten.

„Na na, vielleicht können Sie das Rezept ja verändern. Es muss doch nicht gerade Rohmilch sein. Aber jetzt", fuhr Monsieur Minhard jovial fort, „habe ich ja noch einmal 150 von diesen hervorragenden kleinen Leibern bestellt."

Ganz ruhig bleiben, Marcel, der Mann kann schließlich nichts dafür! In den Taschen ballte er seine Hände zu Fäusten und holte einmal tief Luft.

„Verstehen Sie nicht, dass die Tomme gerade durch

die Rohmilch ihren außergewöhnlichen Geschmack erhalten?"

Abrupt wandte er sich ab. Gerade noch konnte er den Zusammenstoß mit einer Frau vermeiden, die soeben über die kleine Treppe in den Laden hinunterstieg.

Erschreckt sprang Anna beiseite, um Platz zu machen. „Olalá, was war denn das?"

„Armer Monsieur Fouchard!" Der Käsehändler schnalzte bedauernd mit der Zunge. „Er macht hervorragende kleine Tomme aus Ziegenrohmilch, und das wird vermutlich bald nicht mehr gehen – die Bestimmungen, Sie verstehen?"

Ziegenrohmilch ... Tomme ... doch nicht etwa der, von dem Hugo so schwärmt? Den Rest des Satzes registrierte Anna schon gar nicht mehr. Merk dir bloß den Namen, wenigstens dieses eine Mal, dachte sie. Fouchard, Fouchard, Fouchard.

„Sagen Sie, Monsieur, kann ich mal ein Stück von diesem Tomme probieren? Oder haben Sie auch noch andere Tomme aus Ziegenrohmilch aus dieser Region hier?"

„Nein Madame, das ist hier eine Besonderheit." Gemächlich beugte sich Monsieur Minhard tief in die gläserne Theke hinein und tauchte mit einem kleinen, gräulichen Käse wieder auf. Er schnitt ein Stück ab, von dem er sorgfältig die buckelige Rinde entfernte, und spießte es auf einen Zahnstocher, den er ihr dann schwungvoll präsentierte. „Bitte! Probieren Sie. Und brechen Sie sich ein Stück Baguette ab, bitte."

Anna bediente sich und schob das dargebotene Stück Käse in den Mund. „Mmmh! Wirklich köstlich! Er kommt hier aus der Region, der Käse, sagten Sie?"

„Ja, er wird auf einem kleinen Hof ganz in der Nähe gefertigt. Eine Art Familienbetrieb."

Anerkennend nickte sie. „Davon können Sie mir gleich einen ganzen einpacken."

Ach, das war es also diesmal. Hugo hob das bunte Seidentuch hinter dem Lehnstuhl auf, in dem Anna gesessen hatte. Immer ließ sie etwas liegen, es war nur eine Frage der Zeit, wann er auf eine ihrer Hinterlassenschaften stieß, die an den überraschendsten Orten aufzutauchen pflegten. Ein Schirm, nachlässig neben der Truhe in der Halle auf den Boden gelegt. Ein Buch, aufgeklappt auf der Lehne des Sofas im Salon. Ihre Sonnenbrille, achtlos ins Gras neben eine Gartenliege geworfen. Eine einsame Zahnbürste im ansonsten leeren Gästebadezimmer. Eine T-Shirt, zum Auslüften an die grüne Klapplade vor das Fenster gehängt. Ein bunter Badeanzug auf der Leine im Garten. Eine zu einer Wurst gedrehte Unterhose unter dem dunklen großen Bett mit den gedrechselten Holzbeinen.

Mit geradezu detektivischem Gespür begab sich Hugo Rouvillion auf die Suche und folgte wie ein Hund witternd ihrer Fährte, sobald Anna ihn verlassen hatte.

Er lächelte, als er den schmiegsamen Stoff durch seine Hand gleiten ließ. Wickelte ihn ums Handgelenk und zog sachte daran, bis es sich in weich streichelndem Fluss wieder vom Arm löste. Plötzlich presste er das Tuch zusammen, vergrub sein Gesicht darin und atmete den feinen Duft in sich ein, der noch an der Seide haftete.

Obwohl Munster für den Tourismus aufgepeppt worden war, sauber hergerichtet mit Blumenkästen vor bunt gestrichenen Fensterläden und alten, polierten Schildern über den Geschäften, erreichte das Städtchen nicht den Charme anderer elsässischer Dörfer und Städte. Das machte Munster aber eigentlich umso sympathischer. Jetzt, in der Nachsaison bot es einen eher verschlafenen Anblick.

Das *Hotel de la Poste* entsprach ganz Annas Geschmack. Im Vergleich zu den properen Hotels und Pensionen an den Hauptpromenaden der Stadt war es eher etwas schäbig. Ein Blick in den kleinen Gastraum mit den verkratzten Holztischen, die gerade mit Papiertischtüchern für den Abendbetrieb eingedeckt wurden, bestätigte ihren Eindruck, dass dieses Gasthaus von den Einheimischen frequentiert wurde und nicht auf Touristenfang aus war. Wie gewünscht bekam sie ein kleines Dachzimmer mit Blick auf die unterschiedlich gestaffelten rotbraunen Ziegeldächer. Die Rosentapete strahlte eine gemütliche Antiquiertheit aus.

Anna ließ sich auf das Bett fallen. Mit leichtem Seufzer registrierte sie die typische Schlabbermatratze mit der obligatorischen Kuhle in der Mitte. Französisches Bumsbett, und keiner zum Bumsen da. Plötzlich fühlte sie sich sehr einsam.

„An die Arbeit, chérie!", ermunterte sie sich. Sie schwang ihre Beine vom Bett. „Ich werde mir noch einen Hamster zulegen, mit dem ich auf Reisen reden kann." Die Vision einer verhutzelten, gebeugten Frau mit grauem Knoten und schwarzem Schultertuch, die sich zu einem dickbäuchigen Hamster herunter beugte, zog vor ihr auf. Der Hamster drehte eine stupide Runde nach der nächsten in seinem quietschenden Laufrad, während die Alte sich mit ihm über das Wetter unterhielt. Verdammt lang war es her, seit sie jemand zärtlich *Chérie* genannt hatte. Mit verwässertem Blick folgte sie den dornigen Windungen auf der Rosentapete.

„Heul doch!", brummelte sie. Dann griff sie energisch nach ihrem Notebook und formulierte den ersten Satz.

Erleichtert atmete sie auf. Diese Krise war überwunden.

Die Weißschimmelkäse:
Der berühmteste Weißschimmelkäse ist mit Sicherheit der urheberrechtlich geschützte Camembert de Normandie, womit keinesfalls die in jedem Supermarkt erhältlichen Brie aus pasteurisierter Milch gemeint sind. Neben diesen industriell gefertigten, eher geschmacksneutralen Produkten gibt es jedoch eine Reihe von hochwertigen, handgefertigten Bauernprodukten, die in ihrer Eigenschaft dem Camembert sehr ähnlich sind.
Die Weißschimmelkäse sind Süßmilchkäse, die mit Lab zum Gerinnen gebracht werden. Die so aufbereitete Rohmilch teilt sich in Bruch und Molke. In seitlich gelöcherte Formen geschöpft wird der Bruch auf Brettern übereinander gestapelt und erneut gepresst, sodass weitere Molke abfließen kann. Schließlich werden die Käse in Salzlösung getaucht, getrocknet und bei hoher Luftfeuchtigkeit und ca. 15 Grad Celsius gelagert, bis sich die charakteristische weiße Schimmelschicht entwickelt. Bei der modernen Käsefabrikation wird dieser Prozess durch das Besprühen mit Penicilium Candidum beschleunigt.

Seinen Schlüssel benutzte er so gut wie nie. Es war ihre Wohnung, und so sollte es bleiben. Während Wolfgang jetzt klingelte, überlegte er bange, in welcher Verfassung Renate sich heute befinden würde.

Gehüllt in das rote lange Seidenshirt, das sie so sehr mochte, öffnete sie ihm. „Ich will nicht darüber reden", sagte sie, „lass uns einfach nicht darüber sprechen. In Ordnung?"

Wolfgang nickte. Ganz offensichtlich hatte sie beschlossen, sich einen schönen Abend zu machen. Er vergrub seine Nase in der Beuge ihres Halses. „Du riechst lecker."

Leise lachend zog sie ihn ins Zimmer hinein. Zu den Klängen von Peggy Lees *Fever* tanzte sie langsam auf ihn zu, legte die Arme um seinen Hals und zog ihn in einen wiegenden Blues. Sachte schwangen sie sich hin und her, wobei Renates Bewegungen immer aufreizender wurden, bis sie sich schließlich im Rhythmus der Musik an seinem Körper rieb.

„Ich bin brünstig", murmelte sie, während sie mit den Händen seinen Hintern umspannte. „Brünstig wie dieses vollmundige blondgelockte Weib aus dieser Werbung, das da mitten in der öden Wüste von Arizona in dieser Kneipe am Ende der Welt diesem wahnsinnig muskulösen Typ in Unterhosen die Jeans aus dem Kühlschrank holt und dann mit hungrigen Augen verfolgt, wie er sie Knopf für Knopf schließt..."

„Ich weiß, was du meinst." Wolfgang lächelte, als sie den Druck auf seinem Hintern verstärkte.

Als das schwülstige Tenorsaxophon von Sil Austins *Harlem Nocturne* ertönte, öffnete sie langsam seinen Gürtel.

Anna befand sich gerade mitten in Afrika, von Krankheiten ausgezehrt und kurz vor dem Verhungern, aber dennoch besessen von der Idee, die Quellen des Niger aufzuspüren. War eine Geschichte packend geschrieben, tauchte sie hinein in die Handlung, schottete sich gegen die realen Einflüsse ihrer Umgebung ab und erlebte die Abenteuer, Gefühle und Verstrickungen der dargestellten Personen mit, als wäre sie selbst Teil dieses Szenarios.

Unwillig löste Anna sich von T.C. Boyles Roman *Wassermusik*, als eine größere Gruppe von Menschen lebhaft diskutierend den kleinen Gastraum mit den weiß eingedeckten Holztischen durchquerte und auf die Tür zusteuerte. Gerade wollte sie sich wieder in die Geschichte versenken, da erkannte sie den Mann, mit dem sie am Nachmittag beinahe zusammengeprallt wäre.

Foucheur, Fouchand, Fouchine, überlegte sie. Das darf doch nicht wahr sein! Schon wieder hatte sie sich den Namen nicht gemerkt!

Einen alten Mann und einen gefleckten Hund von der Größe eines Shetlandponys im Schlepptau steuerte der kleine Dunkelhaarige zielstrebig auf die hölzerne Theke im Nebenraum zu.

Anna beobachtete, wie er hastig mehrere Gläser Cognac in sich hinein stürzte.

Schließlich gab sie sich einen Ruck und ging zur Bar hinüber. „Bonsoir." Zögernd streckte sie ihm die Hand entgegen. „Ich bin Anna Mandinsky."

Ein leicht verschwommener Blick traf sie.

Oh je, das fängt ja gut an. Der ist ziemlich über den Berg, dachte Anna. „Ich habe Sie heute bei Minhard gesehen, Sie hätten mich beinahe umgerannt", fuhr sie noch etwas kleinlauter fort.

Warum sagt er denn nichts, der Hornochse! Glotzt mich an, als wäre ich eine Erscheinung.

„Soll das eine Anmache sein? Ich bin nicht in Stimmung!" Der Mann schwankte leicht auf seinem Barhocker, als er sich wieder zur Theke drehte. „Jean-Pierre, un autre Cognac!" Er stützte sein Kinn in die Hand und starrte wieder vor sich hin.

„Du aufgeblasener Idiot", schnaubte Anna auf Deutsch, drehte sich um und wollte gehen, als sie sich rüde am Handgelenk gepackt sah.

„Glauben Sie bloß nicht, ich würde kein Deutsch verstehen." Triumphierend sah er sie an. „Ich bin hier im Elsass aufgewachsen."

„Jetzt reicht es aber, Marcel!" Entschlossen trat der alte Mann in Aktion. Und zu Anna gewandt: „Mademoiselle, s'il vous plait! Sie müssen entschuldigen. Er ist nicht immer so. Eigentlich ein netter Junge. Er hat zu viel getrunken."

„Das ist mir nicht entgangen!" Wütend schüttelte sie Marcel ab, der immer noch ihr Handgelenk festhielt.

„Ich bin Jaques Brunel." Schüchtern schob der Alte ihr die Hand entgegen. „Und das ist Marcel Fouchard."

„Anna Mandinsky." Schon etwas besänftigter nahm sie die schwielige, faltige Hand.

„Also, was wollen Sie", mischte Marcel sich ein. Eine dunkle Haarsträhne fiel ihm über das rechte Auge, das linke schielte sie über den Rücken seiner kühn geschwungenen Nase misstrauisch an.

Mit dem Rücken gegen den Tresen gelehnt fühlte Anna sich entschieden besser. „Ich habe gehört, dass Sie außergewöhnliche Tomme herstellen, aus Ziegenrohmilch." Sie atmete erleichtert durch, ein Anfang war gefunden nach diesem lächerlichen Auftakt. „Ich möchte Ihre Käse kaufen, Sie unter Vertrag nehmen. Ich habe einen Käsehandel in Deutschland."

Marcel stieß vernehmlich auf. „Ich darf keine Käse mehr machen", sagte er düster, drehte sich wieder zur Theke herum und schüttete den nächsten Cognac in sich hinein. „Un autre", rief er, das Glas in die Höhe hebend.

„Mais non, er meint das nicht so!" Monsieur Brunel drängte sich nun vollends in den Vordergrund. „Natürlich können wir verkaufen!"

Anna ließ sich am Ellenbogen ein paar Meter von Marcel wegschieben. Brunel führte sie zu einem der kleinen Bistrotische am Fenster.

„Deux petit noir, Jean-Pierre", rief er zur Theke hinüber. „Sie trinken doch einen Kaffee?"

Anna nickte. „Merci!" Sie lächelte ihn an.

„Sie müssen morgen zu uns auf den Hof kommen", sagte Brunel eindringlich, nahm seine Baskenmütze vom Kopf und versuchte vergeblich, mit der Linken das schlohweiße Haar zu glätten, das jetzt wüst in die Höhe stand. „Dann lässt sich über alles reden. Sprechen Sie mit Claire. Wissen Sie", fuhr er redselig fort, „der Hof gehört nämlich eigentlich mir. Und die Käse werden nach einem Rezept meines Großvaters hergestellt." Das kam nun sehr stolz.

„Ist der da etwa Ihr Sohn?"

Brunel lächelte verschmitzt. „Nein, aber fast." Umständlich klopfte er sich eine Gauloises aus der zerknitterten Packung und zündete sie sich an.

Geduldig lauschte Anna dem explosiven Hochdruckzischen der Espressomaschine.

„Wissen Sie, meine Frau starb bei der Geburt unseres Kindes. Meine Tochter habe ich alleine großgezogen, aber als sie halbwegs erwachsen war, wollte sie unbedingt nach Paris. Wollen die ja heute alle, die dummen Dinger. Als ich älter wurde, konnte ich nicht mehr so alleine. Nicht mehr so gut jedenfalls. Aber weggehen wollte ich auch nicht." Monsieur Brunel schüttelte sachte seinen Kopf. Die Zigarette verbrannte zwischen seinen Fingern, ohne dass er einen weiteren Zug genommen hätte. „Ich hatte

Angst, wissen Sie. Einen alten Baum sollte man doch nicht verpflanzen!"

„Und wie ging es weiter?" Neugierig beobachtete Anna Brunels lebhaftes altes Gesicht.

„Im Juni 1999 – oder war es 2000? ... na, ist ja auch egal, also auf jeden Fall kam ein Paar auf meinen Hof, Städter!" Hier schmunzelte er. „Sie wollten auf einer meiner Wiesen zelten, ich hatte nichts dagegen. Morgens haben sie Milch bei mir geholt. Ich habe ihnen auch meinen Käse angeboten. Und dann haben die beiden eines Abends Fleisch und Gemüse mitgebracht und für mich gekocht, als Dankeschön, dass sie umsonst zelten durften."

Anna sah ihn aufmunternd an, während sie eine ihrer rötlichen Locken um ihren Finger drehte.

„Claire und René Ardent aus Paris", fuhr Monsieur Brunel fort. „Sie sind dann viel länger geblieben, als sie eigentlich vorgehabt hatten. Und ein paar Monate später kam dann das Angebot."

„Was für ein Angebot", fragte Anna.

„Sie wollten mit einem Freund zusammen den Hof kaufen. Sie konnten nicht sehr viel zahlen, aber sie haben mir angeboten, dass ich hier wohnen bleiben kann und sie mich mit versorgen. Nun habe ich wieder eine Familie, sogar eine kleine Enkelin. Ich bin jetzt Grandpère!" Monsieur Brunel grinste fröhlich.

„Und er ist der Freund." Anna wies mit dem Kinn zu Marcel hin, der wie ein nasser Sack auf dem Barhocker hing.

„Ja, so ein netter Junge. Er trinkt sonst nie so viel, schon gar nicht so harte Sachen. Kommen Sie morgen zu uns, dann können Sie alles besprechen."

Anna schickte noch einen skeptischen Blick zu Marcel hinüber, dann nickte sie kurz entschlossen. „Gut, ich werde kommen."

„Chef! Unsere deutschen Kollegen haben gerade angerufen. Die Frau ist letzte Woche ausgezogen von
zu Hause, sagt die Haushälterin. Plötzlich waren alle
ihre Sachen weg. Ein ganz normales Ehepaar, sagt
sie. Keine großartigen Streitereien. Sie hatten schon
seit mehreren Jahren getrennte Schlafzimmer, aber
im Umgang miteinander schienen sie nett zu sein."
Olivier schnaufte aufgeregt. „Daraufhin haben unsere Kollegen den Computer vom Einwohnermelde-
amt befragt. Und wissen Sie was! Die Madame
Schreiber hat schon seit einem halben Jahr eine
Wohnung in einem Hochhaus in Bonn-Beuel gemietet. Seit einem halben Jahr! Und jetzt erst ist sie ausgezogen? Also, wenn das nicht seltsam ist, fress ich
'nen Besen!"

„Das ist nicht seltsam, sondern heutzutage leider
völlig normal", schnauzte Geouffre. „Es gibt kein
richtiges Zugehörigkeitsgefühl mehr, das ist es.
Frauen, die jahrzehntelang mit ihrem Mann verbunden waren, hauen plötzlich ab aus heiterem Himmel,
nur weil sie auf einem Selbstfindungstrip sind!"

„Ist das nicht ein bisschen schwarz weiß gemalt?",
warf Olivier vorsichtig ein. „So leichtfertig macht das
doch niemand. Da müssen schon noch andere Gründe eine Rolle spielen."

Verstohlen betrachtete er seinen Chef. Schwierig
war er ja immer schon gewesen. Seit dem Tod seiner
Frau war Geouffre jedoch so unberechenbar wie ein

Acker voller Tretmienen. Angespannt wartete Olivier auf die nächste Explosion. Aber sie kam nicht.

Er hat Recht, dachte Geouffre. Ich bin ungerecht. Mathilde traf nun wirklich keine Schuld. Mit abwesendem Blick starrte er aus dem Fenster. „Aber es macht die Sache vielleicht etwas erträglicher, alles in schwarz-weiß zu sehen", murmelte er leise. Plötzlich sah er sich selbst vor seinem inneren Auge, wie er das Kissen seiner Frau mit den Fäusten traktierte. Der Anblick beschämte ihn. So ging es nicht weiter, erkannte er plötzlich. Er würde sich ein neues Bett kaufen. Eines, in dem Mathilde keinen Platz mehr hatte.

Schwungvoll setzte Claire ihre Unterschrift unter den Vertrag, den sie gerade in ihrem Büro geschrieben hatte. „Dann wäre das also besiegelt. Vierteljährlich zweihundert Tomme Tomme an Anna Mandinsky, Selbstabholer. Wenn Sie nicht selbst kommen können, geben Sie uns rechtzeitig Bescheid."

Anna trank den Rest ihres Milchkaffees aus und lehnte sich behaglich zurück. Sie fühlte sich wohl in der großen, nach Kaffee und Holz duftenden Wohnküche, die erfrischend unaufgeräumt war. Mit den Augen folgte sie Claire, die das Baby von der Spieldecke in der Ecke der Küche hochhob und in den Kinderwagen legte. Claire, selbstsicher und gelassen. Ihr rundliches Gesicht, umrahmt von halblangen, blonden Locken, erinnerte an einen Barockengel von Michelangelo.

„Kommen Sie, ich zeige Ihnen die Wirtschaftsräume."

Zusammen überquerten sie den mit Kopfsteinpflaster belegten Hof und gingen auf die abseits stehenden flachen Steingebäude zu.

„Wir mussten die Innenräume komplett sanieren", erklärte Claire, „und dafür noch einmal einen ordentlichen Kredit aufnehmen. Der alte Brunel hat hier zwar bereits vorher Käse hergestellt, ihn aber hauptsächlich selbst gegessen – für einen so kleinen Mann ist er ein ausgesprochener Vielfrass!" Sie lachte fröhlich. „Ab und zu hat er noch ein paar Käse auf dem Wochenmarkt in Munster verkauft. Aber um unsere Pläne umsetzen zu können, hatten wir hier einiges zu modernisieren. Wir brauchten einen Kühlraum für die Milch und einen Hochdruckstrahler zum Reinigen der Kannen. Und hier entstehen sie, unsere kleinen Tomme."

Mit einer ausladenden Geste wies sie in Richtung der Stahltür, die sich am Ende des Raumes befand.

Anna folgte Claire in einen weiteren Gebäudetrakt. Interessiert begutachtete sie die vier stählernen Bottiche, über denen große Rührarme zu schweben schienen. Aus jedem der Bottiche führte eine Rinne in ein kleineres Becken. Leere, bewegliche Gestelle zum Aufschichten der Käseformen standen an den Wänden, ein großes Stahlregal barg etliche Formen.

Anna schnupperte. Ein säuerlicher Dunst von Lab mischte sich mit einem herben, undefinierbaren Aroma. „Stellen Sie jeden Tag Käse her?", fragte sie.

„Nein, jeden zweiten Tag. Aber wir müssen täglich die Milch prüfen und neben den üblichen Routineuntersuchungen noch eine bakterielle Kontrolle machen, weil wir Rohmilch verwenden."

„Warum?", fragte Anna überrascht. „Das müssen doch nicht alle machen, die Rohmilch verarbeiten."

„Da haben Sie Recht. Die großen Genossenschaften brauchen das nicht. Diese nette Auflage wurde uns nach einem Kontrollbesuch der Gesundheitsbehörde gemacht. Obwohl wir hier wirklich peinlichst auf Sauberkeit achten, haben die sich ziemlich kleinlich angestellt. Ich begreife es als eine Art Misstrauensvotum gegen einen alternativen Kleinbetrieb. Jetzt zeige ich Ihnen noch die Keller."

Das helle Sonnenlicht trieb Anna das Wasser in die Augen. Sie überquerten den Hof und stiegen eine breite Treppe neben dem Haupthaus hinab.

Anna sog den strengen, leicht modrigen Geruch ein, der im Keller vorherrschte. In langen Reihen lagerten die Tomme auf Regalen. In der vordersten Reihe war die gräuliche Rinde der Käse bereits voll ausgeprägt und mit gelben und rötlichen Flecken bedeckt.

„Wir wenden die Käse jeden zweiten Tag und pressen den Schimmel noch mit der Hand in die Rinde", erläuterte Claire. „Das werden wir aber bald vereinfachen müssen, es wird zu aufwendig."

„Wie nennt sich Ihr Tomme eigentlich genau", fragte Anna neugierig.

„*Tomme au fenouil du chèvre de Montagne*. Irgendwie muss man sich ja von den anderen unterscheiden."

„Ach, Fenchel ist dran, darauf wäre ich nicht gekommen. Er schmeckt wirklich hervorragend."

„Zerstoßenes Fenchelgrün. Sie sprechen wirklich gut Französisch. Sie können die Sendung leider erst morgen abholen, René ist zurzeit nicht da", sagte Claire freundlich. „Und jetzt verabschiede ich mich, mein Raubtier ruft zur Fütterung. Salut!"

Langsam und etwas neidisch schlenderte Anna zurück zu ihrem Wagen. Wie schön es hier war. Die Schieferdächer des Gehöftes beschirmten das dunkle, mit groben Schnitzereien versehene Holz. Sie mochte diesen morbiden Charme, den die alten Gebäude ausstrahlten. Wein und Geißblatt rankten an den verwitterten Wänden. Zwischen dem Kopfsteinpflaster brachen Moos und Gras in leuchtend grünem Kontrast zum fleckigen Grau der Steine hervor.

In Deutschland wäre das schon längst sauber einbetoniert, dachte Anna. Oder zumindest mit Mooskiller bekämpft und mit Stumpf und Stiel ordentlich ausgerottet.

Für einen Moment stand sie still und nahm den milden Duft des warmen Herbsttages in sich auf. Dann zuckte sie zusammen, als sie Schritte hinter sich hörte. Sie kam sich vor wie ein Eindringling.

„Laufen Sie nicht weg."

Anna drehte sich um und sah sich Marcel gegenüber. Unwillig runzelte sie die Stirn.

„Ich möchte mich bei Ihnen entschuldigen."

Fragend zog sie eine Augenbraue in die Höhe.

„Es tut mir leid. Ich habe mich gestern wohl völlig daneben benommen. Kann mich zwar nicht mehr genau erinnern, aber Brunel hat mich heute früh mächtig zusammengepfiffen. Ich muss anscheinend ziemlich blödes Zeug geredet haben." Prüfender Blick aus graugrünen Augen.

„Ziemlich sehr blöde", bestätigte Anna trocken.

„Was kann ich tun, um Ihren berechtigten Zorn zu besänftigen?"

Der kann ja nett gucken! Unwillkürlich lächelte Anna zurück. „Vorsicht, ich könnte das ausnutzen. Lassen Sie mich überlegen. Zehntausend Euro? Die Reparatur meines Kassettenrecorders im Auto? Eine Einladung in eine sechsstündige Oper? Quatsch. Erzählen Sie mir einfach nur, warum Sie sich so hirnlos besoffen haben. Sie haben da ein paar Sachen von sich gegeben, die ich überhaupt nicht verstehe."

„Oh weh, was mag das Schreckliches gewesen sein." Marcel zog seine Stirn in Kummerfalten. „Nun gut, der Schuldspruch ist gesprochen und ich werde mich dem Urteil beugen. Kommen Sie mit auf meine Bank, das ist bequemer, als hier herumzustehen."

Oh ja, viel bequemer. Anna lehnte den Kopf an die Holzwand, streckte die Beine weit von sich und hob ihr Gesicht in die Sonne. Für einen Moment schloss sie die Lider. Sie fühlte sich beobachtet, öffnete die Augen schnell wieder und sah sich mit Marcels Blick konfrontiert. Sofort igelte sie sich ein, versteckte sich hinter einer Fassade aus Arroganz und Angriffslust. „Also warum?", fragte sie bissig. „Warum dieses pubertäre Besäufnis!"

„Dieser Mann besucht sie." Herr Bonnemann schob Harald einen Stapel Fotos über den Schreibtisch hinüber. „Er ist über Nacht geblieben."

Harald warf einen flüchtigen Blick auf das oberste Foto und ließ es wieder auf den Tisch zurückfallen. „Sie wollen sagen, dass meine Frau einen Liebhaber hat?" Er fixierte den Privatdetektiv mit distanziertem Blick.

Herr Bonnemann rutschte auf seinem Stuhl hin und her. „Darüber kann leider kein Zweifel bestehen. Vom gegenüberliegenden Treppenhaus aus hat man mit einer guten Ausrüstung keine Probleme. Sie sehen ja selbst." Er lächelte diskret. „Das war gestern in der Wohnung, die Ihre Frau gemietet hat. Ihre Frau sollte sich wohl doch besser Vorhänge anschaffen."

Harald warf einen kurzen Blick auf die übrigen Fotos. Eine Ader an seiner Schläfe begann zu pochen.

„Soll ich herausfinden, wer der Mann ist?"

„Nicht nötig", sagte Harald abweisend. „Ich brauche Sie nicht mehr. Die Negative bitte."

Sie sah plötzlich ganz weich und verletzlich aus. Mit weit in den Nacken gelegtem Kopf hob sie ihr Gesicht den Sonnenstrahlen entgegen und verströmte dabei eine Sinnlichkeit, die sie sonst hinter ihrem sehr direkten, fast schon schroffen Auftreten zu verstecken schien. Aber warum sollte sie diese Sinnlichkeit auch jedem zeigen wollen, dachte Marcel.

Einen ganz leisen, fast in der Kehle steckenbleibenden Laut gab sie von sich, ein kaum vernehmbares Brummen. Das rührte ihn an. Er unterdrückte den Impuls, mit seinen Lippen ihre Kehle zu berühren dort, wo der Laut verborgen war. Na klar, sie hat natürlich gerade auf dich gewartet, sagte er sich ironisch, als sie die Augen wieder öffnete und seinem Blick begegnete.

Sofort verschloss sich ihr Gesicht, die Sinnlichkeit wurde von einem Ausdruck des Ertapptwerdens abgelöst und schlug in Ärger um.

Augenblicklich sah er sich mit ihrer verbalen Attacke konfrontiert. Pubertäres Besäufnis, patsch, da hatte er's. Verwirrt zog Marcel die Augenbrauen zusammen. Diese Frau irritierte ihn, löste widersprüchliche Gefühle in ihm aus und ärgerte ihn deshalb. Eine giftige Antwort lag ihm schon auf der Zunge, aber er schluckte sie herunter. Natürlich war es ein pubertäres Besäufnis gewesen, sie hatte ja Recht. Diese Erkenntnis wurmte ihn noch mehr.

Marcel seufzte resigniert und begann zu erzählen: „Claire und René sind langjährige Freunde von mir. Als wir den Hof hier entdeckt haben, wurde uns ziemlich schnell klar, dass das eine reale Chance sein könnte, unser Leben grundlegend zu verändern. Wir haben viel investiert in diesen Hof, sowohl an Geld als auch an Arbeit. Claire hat Ihnen ja wohl gezeigt, was wir alles umgebaut haben, um die Tomme vermarkten zu können."

Die Beine weit ausgestreckt verschränkte Marcel die Hände im Nacken. „Anfangs wollten wir unsere Milch für den Käse selber gewinnen. Wir haben Brunels kleine Herde auf zwanzig Tiere aufgestockt. Es war eine völlig verrückte Idee, denn die Tiere müssen tatsächlich zwei Mal täglich gemolken werden. Claire erwies sich darin als absolute Niete. Stellen Sie sich vor", jetzt lachte er, „sie konnte einfach nicht die Milch aus den Zitzen drücken. Das muss den Tieren doch wehtun, sagte sie immer wieder. Sie hat es nicht gelernt. Und ich Experte habe offensichtlich eine handfeste Allergie gegen Ziegenhaare. Das macht sich besonders gut beim Melken, wenn es nur so aus der Nase trieft. Außerdem war es viel zu viel Arbeit. Mit der Käseherstellung allein sind wir schon gut beschäftigt. Also haben wir ein paar Bauern überredet, uns mit ihrer Ziegenmilch zu beliefern. Es war gar nicht so einfach, sie dazu zu bewegen, uns auch noch unsere Ziegen abzukaufen. Die meisten hier haben Kühe."

Eine Weile blickte Marcel auf den in der Abendsonne glitzernden See. Die Sonne war weiter gewandert, die Bank verschwand langsam im Schatten. Augenblicklich wurde es kühl.

Anna zog fröstelnd die Schultern hoch.

„Zurzeit gehen René und ich auf die Landwirtschaftsschule in Straßburg. Montag findet vor der Handwerkskammer die Sachkundeprüfung statt. Wir brauchen sie, um die Fromagerie notfalls auch ohne Brunel betreiben zu können. Ohne seinen Gewerbeschein ginge es nicht, und er ist ja schließlich nicht mehr der Jüngste. Aber nun sieht es so aus, als solle gerade jetzt ein neues Gesetz verabschiedet werden, wonach sich die Bestimmungen für milchwirtschaftliche Betriebe erheblich verschärfen. Ab einer bestimmten Betriebsgröße braucht man in Zukunft ein Fachhochschulstudium, und für die kleineren Betriebe zumindest so eine Art – Meisterprüfung, so sagt ihr in Deutschland dazu. Wir liegen im Augenblick zwar noch in der Kategorie Kleinbetrieb, aber eigentlich müssten wir mehr Milch am Tag verarbeiten, finanziell ist es so nämlich sehr eng."

Behutsam spielte Marcel mit den langen, weichen Ohren des Hundes, der den Kopf auf seine Knie gelegt hatte. „Wie wir das alles in den Griff bekommen können, wissen wir im Moment selber nicht. Aber das ist eigentlich das geringfügigere Problem. Denn außerdem soll Rohmilch von Ziegen nur noch für Camembert zugelassen werden. Das habe ich gestern bei Minhard erfahren. Unser Pech, denn genau durch die Ziegenrohmilch in Kombination mit dem Fenchelgrün hebt unser Käse sich von den anderen Tomme ab."

Anna hatte bis dahin zugehört, ohne ihn zu unterbrechen. „Ganz schön übel", sagte sie. „Und deshalb haben Sie sich betrunken?"

„Ja." Marcel stand auf und reckte sich. „Deshalb habe ich dieses pubertäre Besäufnis veranstaltet, wie Sie so treffend formuliert haben. Sie können wirklich eine ganz schöne Beißzange sein. Aber jetzt wird es kalt, und ich muss die Milchkannen noch reinigen."

Anna stand ebenfalls auf. „Besser Beißzange als unreifes Jungmännergehabe von Mittvierzigern", rutschte es ihr heraus.

„Was ist denn nun schon wieder?" Verwundert schüttelte Marcel den Kopf.

„Soll das eine Anmache sein oder was..." lallte Anna mit schwankendem Oberkörper und fixierte ihn mit dem glasigen Blick eines Betrunkenen. „Tolle Begrüßung, nicht wahr?"

„Das habe ich gesagt?", fragte Marcel überrascht. „Oh je!" Dicht stand er jetzt vor ihr, nahm die aufmerksam in die Höhe gezogene Braue und den ironischen Ausdruck auf, mit dem sie ihn bedachte. Einen kurzen, spannungsgeladenen Moment sah er direkt hinein in ihre grünliche Iris mit den dunklen Sprenkeln. Dann grinste er sie breit an. „Und, war es eine?"

„Pfffff!" Genervt verdrehte Anna die Augen, um dann mit spöttischem Glitzern seinen Blick wieder einzufangen. „Klar!", lachte sie zurück. „Betrunkene nasse Säcke auf Barhockern gefallen mir besonders gut. Ich weiß auch nicht, woher ich diese fatale Vorliebe für solche morbiden Gestalten habe. Also dann, salut."

Neben zwei Bildern, die ein sich umarmendes Paar etwas verschwommen hinter einer großen Scheibe zeigten, gab es eine Reihe von Teleaufnahmen, die ihn mit einer schonungslosen Deutlichkeit in die intime Szenerie eindringen ließen. Ein selbstquälerischer Drang trieb Harald dazu, sie genau zu studieren.

Klick: Zwei Köpfe dicht an dicht, geöffnete Lippen, die sich begegnen. Eine gute Aufnahme, dachte er distanziert. Münder, auf denen Feuchtigkeit glänzt. Und diese Falte am Mundwinkel. Gestochen scharf.

Klick: Fingerspitzen, die über einen Rücken streichen. Jedes einzelne feine Härchen scheint sich unter der Berührung aufzustellen. Du hättest Kunstfotograf werden sollen, mein Junge.

Klick: Kleine Brüste mit verhärteten Nippeln. Die eine Brust halb verdeckt von der Hand, die sie von hinten umfasst. Deutlich treten die Schlüsselbeine heraus so, als wäre der Kopf nach hinten geworfen ... dem anderen Körper entgegenkommend.

Klick: Ein glatter Oberschenkel, ein Gesicht verborgen in den dunklen Schatten der Scham. Fast plastisch hebt sich ein bizarr geformter Leberfleck auf der Innenseite des Schenkels ab.

Er hatte die Form eines Kometen, zackig und mit langem Schweif. Sie mochte es nicht, wurde unruhig und verkrampft. Hastig schob Harald das Foto unter den Stapel.

Klick: Das Gesicht der Frau. Ihr Gesicht. Die Augen geschlossen, der Mund sinnlich lächelnd, leicht amüsiert einem inneren Rhythmus lauschend. So habe ich sie nie gesehen, so ganz auf sich selbst konzentriert. Wie schön sieht sie aus!

Klick: Geöffneter Mund, Hals und Schultern in Spannung erstarrt, die Züge im Augenblick höchster Ekstase fast schmerzlich verzogen.

Oh nein! Nein, verdammt noch mal. Er hört ihr Stöhnen. Unmöglich. Das kann sie nicht sein. So leidenschaftlich, trunken, gierig. Zärtlich ja, aber nie gierig. Nie hat sie gestöhnt. Immer diese Reserviertheit, Zurückhaltung, Verweigerung. Gierig sieht sie aus. Harald, nicht, was machst du denn da, nein, bitte. Sie ist gierig! Meine Renate!

Harald massierte sich die pochenden Schläfen, saß dann still da, den Kopf in den Händen vergraben. Schon lange hatte er nicht mehr geweint. Dicke Tränen liefen an seinen Handgelenken herunter, bildeten nasse Flecken auf seinen weißen Hemdsärmeln. Die Fotos schockierten ihn. Schockierten ihn umso mehr, als er auch den Mann erkannte. Denn es war Wolfgang, Wolfgang Ackermann, ein Mann aus seinem Stab. In dem für die Pendler subventionierten Appartementhaus der Partei, in dem Wolfgang wohnte, hatten sie sogar öfter mal zusammen einen gehoben.

Wieso der? Was hat der schon, das ich nicht habe? Unauffälliges Männchen. Bierbauch und schütteres Haar. Überhaupt nicht brillant. Fast hätte ich ihm das Du angeboten. Dieser Scheißkerl!

Lange saß er so da, Bilder und Satzfetzen zirkelten in seinem Kopf ... Harald, nicht, bitte ... Warum der? So ein Scheißkerl. ... Scheißkerl...

Schließlich schnäuzte er sich heftig die Nase, schnaubte die Massen von Rotz aus den Nebenhöhlen und vollzog damit diese befreiende Handlung nach dem großen Heulen, die den Verstand wieder freisetzt. Er betrachtete das letzte Foto vor sich auf dem Tisch, emotionslos jetzt, gereinigt von den Gefühlen, die diese Bilder in ihm ausgelöst hatten. Es blieb ein dumpfer, gut eingekapselter und deshalb nicht mehr unmittelbar wahrnehmbarer Schmerz in gnädiger Leere. Seine Gedanken formten sich langsam wieder, kämpften sich durch die wattige Stumpfheit seines vom Weinen erschöpften Hirns und gewannen an Klarheit. Befreiende Wut machte sich breit.

Renate hatte er schon getroffen, vernichtend geschlagen mit der Auflösung des Schweizer Nummernkontos. Was er ursprünglich als reines Druckmittel einsetzen wollte, um sie zur Rückkehr zu bewegen, erschien ihm jetzt als gerechtfertigte Maßnahme angesichts ihres Betrugs.

Denn sie hatte ihn nicht nur jetzt hintergangen, oh nein. Sie hatte sich ihm schon immer verweigert und die ganzen Jahre hindurch ihre Lust vor ihm zurückgehalten, um sich dann diesem profillosen Hänger da hinzugeben, diesem kleinen, unauffälligen, billigen Schmierenkomödianten, dieser miesen, kahlköpfigen, dickbäuchigen Ratte, diesem ... Wolfgang Ackermann! Ohne mich ist der doch ein Niemand. Ich werde ihn vernichten, diese Laus, plattdrücken, zertreten, zermalmen, zerquetschen. Ich mache ihn fertig!

Der Alte hockt hinter seinem Schreibtisch wie eine Spinne, die darauf wartet, dass ihr eine Fliege ins Netz geht. Kriegt der denn seinen Hintern nie in Bewegung? Und am Ende kommt doch nur dabei heraus, dass er selber natürlich alles viel besser gemacht hätte. Robert holte tief Luft und begann mit seinem Bericht.

„Es war eine dezentrale Demonstration, die zwar angemeldet, aber nicht genehmigt wurde, da es in der vergangenen Woche ein paar spontane Kundgebungen gab, die ausgeufert sind. In einigen größeren Städten gab es ähnliche Veranstaltungen, so auch in Marseille, Paris, Bordeaux, Toulouse, nur um ein paar der Orte zu nennen. Protestiert wurde gegen die geplante Verordnung der EU, die morgen der Europäischen Kommission zur Verabschiedung vorgelegt werden soll."

„Was für eine Verordnung, Robert! Bitte etwas genauer."

Robert zuckte zusammen. „Ich wollte es gerade ausführen", sagte er steif. „Es geht dabei um die Vereinheitlichung bei der Produktion von Rohmilchkäsen. Hier darf in Zukunft keine Schafs-, Ziegen oder Büffelmilch verarbeitet werden, es sei denn, es handelt sich um urheberrechtlich geschützte Produkte. Darunter würde z.B. der Roquefort fallen, ich meine, unter die urheberrechtlich geschützten Produkte. Die Landwirte, die hier auf der Straße waren, kamen aus diversen Regionen Frankreichs. Es sind Käsebauern, die handgefertigte Käse machen und – da sie gar nicht über die nötigen technischen Mittel zum Pasteurisieren verfügen – diese Käse aus Rohmilch herstellen. Als zweiten großen Punkt haben sie sich im Aufruf zur Demonstration die bereits letzte Woche in relativer Stille verabschiedete Europäische Ausbildungsordnung für milchwirtschaftliche Betriebe vorgeknöpft. Diese neue Ausbildungsregelung stellt für die Landwirte eine zusätzliche Verschlechterung dar, was zu diesem überraschend großen Zulauf geführt hat. Immerhin kamen ungefähr tausendfünfhundert Bauern allein nach Straßburg."

„Und ich dachte, die französischen Bauern seien hochzufrieden mit den Mastrichter Beschlüssen gewesen, weil sie so dicke Zuschüsse vom französischen Staat bekommen haben", seufzte Geouffre.

„Ja. Eine Zeitlang war es wirklich ruhig. Aber jetzt gab ihnen dieses Detail wieder Futter. Der Aufruf zur Demonstration wurde über die Bauernverbände verbreitet, angemeldet wurde diese in Straßburg vom Regionalverband der Fromageries de Vosges. In den anderen Städten waren es ähnliche Verbände, die Demonstrationen angemeldet haben. Hauptorganisator hier in Straßburg ist ein gewisser Marcel Fouchard, er stand auch auf der Rednerliste. Zusätzlich eingeladen war ein Funktionär vom regionalen Vorstand der CGT. Die CGT hat übrigens den Aufruf zusammen mit der sozialistischen Gewerkschaft unterstützt."

„Kommunistenpack", kommentierte Geouffre. „Und, haben Sie schon über diesen Fouchard nachgeforscht? Er ist der einzige Name in diesem Heuhaufen, an den wir uns halten können."

Blödmann, dachte Robert gereizt. Der weißt doch genau, dass so was nicht so schnell geht. Den Bericht will er sofort und gleichzeitig soll man weiterführenden Spuren nachgehen.

„Also?", fragte Geouffre lauernd.

„Nein", antwortete Robert hölzern. „Ich wollte es sofort im Anschluss tun. Die Reden wurden wegen der aufkommenden Krawalle nicht mehr gehalten. Trotz des Verbotes wollte die Polizei erst mal nicht auflösen, sondern abwarten. Ziemlich bald haben die Demonstranten dann aber angefangen, das Rathaus mit Abfällen zu bewerfen und zu beschädigen. Als die Bereitschaft eingriff, war plötzlich die Hölle los."

„Kümmern Sie sich um diesen Fouchard, aber schnell."

Sie rannte durch einen langen Flur, schnell und schneller. Dabei war dort nichts, das ihr Angst einflößte. Getrieben von einem Rhythmus, einem laut anschwellenden Trommeln, das ihren Körper durchpulste und sie vorantrieb in einem fast schwerelosen Zustand, hatte dieses Rennen etwas ungemein Leichtfüßiges und wunderbar Angenehmes. Dennoch stimmte etwas nicht. Nur langsam wurde Anna bewusst, dass sie nicht lief, sondern im Bett lag, wobei das Trommeln jedoch hörbar blieb. Wie lange es schon so beharrlich lärmte, konnte sie beim besten Willen nicht sagen. Sie grub sich aus ihrem Kissen, das sie sich halb über den Kopf gezogen hatte. Da wollte jemand in ihr Zimmer. Noch ziemlich benommen schwenkte Anna die Beine aus dem Bett und tappte zur Tür.

„Oui?" Sie öffnete die Tür einen Spalt und blinzelte hinaus. „Der schon wieder", stöhnte sie.

„Ich habe Sie geweckt", stellte Marcel fest. „Tut mir leid. Wie wär's mit Kaffee? Ihre Käse sind bei mir im Wagen, ich musste heute früh ohnehin nach Munster."

„Hhm..." räusperte sich Anna unbestimmt und rieb sich den Schlaf aus den Augenwinkeln. Sie schätzte es gar nicht, so früh am Morgen zu Entscheidungen genötigt zu werden. Wie spät war es denn eigentlich?

„Nicht gerade ein Morgenmensch, was!"

„Nicht gerade, nein." Verlegen schob sie sich ein paar Haarsträhnen aus dem Gesicht. Unter seiner interessierten Musterung wurde sie sich ihres übergroßen lappigen Shirts bewusst, welches im Augenblick das einzige Kleidungsstück darstellte.

„Ich geh ja schon", sagte Marcel gnädig. „Machen Sie sich in Ruhe fertig, ich erledige noch ein paar Sachen und warte dann unten vor dem Haus." Neugierig schweifte sein Blick durch das Zimmer hinter ihr. „Entzückend, diese Rosentapete", grinste er.

Anna folgte seinem Blick auf die opulenten altrosigen Blüten an der Wand. Sie musste lachen. „Ja, nicht wahr! Ich war gestern fast schon versucht, mir ein zartrosa Rüschennachthemd mit weißen Schleifen zuzulegen. Bis gleich dann."

Es war noch herbstlich kühl um diese morgendliche Zeit, auch die Blätter ließen mit ihrer warmen Gelb-Rottönung das Ende der schönen Jahreszeit ahnen. Harald lief seine übliche morgendliche Route um das Wäldchen herum und spürte, wie die verschlafene Trägheit aus seinen Gliedern wich.

Gesunder Geist in einem gesunden Körper. Nach dieser Devise hatte er immer gelebt und sich darum bemüht, sich fit zu halten. Das Laufen übte auf ihn eine fast meditative Wirkung aus, ließ die Glieder wach und den Geist ganz leicht werden und gewährte ihm eine kurze Zeit der völligen Entspannung des Gehirns. Auf diese Fähigkeit zum Abschalten führte er es zurück, dass ihm nach dem Laufen immer die besten Ideen kamen. Stand er erst unter der Dusche, belebte sich der Körper und sein Verstand produzierte diese assoziativen Geistesblitze, die er zu seinen brillantesten Einfällen zählte. Und genau solch ein genialer Gedanke kam ihm heute. Klar und deutlich stand ihm vor Augen, wie er Wolfgang Acker-mann vernichtend schlagen konnte. Jetzt galt es nur, die Details exakt zu planen und dann zur Ausführung zu schreiten.

Lange lag er im Wohnzimmer auf dem Sofa, die Augen geschlossen, die Arme unter dem Kopf verschränkt, und durchdachte die Idee. Perfekt, dachte er schließlich. Harald, du bist genial!

Anna stolperte über eine etwas höher stehende Platte, strauchelte und wäre beinahe hingefallen. Wie ungeschickt, dachte sie. Ich bin doch sonst nicht so tollpatschig. Sie fluchte lautlos, als sie gerade noch eine Kollision mit einem Laternenpfahl vermeiden konnte. Zornig tickten ihre roten Pumps auf dem Pflaster.

Marcel, einen halben Meter hinter ihr, beobachtete sie irritiert. Als sie die Straße überquerte, schob er angesichts des Kopfsteinpflasters rein instinktiv eine Hand unter ihren Ellenbogen und lenkte sie mit festem Griff hinüber.

„Besten Dank, sehr aufmerksam", spöttelte Anna und machte sich frei. „Ich wusste gar nicht, dass Sie so galant sind."

Marcel, dem solche Gesten nicht gerade locker von der Hand gingen, ärgerte sich. Er öffnete die Tür zu dem kleinen Café gegenüber der Kirche. Sie schwang nach außen auf und er rumste höchst unsanft mit Anna zusammen, die gleichzeitig durch die Öffnung strebte.

Als er einen vorwurfsvollen Blick erntete, baute er sich vor ihr auf und funkelte sie an. „Also, ihr emanzipierten Frauen habt doch wirklich einen Knall! Was zum Teufel wollt ihr eigentlich? In den Mantel helfen ist altmodisch, aber die Tür aufhalten ist es nicht. Wenn es ums Tragen und Schleppen geht, ist selbstverständlich der kleinste und dünnste Kerl immer noch kräftiger als Madame, die ausgerechnet – tut mir wirklich leid – die ungeeignetsten Kleider für solch eine Tätigkeit anhat."

Anna öffnete den Mund, um etwas zu sagen.

Aber Marcel hatte sich in Rage geredet. „Nein. Jetzt bin ich dran." Sarkastisch fuhr er fort: „Vorangehen darf man, wenn es dunkel ist und das Auto holen, wenn es regnet. Aber unter den Arm greifen, weil du dir mit diesen verflixten Schuhen bald die Knöchel brichst, das ist geradezu unglaublich komisch. Das nächste Mal lasse ich dich einfach auf die Schnauze fallen, bauz, und lache, weil du es nicht anders haben willst." Zufrieden feixte er sie an.

„Ein nächstes Mal wird es nicht geben", sagte Anna würdevoll und verschwand im Innern des Bistros.

Unter dem sanften Geblubbere der Sauerstoffanlage, leicht verschleiert durch die stete Bewegung des Wassers, schien sich alles gemächlich in immer gleichen Bahnen zu bewegen. Diese Stunden der Muße, in denen Hugo sich an der kleinen, farbenprächtigen Welt ergötzte, waren Belohnung für die mühsame Pflege und die anstrengende Jagd nach immer neuen Wasserpflanzen, Steinen, Felsbrocken und Muscheln. Er sank hinein in diese bläulich schillernde Welt. Stundenlang konnte er hier in seinem großen Drehsessel sitzen und träge das Aufsteigen der Wasserblasen verfolgen, die sich mal als perlende, dünne Schnur in Schlangenlinien hinaufwanden, mal in schwerfälligen, großen Blasen an die Oberfläche schwebten.

Er beobachtete die kleinen Herden von Neonfischchen, wie sie eilig hin und her schossen, den

Schwarm der schwarzweiß gestreiften Eckigen Wimpelfische, der gemächlich an ihm vorbeizog, bewunderte die gelborange gefärbten Feuergrundeln bei ihrem steten Wechsel zwischen Sandgrund und Wohnhöhle und die Farbenpracht der Röhrenmaul-Pinzettfische, der Gelbpunkt-Einstachler, der blauen Riffbarsche und der Kaiserfische. Bedächtig zog der Einsiedlerkrebs seine seitwärts gerichteten Bahnen, das bemooste spiralförmige Muschelhaus mit dem Hinterleib festhaltend und dabei mit seinen Antennenaugen aufmerksam die Gegend musternd.

Besonders aber liebte Hugo den kleinen Kofferfisch mit seiner wunderschönen gelben Punktzeichnung auf blauem Grund und der bizarren Zackenlinie, die sich am Fischkörper entlang zog. Dieser Kofferfisch war sanft, fand er, sanft, weich, entzückend, beschaulich und versonnen, bis er sich dann plötzlich unter hektischen Drehbewegungen seiner kleinen Flossen blitzartig zu doppelter Größe aufblähte, um sich bluffend einer vermeintlichen oder tatsächlichen Gefahr zu stellen, wenn er sich bedroht fühlte.

Irgendwie weiblich, fand Hugo. Nein, nicht jede Frau ging so unvermittelt und gradlinig auf ihre Gegner los, verbesserte er sich. Anna tut das.

Er schmunzelte versonnen. Ja, der Kofferfisch war wie Anna.

Umständlich ließ sie sich an einem der kleinen Tische nieder und starrte auf den unappetitlichen, in braunen unsymmetrischen Kreisen auf der Marmorplatte eingetrockneten Kaffeefleck. Sie wusste nicht, was sie sagen sollte.

„Tut mir leid", sagte Marcel. Es folgte eine kurze, spannungsgeladene Pause. „Nein, stimmt nicht, tut mir überhaupt nicht leid. Das war fällig." Jetzt lächelte er sie so offen an, dass Anna unwillkürlich zurück lächelte.

„Ist schon in Ordnung", sagte sie. Völlig absurd, diese Szene! Sie fing an zu lachen, bis ihr die Tränen in den Augen standen.

Auch Marcel lachte und streckte ihr die Hand entgegen. „Frieden? Endlich Frieden?"

Anna wischte sich mit der linken Hand die Tränen aus den Augenwinkeln, während sie ihm die rechte reichte. „Einverstanden. Frieden. Zumindest Waffenstillstand". Aber loslassen könntest du mich vielleicht trotzdem wieder, dachte sie.

„Das mit dem Du gefiel mir eigentlich ganz gut, wir könnten doch dabei bleiben." Ganz beiläufig kam das, wobei sie spürte, wie er kurz, zart, kaum wahrnehmbar ihre Hand streichelte, bevor er sie wieder freigab. Mit seinen plötzlich überraschend warmen grauen Augen hielt er ihren Blick fest.

Puh, was geht denn hier ab. „Keine schlechte Idee", sagte Anna langsam und, froh über die Ablenkung durch den Kellner: „Un café au lait, s'il vous plait, et deux croissants." In betont neutralem Tonfall griff sie das Thema vom Abend wieder auf. „Jetzt erzähl mir doch mal, was ihr plant. Ich kann einen Artikel in einer Zeitung bei uns unterbringen, nichts Großartiges, es ist nur ein Käsefachblatt, aber besser als gar nichts."

Marcel war nun ernst. „Mir gefällt die Rolle nicht, in die man mich da gedrängt hat. Wahrscheinlich bringt das alles nichts, aber was soll's, ich habe nichts zu verlieren dabei."

„Du sprichst in Rätseln. Was meinst du?"

„Die Bauern haben mich zu einer Art Sprecher erkoren. Das habe ich Brunel zu verdanken. Er hält mich für wortgewandt. Es ist mir wirklich unangenehm." Marcel zuckte verlegen mit den Schultern.

„Neulich im *Hotel de la Poste*, da haben sie mich dazu verdonnert. Und dieser Spruch, *La bureaucratie, elle tue nos fromageries!*, den hat Brunel sich auch ausgedacht. Wenn ich den Alten nicht so gerne mögen würde, hätte ich mich schon längst ausgeklinkt."

„Die Bürokratie macht unsere Käsereien kaputt", übersetzte Anna amüsiert.

Jetzt lachte Marcel wieder. „Brunel ist richtig kämpferisch und versteckt sich nun hinter mir. Der Junge hat studiert, sagt er immer wieder. Der weiß, wie man sich ausdrückt. Blödsinn. Als wäre ein Studium Garantie für auch nur einen einzigen vernünftigen Gedanken im Kopf!"

Dieser Gedanke ist aber sehr vernünftig, dachte Anna. „Es ist doch richtig, dass ihr euch wehrt", warf sie ein. „Schließlich geht um eure Existenzgrundlage."

„Du glaubst doch nicht im Ernst, dass das Ganze wegen ein paar kleiner Käsebauern umgeworfen wird. Da können wir schreien, soviel wir wollen. Denk doch mal an die Erhöhung der Mehrwertsteuer und den Abbau der Sozialleistungen vor ein paar Jahren, an die Streiks, die Krawalle, die Proteste. Da waren Massen von Menschen unterwegs, und zwar organisiert, die dagegen protestiert haben. Resultat: Juppé sagte bedauernd, leider müsse es sein, die Maßnahmen wurden bis auf lächerlich kleine Zugeständnisse durchgesetzt und die Herren sind nach wie vor in Amt und Würden."

Anna stützte ihr Kinn in die Hand. „Aber die Lokführer haben vor ein paar Jahren ein Rentenalter durchgesetzt, von dem wir in Deutschland nur träumen. Du hältst nicht viel von der französischen Regierung?"

„Nein, tue ich nicht. Ich halte nichts von Frankreich, Deutschland, Italien ... und von den Regierungen schon gar nichts. Ist doch wohl scheißegal und reiner Zufall, wo man geboren wurde. Warum sollte ich mir darauf etwas einbilden."

„Aber dann müsste der Gedanke der Europäischen Union dir doch gefallen. Keine einzelnen Staaten mehr, alles ein großes Ganzes!"

Bedächtig schüttelte Marcel den Kopf. „Dachte ich auch erst. Aber das ist nun mal leider nicht die Absicht. Ernsthafte Konkurrenz zu dem großen Bruder überm Teich, darum geht es. Weltmacht werden. So eine Zielsetzung verspricht nichts Gutes. Im Gegenteil. Die einzelnen Länder werden anlässlich der Währungsunion einem strengen Programm für diesen Zweck unterzogen, wie man sieht. Stabilisierung der Währungen durch Reduzierung der Staatsschulden, ein direkter, unmittelbarer Vergleich der einzelnen Wirtschaftszweige. Es wird in tauglich und untauglich unterschieden, immer gemessen am Geld und nicht an der Qualität dessen, was hergestellt wird. Da muss sich plötzlich ein Land wie Spanien mit einer Wirtschaftsgröße wie Deutschland vergleichen lassen. Und damit die Staaten das schaffen, wird erst mal innenpolitisch gekehrt, was das Zeug hält. Heraus kommt die Verarmung vieler Menschen: Abbau von Sozialleistungen, Nivellierung des Lohnniveaus, nach unten, versteht sich, Erhöhung der Mehrwertsteuer, Einsparungen in allen Bereichen. Und europaweite Normen wie jetzt zum Beispiel für die Herstellung von Käse bedeutet für viele ja auch das Knock Out, uns eingeschlossen."

Anna trank den Rest ihres Milchkaffees. „Mal davon ab, dass es ein Verlust für die Vielfalt ist. Völlig absurd, dass es solch handgefertigte Köstlichkeiten wie euren Tomme bald vielleicht nicht mehr geben darf." Gedankenverloren drehte sie sich eine Haarsträhne um ihren Zeigefinger. „So wie du das herleitest, habe ich mir die Sache mit Europa noch nicht überlegt. Ich muss da noch mal drüber nachdenken, aber ich denke, du hast recht."

„Wie sind wir denn darauf gekommen", fragte Marcel verblüfft und kratzte sich am Kopf. „Ach ja, die Ausgangsfrage: was wir jetzt tun. Ordentlich Krach machen. Randalieren." Er grinste. „Nächsten Samstag findet in Straßburg eine Kundgebung statt anlässlich der anstehenden Entscheidung der Europäischen Kommission. Ich habe ein Infoblatt formuliert und meine früheren Gewerkschaftskontakte aufleben lassen. Brunel hat die Bauernverbände angeschrieben. Das Ganze wurde so gut aufgegriffen, dass jetzt in einigen weiteren Städten ebenfalls Kundgebungen stattfinden. Es wird wohl ein mächtiges Spektakel geben."

„Ich fahre jetzt nach Hause", sagte Anna. „Aber dieses Spektakel will ich mir ansehen. Ich werde nach Straßburg kommen. Ich glaube, das gibt eine gute Reportage. Schick mir ein Flugblatt, ja?"

Babusch, ach Babusch, du siehst so schlecht aus. Wolfgang beobachtete Renate, wie sie, das angebissene halbe Brötchen vor sich auf dem Teller, bereits die zweite Zigarette inhalierte. Die Augen tief umschattet sah sie mit ihrem fahlen grauen Teint und den scharfen Linien um den Mund herum hager und kaputt aus wie ein Junkie.

Es tat ihm weh, sie so zu sehen. Verschwunden war die fröhliche Leichtigkeit, die so charakteristisch für sie gewesen war, die ironische Prägnanz, mit der sie die Dinge benannte und kommentierte, ihre Lebensfreude und ihre Lust auf ihn. Sie war ihm plötzlich fremd. verändert durch Kummer und Verzweiflung und eingekapselt in eine Gedankenwelt, zu der er keinen Zugang hatte.

Es ist doch nur Geld, Renate. Nur dieses verflixte dumme Geld! Vergiss es, dafür lohnt es nicht, du machst dich doch nur selbst kaputt damit. Aber angesichts dieser immensen Summe, die da im Spiel war, blieben ihm die Worte in der Kehle stecken. Ihm fiel nichts ein, womit er ihr Problem hätte lösen können, und deshalb fühlte er sich nutzlos und ohnmächtig. Aber allein lassen in ihrer elenden Stumpfheit mochte er sie auch nicht.

Also stellte er sich hinter sie und begann, ihren Nacken zu massieren. Spürte die Verspannungen in den Schulterpartien auf, knetete mit den Daumen in kleinen, kreisförmigen Bewegungen die Nervenaustrittspunkte direkt unterhalb der Schädelkante und stimulierte mit gespreizten Fingern punktuell die Schädeldecke.

"Danke", sagte Renate schließlich heiser und lehnte den Hinterkopf gegen seinen Bauch.

Und während er auf sie hinab schaute und begann, ihr Gesicht zu massieren, die harten Linien wegzustreicheln und diese entsetzliche Grautönung der Haut zu vertreiben, wurde ihm bewusst, dass er sie liebte. Bisher hatte er sich noch nie Gedanken über die Art seiner Gefühle zu ihr gemacht. Er fand sie aufregend, nett, klug, amüsant, erotisch. Das reichte. Jetzt aber fühlte er es. Er liebte sie jetzt, in diesem Augenblick, mit einer großen Zärtlichkeit und Rührung.

Mitten in der Bewegung hielt Wolfgang inne, die Finger verharrten auf ihrem Gesicht. Unkontrolliert und explosiv gärte ein ungewohntes Gefühl in ihm hoch. Harald Schreiber. Du Dreckskerl! Er verspürte das unbändige Bedürfnis, mit den Fäusten auf ihn loszugehen und ihm das falsche Lächeln aus dem Gesicht zu prügeln.

„*Maybe this time I´ll be lucky, may be this time he´ll stay...*" Kehlig und warm erfüllte Liza Minellis Stimme das Auto. Anna lächelte. Schnulze! Wunderbare, herzergreifende Schnulze! Leise sang sie mit „*...maybe this time for the first time love will hurry a way...*" Sie fühlte sich gut, voller Kraft und Energie. „*...he will hold me fast, I'll be home at last...*" Eine kurze Umarmung zum Schluss, ein flüchtiger Kuss ... nur eine freundschaftliche Geste, mehr nicht, Anna. „*...not a looser – anymore – like the last time and the time before...*" Hey, in welchem Film bin ich denn hier? „*...Everybody loves a winner, so nobody love me...*" Bei dem? Der ging mir doch anfangs so auf den Geist! „*...Lady peacefull, lady happy, that´s what I long to be...*" Leichtes Prickeln im Körper, etwas flau der Magen. Bleib auf dem Teppich, Anna, schön auf dem Teppich.

Aber immer kräftiger, immer einschmeichelnder schlich sich der Song ins Gemüt, und das Ende sang sie schließlich lautstark mit: „*...it´s got happen, mmmmh, happen sometimes, may be this time – may be this time I´ll win!*"

„Die Ehefrau haben sie immer noch nicht erreicht. Aber die Tochter haben sie in ihrer Wohngemeinschaft in Köln aufgetrieben. War wohl ganz schön geschockt, das Mädel. Da sie auch nicht weiß, wo ihre Mutter steckt, wird sie gerade hergebracht wegen der Identifizierung."

„Blabla, nichts Konkretes!"

Ungeduldig knackte Geouffre mit seinen Fingern. Das Telefon unterbrach ihn in seiner Tätigkeit. „Ja?", knurrte er gereizt in den Hörer hinein. Dann lauschte er nur noch.

Olivier beobachtete, wie sich sein Gesicht immer mehr verdüsterte.

„Danke, Doktor", sagte Geouffre schließlich. „Das ist wirklich bemerkenswert. Wann kann ich den Bericht haben? Ja natürlich. So bald wie möglich. Ich verstehe."

Er legte auf. Knackte mit sämtlichen Fingerknöcheln. Starrte dann brütend vor sich hin und trommelte Wirbel auf die Schreibtischplatte.

Nervös trat Olivier von einem Fuß auf den anderen. Schließlich räusperte er sich schüchtern.

Es wirkte. „Im Mund des Toten steckte ein Stück Käse", sagte Geouffre langsam. „Irgendein Weichkäse, ziemlich stinkend. Ihm war quasi das Maul damit verstopft worden, ganz nach Art der Cosa Nostra."

„Hui!" Olivier pfiff leise durch die Zähne.

„Ja." Nachdenklich befühlte Commissaire Geouffre seine lange Nase. „Unsere Frau Doktor hielt das für wichtig genug, uns sofort zu informieren. Leider können wir erst dann in dieser Richtung aktiv werden, wenn das Labor heraus bekommen hat, um was für einen Käse es sich handelt."

Anna liebte die Rotschimmelkäse nicht. Stinker, allesamt wüste Stinker. Hatte man sie im Kühlschrank, traf einen jedes Mal fast der Schlag, sobald man die Tür öffnete, und man begann unweigerlich, nach einem verfaulten Lebensmittel zu suchen. Aber das war noch nicht alles. Schmecken taten die Biester nur, wenn man sie auf Zimmertemperatur brachte, natürlich keine besondere Eigenschaft dieser speziellen Art, sondern eine für fast jeden Käse gültige Regel. Die Rotschimmelkäse jedoch entfalteten sich bei Zimmertemperatur zu wahren Raumverpestern, die unweigerlich Assoziationen an Schlafsäle, Schweißfüße und ungewaschene, feuchte Socken weckten. Es erforderte immer wieder eine ungeheure Abstraktionsleistung, fand Anna, ein solches Monstrum von der Rinde zu befreien und es sich in den Mund zu schieben. Denn es ging ja noch weiter! Um die dünne Rinde abzuschälen, musste man den Käse irgendwie fixieren. Benutzte man dazu eine Gabel, haftete der weiche Matsch hartnäckig daran. In dem Bemühen, Messer und Gabel von der klebrigen Masse zu befreien, geriet man irgendwann unweigerlich doch in Hautkontakt mit dem Zeug. Und wenn man dann nicht sofort aufstand und sich die Finger wusch, richtig schrubbte mit heißem Wasser und viel Seife, dann haftete der Geruch an der Haut und man verteilte ihn – nicht daran denkend – beiläufig auf Kleidung und Möbeln, hinterließ die Stinkspur im Gesicht, hinter den Ohren oder wo man sonst gerade noch so hinfasste. Nein, sie liebte diese Rotschimmelkäse nicht.

Aber wurde einem das seltene Glück zuteil, dass einem jemand ein Brot mit Rotschimmelkäse, der Rinde sorgsam entledigt, fertig aufbereitet servierte, entpuppten sie sich als wahre Gaumenfreude, mild, cremig sahnig mit ausgeprägt individueller und in der Regel sehr köstlicher Geschmacksnote.

Das musste schon ein heftig mächtiges Gefühl sein, philosophierte Anna, wenn einem in einer heißen Nacht, wenn der eine Hunger gestillt war und der andere sich unweigerlich Bahn brach, ein solches Brot dargeboten würde. Sie jedenfalls wäre zu so etwas wirklich nur in ganz vertracktem seelischen Zustand fähig, sprich, sie müsste schon närrisch vor Liebe sein, um ein solches Opfer zu bringen. Aber vermutlich wüsste das keiner zu würdigen. Doch, Hugo natürlich. Hugo wüsste das sehr wohl zu würdigen. Belustigt lächelte sie, denn Hugo in einer solchen Liebesnacht überstieg einfach ihr Vorstellungsvermögen.

Weichkäse mit Rotschimmel
Im Gegensatz zu den Weißschimmelkäsen werden die Rotschimmelkäse während des Reifungsprozesses immer wieder feucht abgerieben. Die Rinde, die sich bildet, ist glatt und glitschig, es entwickelt sich ein natürlicher Rotschimmel, der in der Reife dem Käse sein stark orange- bis rötlichfarbenes Äußeres gibt. In der letzten Phase der Reifung wird die Rinde häufig mit Bier, Wein, Trester oder anderen Bränden bearbeitet.
Die Rotschimmelkäse haben einen sehr intensiven, strengen Geruch. Sie schmecken würzig, aber dennoch mild und cremig. Ein stechender oder bitterer Geschmack weist darauf hin, dass der Käse zu alt ist.

Ein ganz berühmter Rotschimmelkäse kommt aus Munster, dachte Anna und lächelte. Munster. Den Tipp hatte Hugo ihr gegeben. Sie hatte sich noch gar nicht dafür bedankt. Einer spontanen Eingebung folgend holte sie Büttenpapier und ihren Lamy aus der Schreibtischschublade. Dabei musste sie wieder lächeln. Denn wer schrieb heute schon noch mit der Hand! Aber Hugo konnte man wirklich keine E-Mail oder einen gedruckten Brief schicken. Das wäre absolut stillos.

Hugo, mon cher!

Sie haben mir einen großen Dienst erwiesen mit Ihrer Adresse in Munster, wo es diese wunderbaren Tomme aus Ziegenrohmilch gibt, Sie wissen schon.

Mir ist es tatsächlich gelungen, den Käsebauern ausfindig zu machen. Eigentlich sind es drei, nein vier Käsebauern, ein seltsames Kleeblatt, das sich zusammensetzt aus einem alten Herrn, der das Rezept noch von seinem Großvater her kennt, aus einem Paar mit einem Baby sowie einem Freund der beiden.

Und nun komme ich zum springenden Punkt. Es ist mir zwar gelungen, einen Vertrag mit ihnen auszuhandeln, aber es ist fraglich, wie lange diese Tomme überhaupt noch hergestellt werden dürfen.

Haben Sie schon von der neuen Gesetzgebung der Europäischen Union gehört, die die milchwirtschaftlichen Betriebe betrifft?

Stellen Sie sich vor, Hugo, es soll doch tatsächlich Normierungen, europaweite Vereinheitlichungen bei der Herstellung von Rohmilchkäsen geben. Ziegenrohmilch, aber auch Büffel- und Schafsrohmilch sollen in Zukunft nur noch bei Camembert oder sonstigen urheberrechtlich geschützten Käsen wie dem Roquefort zugelassen sein.

Ist das nicht ein hanebüchener Schwachsinn! All die wunderbaren kleinen Köstlichkeiten, die wir beide so häufig gemeinsam genossen haben! Viele davon dürfen vielleicht bald nicht mehr verkauft werden!

Tun Sie was, Hugo, Sie haben doch bestimmt Beziehungen.

Die Bauern der Region haben zu einem Protestmarsch in Straßburg aufgerufen einen Tag, bevor die Europäische Kommission endgültig über die Verordnung entscheiden soll. Es wird ein riesiges Spektakel geben, und Marcel wurde zu einem der Sprecher gewählt.

Marcel ist der eine der drei Pariser, von denen ich berichtet habe. Ich muss Ihnen einmal ausführlich erzählen, wie ich ihn kennen gelernt habe, diesen Marcel. Eine schöne Geschichte für einen gemütlichen Plausch am Kamin ist das. Der Herr ist nämlich ein Raubein der Zunge, ruppig und kratzig. Wir haben uns schon gut in der Wolle gehabt, es gab einige recht absurde Szenen. Selbstkritisch muss ich zugeben, dass ich auch meinen Teil dazu beigetragen habe. Auf jeden Fall ist er eigentlich ganz nett und hat eine Menge vernünftiger Gedanken im Kopf, was ihn weitaus interessanter macht als diese dubiosen Herrlichkeiten, die Rainer mir als Begleiter angedacht hatte – Sie erinnern sich an meine Schilderung in ihrem Garten letzte Woche!

In meinem Käsefachblatt, von dem ich Ihnen schon mal berichtet habe, werde ich über die ganze Aktion und die Hintergründe schreiben. Ich werde also am nächsten Wochenende in Straßburg sein und mich von Marcel mit Informationen füttern lassen. Diesmal kann ich Sie wohl nicht besuchen, ich muss nämlich meinen Artikel über die französischen Käse beenden, die Reportage schreiben und dann zur Abwechslung auch mal wieder ein bisschen im Laden arbeiten.

Ich halte Sie auf dem Laufenden und verbleibe

Ihre Freundin Anna !

PS.: Habe ich zufälligerweise mein buntes Seidentuch bei Ihnen vergessen? Ich vermisse es und meine mich daran zu erinnern, dass ich es auf der Fahrt zu Ihnen noch getragen habe.

„Marcel Fouchard, vierundvierzig, verheiratet. Keine Kinder. Hat sich 1982 nämlich sterilisieren lassen, der Kerl", sagte Robert süffisant.

„Ach was. Gleich wollen Sie mir noch erzählen, wie oft er denn so pinkeln geht am Tag?"

Robert zuckte zusammen unter Geouffres beißender Ironie.

„Na los schon, machen Sie weiter!" Mit lässiger Handbewegung wedelte Geouffre in Roberts Richtung.

Robert atmete tief durch. Dann sammelte er sich.

„Fouchard hat zwölf Jahre als Konstrukteur bei Peugeot in Paris gearbeitet, die letzten vier Jahre als Abteilungsleiter. Ich habe die Leiterin der Human Ressources zu Hause erwischt. Erst wollte sie nicht, dann war sie doch ziemlich kooperativ, zumal sie sich an Fouchard gut erinnern konnte. Seine Kollegen hatten Respekt vor ihm, sagt sie, und er galt als hilfsbereit. Er war nicht beliebt im Sinne von 'lass uns doch noch einen trinken gehen', aber er war auch nicht unbeliebt. Das war einer der Gründe, warum ihm die Abteilungsleitung angetragen wurde, obwohl er bei den Führungskräften als unangepasst und aufbrausend galt. Ein paar Mal ist er mit Vorgesetzten angeeckt. Daneben – und das war der wichtigste Grund für diesen Karrieresprung – war er äußerst kreativ. Er hatte sehr gute Ideen. Und er konnte sie anderen nahe bringen. Vor drei Jahren dann schmiss er plötzlich seinen Job und zog auf diesen Hof, zusammen mit seinen Freunden, einem Ehepaar Ardent, Claire und René. Seine Frau ist in Paris geblieben. Sie ist Künstlerin. Der Hof gehörte einem Alteingesessenen dort, Jaques Brunel. Obwohl er ihn verkauft hat, lebt er immer noch dort. Seltsame Menagerie. Seitdem machen sie einen auf alternative Käseherstellung, zwei von ihnen stehen kurz vor dem Fachabschluss für die Führung eines landwirtschaftlichen Betriebes." Robert hielt einen kurzen Moment inne, um seinem Bericht Spannung zu geben.

„Ist das schon alles? Das allein gibt nicht viel her", drängelte Geouffre ungeduldig.

Mit einem leichten Seufzer fuhr Robert fort. „Über Fouchard gibt es ein ziemlich dickes Dossier in Paris. Er war aktives Mitglied der CGT und hat bei den wilden Streikaktionen im Jahr 1985 beinharte Parolen von sich gegeben. Seit er am Hohneck ist, wurde es still um ihn. Seine ganzen Ersparnisse hat er in diesen Hof gesteckt."

Gleich kräht er bestimmt, er will ihn verhaften. Die CGT ist ja ohnehin ein rotes Tuch für diesen Kleinkrämer.

„Suchen Sie ihn. Ich will mit ihm sprechen."

Na, wer sagt's denn. Verächtlich schnaubte Robert durch die Nase. Und wie, bitteschön, soll ich das anstellen, wenn Fouchard noch hier in Straßburg ist? Ich kann ihn ja wohl nicht zur Fahndung ausschreiben.

Salzig. In erster Linie sind sie salzig. Alle. Aber es ist ein köstlich strenges Salz, ähnlich dem von Parmesan oder altem Gouda, von Grana, Pecorino oder ... Eine Salznote, die gemildert wird durch cremige Substanzen, eine rahmig sahnig lutschzarte Konsistenz, die sich flächig über die Geschmacksnerven von Zunge und Gaumen verteilt. Daneben tauchen Assoziationen an Nuss und herb pilzige Flora auf, die diese durch die Sahne abgemilderte Salzstrenge abrunden. Ganz dünn auf Brot gestrichen wandelt sich die Strenge zu einer köstlichen Geschmacksnote, verbündet sich mit grobkörnigem Schwarzbrot, nussigem Mischbrot, selbst kümmelhaltigem Backwerk zu einer sinnenbetörenden Mischung. Oh doch, Anna konnte auch diese kräftigen Blauschimmelkäse zu jeder Tageszeit essen.

Die Blauschimmelkäse
Blauschimmelkäse, auch Bleu genannt, heißen die Käse, die über einen weichen oder halbfesten, mit blaugrünem Schimmel durchzogenen Teig verfügen. Der Schimmel wird bei der Erzeugung des Käsebruchs beigegeben. Bei vielen Edelschimmelkäsen wird der natürliche Reifungsprozess dadurch gefördert, dass der Bleu bei der Trocknung mit Nadeln durchstochen wird. So dringt Sauerstoff in das Innere, was das Schimmelwachstum fördert.
Blauschimmelkäse wird aus Kuh, Ziegen oder Schafsmilch gewonnen. Ausgewiesen werden muss die Beigabe von Ziegen oder Schafsmilch, auch wenn sie mit Kuhmilch vermischt wurde. Eine Ausnahme von dieser Regelung

bildet der Roquefort, der rein aus Schafsmilch hergestellt wird und seit 1925 urheberrechtlich geschützt ist.

Es klappt, es klappt tatsächlich! Harald bemühte sich, seine Euphorie im Zaum zu halten.

Er ließ sich Zeit, den passenden Tonfall zu finden. Kopfschüttelnd überflog er noch einmal das anonyme Anschreiben. „Ich kann das gar nicht glauben! Wolfgang Ackermann ist ein absolut zuverlässiger Mitarbeiter, einer meiner Besten."

„Mensch, Harald, denk doch mal, was das für einen Wirbel macht, wenn einer dieser neuen Finanzkontrolleure oder einer der OLAF-Kontrolletties davon Wind bekommt. Stell dir bloß diesen Skandal vor! Das können wir uns wirklich nicht leisten, Harald, und du schon gar nicht!" Wütend sah ihn der Bundestagsabgeordnete Sambach an, seines Zeichens zuständig für die Koordination der deutschen Aktivitäten innerhalb der Europäischen Kommission.

Harald seufzte. „Sehr unangenehm. Aber ich hatte ja keine Ahnung. Meinst du denn, dass das hier echt ist? Können wir das nicht einfach unter den Tisch fallen lassen? Ich hasse diese anonymen Denunziationen." Nachdenklich zwirbelte er seinen Schnurrbart.

Sambach trommelte nervös mit den Fingern auf den Tisch. „Irgendjemand scheint da ja was zu wissen. Wenn wir nicht reagieren, schickt der das wohlmöglich nach Brüssel! Nein. Wir müssen was unternehmen."

„Weißt du was!" Energisch sprang Harald auf. „Ich will Beweise. Ich glaube das einfach nicht. Lass uns sein Büro durchsuchen, er ist heute früh auf einer Konferenz in Düsseldorf."

118

„Klingt überhaupt nicht gut für euer Geschäft!"

„Ja, das könnte sehr unangenehme Folgen haben", bestätigte Anna düster. „Unsere Geschäftsidee ist damit ziemlich untergraben. Zumindest müssten wir einen Teil der Käse aus unserem Angebot nehmen. Dabei geht es gerade bergauf. Letzte Woche ist das doch tatsächlich das französische Sternerestaurant *Tiger* an uns herangetreten. Sie wollen mit uns einen Vertrag abschließen!"

„Hey!" Frauke pfiff anerkennend durch die Zähne.

„Ja wirklich, eine große Ehre. Sie sagten doch tatsächlich, sie hätten gehört, dass wir unsere Käse mit großem Sachverstand pflegen. Das ging Birgit natürlich runter wie Öl, wo sie doch den ganzen Tag dreht und wendet, bürstet, feucht hält, Temperaturen prüft und sonstige Spielereien mit den Käseleibern anstellt."

„Und sonst?" Frauke sah sie auffordernd an. „Das alles klingt nach viel Stress und wenig Vergnügen. Du aber siehst geradezu verteufelt vergnügt aus."

„Wer, ich?" Anna hielt mit dem Kraulen des Katers inne.

„Ja, du! Da brauchst du gar nicht so konsterniert zu gucken. Sag mal, ist da wirklich nur dieser Rüpel im Spiel, von dem du erzählt hast?"

„Ach, Marcel meinst du?", fragte Anna beiläufig.

Der Kater boxte ihr energisch den Kopf gegen die Hand.

„So rüpelig war er denn auch nicht, eigentlich zum Schluss sogar ganz nett." Sie lächelte leicht, während sie Olli zart über die Lefzen strich.

„Ganz nett", echote Frauke. „Wenn ich dich so ansehe, riecht das nach einer nicht ganz geringfügigen Untertreibung. Guck nicht so aufmüpfig!"

„Ich doch nicht", sagte Anna wegwerfend, ohne jedoch ein Grinsen verhindern zu können. „Jetzt beobachte mich nicht so inquisitorisch, du Pute. Das ist ja schrecklich!"

Frauke sah sie verschmitzt an. „Es kann nicht eventuell sein, dass du – zufälligerweise, versteht sich – in Straßburg auch diesen Marcel wieder siehst?"

„Schon möglich", räumte Anna ein. „Willst du Sekt? Ich habe Crémant mitgebracht."

Sie wartete. Ihr Hals schmerzte bereits von den vielen Zigaretten, die sie im Laufe der letzten drei Stunden geraucht hatte. Ich sollte nicht so viel rauchen, dachte Renate. Nur weil Harald das nicht mag, muss ich es ja nun nicht gleich so übertreiben. Geht dieser Mann denn heute überhaupt nicht aus dem Haus! Er wird zu spät kommen.

Den Zeitpunkt hatte Renate sorgfältig gewählt. Montags war tagsüber die Hausangestellte da, dienstags der Gärtner. Montagabends aber ging Harald immer zum Tennisdoppel mit anschließendem Saunen oder einem Kneipenbesuch hinterher, wenn er sich in Bonn aufhielt. Und Harald war ein Mann der Regelmäßigkeiten. Sollte er ausgerechnet heute einen anderen Plan haben?

Endlich sah Renate, wie das silbergraue Mercedes Sportcoupé ihres Mannes die Auffahrt hinunter rollte und dann auf der Straße in Richtung der Innenstadt verschwand. Sie sprang aus dem Wagen und streckte die steifen Glieder.

Mit einem leisen Gefühl der Befremdung ging sie die Auffahrt zum Haus hinauf, das sie vor kurzem noch selbst bewohnt hatte. Der Kies knirschte unter ihren Füßen. In der Eingangshalle sah sie Licht brennen, aber das war nicht ungewöhnlich. Ein Blick zu den Parkplätzen bestätigte ihr, dass niemand anwesend war. Aber warum sollten die Kinder auch da sein zu Beginn des Semesters. Schließlich gingen sie ihre eigenen Wege.

Zielstrebig verschwand sie in Haralds Arbeitszimmer und durchsuchte systematisch seinen Schreibtisch. Harald war schließlich vergesslich, er musste sich das irgendwo notiert haben. Der Terminkalender gab ebenso wenig her wie die Massen von Papier in dem Büroschrank mit dem Stahlrollo. Planmäßig durchsuchte sie die Schublade des hochbeinigen kleinen Tisches in der Eingangshalle, den alten Sekretär in ihrem eigenen Zimmer und die Nachtkonsole im Schlafzimmer. Auch nichts.

Sie huschte ins Ankleidezimmer. Hier hingen sie, all die Attribute männlicher Eitelkeit oder besser gesagt, von Haralds Eitelkeit, in zwei Reihen ordentlich aneinander gereiht und farblich sortiert. Taubenblau zu Taubenblau mit Nadelstreifen. Steingrau zu Dunkelgrau. Hellgrau mit Silberstreifen neben Anthrazit. Bordeauxrot passend bei Aubergine. Einreiher, Zweireiher, Tweed, Leinen, Seide, feinstes Tuch in steifem Schwarz neben der flotten Spencerjacke mit den Aufschlägen aus Satin.

Früher hatte sie sich immer darüber amüsiert, dass kaum ein Monat verging, in dem die lange Reihe der Kombinationen nicht durch eine weitere ergänzt wurde. „Das gehört nun mal dazu, Häschen, das erfordert mein Beruf. Ich kann nicht immer im gleichen Anzug erscheinen." So pflegte er sich zu rechtfertigten. Schnell schob sie auch diesen Gedanken beiseite.

Anzug für Anzug, Tasche für Tasche. Streichholzschachteln, Kleingeld, Visitenkarten von Hotels und Restaurants. Schließlich fand sie in einer der Hosentaschen einen Zettel mit einer handschriftlichen Notiz. *Fab. 4/5 Straßb. 50000?* Die Zahl war dick unterstrichen.

Fabian, wusste sie. So hat er ihn immer abgekürzt, wenn er seine sogenannten *To-dos* schrieb, lange, in einer Art eigener Stenoschrift geschriebene Listen mit Dingen, die noch zu erledigen waren. Häufig hatte es auch *To-dos* für sie gegeben. *Fab. kommt. 25. Tisch 3 P. Deuters.* Das hieß, sie solle bitte am 25. des aktuellen Monats einen Tisch für drei Personen bei *Deuters* bestellen, weil Fabian kam.

Schon wieder Fabian? Den hat er doch erst letzte Woche getroffen. *4/5 Straßb.?* Am 4. oder 5. in Straßburg. Und die Zahl, *50000?* Geld vermutlich. Aber wofür? Rätselhaft.

Wohnzimmer, Küche, Mäntel in der Garderobe. Nichts, nach dem sie gesucht hatte. Ein Blick auf die Uhr zeigte ihr, dass sie die Suche nun besser beenden sollte. Sie war erstaunt, wie lange sie sich schon in diesem Haus aufgehalten hatte. Aber sie wusste ohnehin nicht, wo sie noch hätte nachsehen können. Keinerlei Hinweis auf diese verflixte Nummer. Nur eine rätselhafte Notiz. Die aber roch irgendwie...

"Mensch, Mandinsky! Du wirst hingehen, ihn in die Arme nehmen und ihn küssen. Zeig ihm gefälligst, dass du ihn magst." Frauke nahm das nächste Glas Crémant in Angriff.

Anna warf ihr einen schrägen Blick zu. „Aber ich kenne ihn doch gar nicht richtig." Trist starrte sie auf den Tisch. „Und vielleicht will er mich ja gar nicht küssen."

„Na und?" Frauke knallte ihr Sektglas so energisch auf die Glasplatte, dass Olli erschreckt von Annas Schoß sprang. „Dann hast du halt Pech gehabt. Aber du brichst dir damit doch keinen Zacken aus der

Krone. Du magst ihn, also zeig es ihm. Was soll schon passieren." Sie schenkte Anna das Glas wieder voll und reichte es ihr.

Die Beine endlich vom Gewicht des Katers entlastet streckte sich Anna, stützte die Ellenbogen auf die Knie und starrte in die flackernden Kerzenflammen, die sich in ihren Pupillen spiegelten. „Ich kann nicht unauffällig wieder zurück.", murmelte sie. „Ich stelle mich bloß." Ungerührt blieb sie nach vorne geneigt hocken, als Olli versuchte, wieder auf ihrem Schoß Platz zu nehmen. Beleidigt zog er davon und schlich sich gereizt mit angelegten Ohren an Fraukes Sessel heran.

„Bloß stellen? So ein Blödsinn. Du meinst, du kannst auf Ablehnung stoßen. Und?" Frauke war nun richtig giftig. „Hast du schon mal jemanden zum Teufel gejagt, bloß weil er dir gezeigt hat, dass er dich anziehend findet? Ich meine jemanden, den du ansonsten nett findest?"

„Nein, eigentlich nicht", sagte Anna versonnen. „Das freut doch. Ich würde mein Bedauern ausdrücken: das möchte ich nicht, tut mir leid, aber ansonsten bist du ganz schön nett. Etwas in der Art."

Blitzschnell zog Frauke ihr Bein beiseite, als der Kater sie ansprang. „Pfeif sofort dieses räudige Monstrum hier weg, er ist mal wieder bissig."

Anna sprang auf, packte Olli routiniert um den Bauch und fest am Genick, damit er seine Zähne nicht in ihren Arm schlagen konnte. „Schlechte Laune, was? Dann ab nach draußen." Sie sperrte ihn auf den Balkon.

„Dieses Tier ist schlecht erzogen", grollte Frauke. „Wo waren wir stehen geblieben? Ach ja. Also nimm ihn gefälligst in die Arme und küss ihn."

Anna seufzte. "Weiß ich ja. Werde ich auch. Aber wenn er mich doch mag, könnte er mich vielleicht selber..." Sie ließ sich wieder auf das Sofa fallen.

„Pah!" Frauke kippte den Rest ihres Sektes schwungvoll in sich hinein. "Du willst wohl warten, bis du schwarz bist. Die Kerls von heute tun das nicht mehr so ohne weiteres. Sie sind verunsichert. Und außerdem hast du bestimmt wieder hübsch die Coole gespielt."

„Ist nicht wahr."

"Oh je, Anna! Du wirkst manchmal so was von unnahbar, dass man sich daran glatt eine Blasenentzündung holen könnte. Und außerdem bist du oft verdammt grob."

„Ach was. Ich! Und was war das gerade eben?" Anna musste kichern.

Frauke verdrehte vergnügt die Augen. „Bei dir darf ich das. Schließlich bist du meine beste Freundin. Ich wollte damit nur sagen, dass etwas Einsatz nie verkehrt sein kann."

"Ja. Hast ja recht." Anna nahm noch einen großen Schluck Sekt aus ihrem Glas.

Eine Weile starrten die beiden vor sich hin.

„Und wenn er nicht erotisch küsst? Du weißt schon, kleine, hektische Bewegungen mit der Zunge. Oder dieses komplett fischige aufgesaugt werden! Oder ungeschicktes Zudrücken der Nasenlöcher, oder zögerlich medizinisch klinisch saubere Bussies, furztrocken, oder..."

„Mensch Anna, hör auf! Du denkst doch, es könnte nett sein mit ihm. Wenn es das nicht ist, dann war's das und du lässt es. Aber probiere es gefälligst aus. Wo bitte ist das Problem!"

Nun herrschte Ruhe. Nachdenklich blickten sie wieder in die Kerzenflammen. Frauke trank den letzten Schluck, griff nach der Flasche und stellte fest, dass sie leer war. „Komm, lass uns noch was anderes machen", schlug sie vor. „Ich glaube, es kommt gleich *Tote tragen keine Karos*, diese Persiflage auf die Schwarze Serie. Lass uns den Film gucken und noch einen Crémant killen. Ich kann doch bei dir schlafen?"

„Oh ja, gerne!" Anna schaltete den Fernseher ein, verschwand in der Küche und sorgte für Nachschub.

„Fouchard ist jetzt da", sagte Olivier stolz. „Ich habe ihn bei der CGT aufgestöbert, er lag dick in seinen Schlafsack eingemummelt auf der Pritsche seines Wagens und wirkte etwas desolat, ziemliche Fahne. Soll ich ihn rein bringen?"

Geouffre schüttelte den Kopf. „Nein. Lassen wir ihn ruhig noch ein, zwei Stunden schmoren. Er soll ein bisschen mürbe werden. Die Jaqueline soll ihn ab und zu um noch etwas Geduld bitten und ihm den Kaffee aus dem Automaten und eines dieser wunderbaren Baguettes anbieten." Hämisch grinsend drehte Geouffre sich zum Fenster. „Was Schlimmeres kann man ihm kaum antun auf nüchternen Magen!"

Es war wirklich empörend! Skandalös. Ein Verbrechen wider den guten Geschmack. Sinnlose Vergeudung eines wunderbaren Potentials an Vielfalt, Einfallsreichtum und handwerklichem Können. Ein haarsträubendes Unrecht, begangen an der französischen Seele. Sollte das stimmen, was Anna da schrieb – und Hugo zweifelte nicht einen Moment daran, dass sie die Wahrheit sagte – dann musste dringend etwas geschehen. Er würde seine Quelle im französischen Parlament anzapfen müssen, um detaillierte Informationen zu erhalten.

Anna durchforstete die Tageszeitungen, die sich auf einem Stapel in der Ecke des Wohnzimmers türmten. Sie fand nichts von Interesse, seufzte und setzte sich an ihren Arbeitstisch, wo sie das Modem einschaltete und das Notebook hochfuhr. Das wird wieder teuer, murmelte sie. In den Archiven regionaler und überregionaler Zeitungen sowie einiger Wochenmagazine suchte sie drei Wochen rückwirkend unter den Stichworten EU, Käse, Milchwirtschaftsreform, Europäische Kommission. Sie überflog Berge von Artikeln, lud sich ein paar Informationen über Arbeitsweise und Struktur der EU auf ihr Notebook herunter und dehnte schließlich ihre Suche auf das französische Magazin l´Economique aus, das als Monatsbeilage von der TAZ veröffentlicht wurde. Dort endlich wurde sie fündig. Sie stieß auf einen Artikel, der sich mit der Sitzung der Europäischen Kommission in der vergangenen Woche beschäftigte.

Zufrieden mit sich selbst fischte sie sich aus dem Kühlschrank ein Stück Mettwurst, Parmesan, Zwiebeln, Tomaten und Eier und brutzelte sich ein Omelette. Zum Essen gönnte sie sich ein Glas Weißen aus dem Badischen.

Lust, an ihrem Artikel weiter zu arbeiten, hatte sie nun nicht mehr. Sie saß den ganzen Tag schon am PC. Aber sie musste.

„Komm Baby, fang an!" Der aufmunternde Ton motivierte sie jedoch überhaupt nicht. Trist starrte sie auf ihre handschriftlichen Notizen. Los jetzt! Bis Ende der Woche muss das fertig sein. Der neue Artikel steht an ... Straßburg ... und Marcel. Unkonzentriert fixierte sie den Bildschirm. Schnittkäse ... ich muss ihn morgen oder übermorgen mal anrufen ... der Hund meldet sich ja nicht. Schnittkäse ... na ja, warum sollte er auch ... nur eine freundschaftliche Umarmung, sonst nichts ... Schnittkäse (was interessieren mich diese Schnittkäse eigentlich) ... Halbfeste und feste Schnittkäse, verdammt noch mal!

Schnittkäse
Schnittkäse wird gepresst, nicht wie ein Hartkäse gekocht. Die Milch wird möglichst direkt nach dem Melken auf etwa 30 Grad erwärmt und mit Lab vermischt. Schnell dickt sie ein und es bildet sich die so genannte Gallerte. Diese Masse wird erst mit einer Käseharfe gebrochen, dann gepresst und ruhen gelassen, dann erneut sehr fein zerkleinert, gesalzen und in einer mit einem Tuch ausgelegten Form erneut gepresst. Anschließend werden die Käse zum Reifen in einen kühlen, feuchten Keller gebracht. Je nach Art wird der Käse dann unterschiedlich verfeinert.

„Halten Sie sich fest, Commissaire! Ich habe hier den pathologischen Bericht. Tod durch Fremdeinwirkung mit einem glatten, schweren Gegenstand, nicht gleichmäßig geformt. Das Labor tippt auf etwas Metallisches, Abgerundetes, Ovales, denn es sind keinerlei Rückstände in den Wunden zu finden, keine Reste von Holz, Steinpartikeln oder so. In der Wunde am Hinterkopf gibt es ein Zentrum, wo der Knochen zuerst gesplittert ist. Es wirkt fast wie ein Einschuss, nur, dass es kein Schuss war. Die Gerichtsmediziner denken, dass dieser metallisch schwere Gegenstand eine Ausbuchtung hatte, einen Vorsprung etwa vom Durchmesser einer Kugel. Im Augenblick haben sie keine rechte Vorstellungen davon, was es eigentlich sein könnte."

„Und das soll so sensationell sein?" Geouffre war immer noch gereizter Stimmung.

Albert ließ sich dieses Mal die Freude nicht nehmen. „Nein, der Knaller ist der Spruch. Die Spurensicherung hat eine Probe von der Wand genommen. Und wissen Sie, was es ist?" Jetzt jubelte Albert fast. „Der Spruch ist nicht mit Farbe oder so dort hin geschmiert worden. Nein. Es ist...", er machte wieder eine seiner enervierenden dramatischen Kunstpausen, „es ist Mayonnaise!"

„Mein Gott!" Dieses Mal war Commissaire Geouffre tatsächlich verblüfft. „Mayonnaise? Sie meinen, der Spruch ist mit Mayonnaise an die Wand geschmiert worden, diesem Zeug, das die Belgier zu Pommes fressen?"

Albert nickte begeistert. „Ja! Aber es ist nicht einfach irgendeine Mayonnaise. Nein. Es ist eine Mayonnaise mit Lachs und Dill und Zitronenschale, etwas ganz was Feines!"

„Hm Hm." Commissaire Geouffre schwieg nachdenklich. „Das werden wir vor der Presse zurückhalten. Am besten werden wir auch von dem Spruch erst mal nichts verlauten lassen. Und gibt es was Neues zu dem Käse, der dem Toten im Mund steckte?"

„Nein. Das ist schwierig. Es ist ein Weichkäse, vermutlich ein Rotschimmelkäse, aber nichts Gängiges. Sie sind noch dran."

„Auch darüber kein Wort zur Presse!"

Ein Schreiben von Hugo. Auch noch ein Eilbrief. Bereits auf der Treppe riss Anna den Umschlag mit dem Zeigefinger auf.

Ma chère Anna!
Ihren Brief habe ich mit Bestürzung gelesen. Von diesem unglaublichen Attentat auf die kleinen bäuerlichen Käse habe ich ja nichts geahnt!
Sofort habe ich einen Bekannten im französischen Parlament angerufen. Es stimmt tatsächlich, was Sie da schreiben. Er hat mir versprochen, noch diese Woche genauere Informationen über die Abstimmung zu bekommen, z.B. darüber, wie der französische Minister zu dem Entwurf steht und wie die Chancen sind, damit durchzukommen. Aber ich kann mir beim besten Willen nicht vorstellen, dass ein Franzose sich mit einer solchen Gesetzgebung einverstanden erklärt, obwohl die Zunahme der Fast-Food-Lokale in erschreckendem Maße um sich greift, was für eine unglaubliche Verrohung!
Ich will Ihnen einen Vorschlag machen. Bis Freitag habe ich die gewünschten Informationen. Die Sache interessiert mich, und ich werde mich der Mühe unterziehen, mich selber nach Straßburg zu begeben. Dann kann ich Ihnen Genaueres sagen und eventuell auch Ihrem engagierten raubeinigen Bauernführer ein paar Informationen zukommen lassen.
So, wie Sie ihn beschreiben, scheint dieser Mann mit Vorsicht zu genießen zu sein. Nehmen Sie nicht leichtfertig die Schuld auf sich, was die Streitigkeiten mit ihm betrifft. Ein Mann sollte seine Gefühle einer Dame gegen-

über immer unter Kontrolle haben, das ist meine aufrich-
tige Meinung.
Ich wohne – wie immer, wenn ich in Straßburg bin – im
Hotel Regent Petite France. Setzen Sie sich einfach mit
mir in Verbindung, wenn Sie angekommen sind.
So verbleibe ich mit freundschaftlichen Grüßen
Ihr ergebener Freund
Hugo Rouvillion!

P.S.: Das Seidentuch ist tatsächlich bei mir aufgetaucht.
Es ist offenbar unbemerkt hinter einen Sessel gerutscht.
Ich werde es Ihnen mitbringen.

Typisch Hugo, der Liebe! So steif, so korrekt. Ganz
altmodische Ritterlichkeit. Anna schmunzelte. Diese
Passage über den Bauernführer sollte ich Marcel zum
Besten geben, er würde sich sicher köstlich darüber amüsieren.

„Bonsoir, c'est Marcel."
Ist nicht wahr. Telepathie oder was? „Hey, dich
wollte ich heute auch noch anrufen", sagte Anna,
und dann fiel ihr nichts mehr ein.
„Ich wollte nur wissen, ob du nun wirklich nach
Straßburg kommst. Wir könnten uns treffen, dann
kann ich dir noch ein paar Informationen für deinen
Artikel geben. Oder hast du es dir anders überlegt?"
Oho, das klang ja fast ängstlich. Plötzlich waren
die Worte wieder da. „Doch, ich komme. Ich habe
ein Zimmer in einer kleinen Pension gebucht, der
Auberge Chez Paul. Und ein Freund von mir wird
auch da sein, er hat ein paar Dinge herausgefunden
und wollte euch kennen lernen. Er meint, Ihr könntet
damit vielleicht etwas anfangen."

„Ah, gut." Marcel räusperte sich leicht. „Ein Freund von dir?"

Diesen Unterton kannte sie. Etwas überrascht und nicht so ganz erfreut. Das wiederum freute sie sehr. Sie schmunzelte. „Ja", sagte sie in lockerem Plauderton. „Ein wirklich guter Freund, höflich und zuvorkommend, eigenwillig, egozentrisch und ein bisschen verrückt. Ich mag ihn sehr gern. Du wirst sehen, er hat was."

„Na, da bin ich aber wirklich neugierig."

„Er isst gerne", erläuterte Anna und hatte diebischen Spaß, „was man ihm auch ansieht – ein kleines bisschen. Er ist Feinschmecker, hat ein wunderbar verkommenes Landhaus in der Nähe von Wissembourg und einen hervorragenden Geschmack. Ich besuche ihn immer, wenn ich in die Region komme. Ich habe ihm viel zu verdanken", sagte sie aufrichtig. „Und er hat einen Informanten im französischen Parlament, den hat er wohl angezapft. Näheres morgen, denke ich. Ruf mich an, *Auberge Chez Paul*, so gegen 18 Uhr, ja?"

„In Ordnung, salut dann." Marcel zögerte noch etwas.

„Ich freue mich drauf, dich zu sehen." Anna war selbst überrascht über ihre Offenheit. „A demain!"

„Fein." Seine Stimme klang plötzlich weich. „Ich freue mich auch."

Sie tänzelte beschwingt zu ihrem Notebook. „Käse rund und fein, machen zartes Bäuchelein, Käse hart und schwer mag mein Magen sehr", sang sie. „Gaumenfreude ist versprochen, dazu auch viel Wein. Wein, viel Käse und ein Mann..."

Abrupt brach sie ab. Kindisch, einfach kindisch. Sie warf einen Blick in den Spiegel über der Kommode und lächelte sich an. Na und! Vergnügt machte sie sich an die Arbeit.

Hartkäse

Die Methode, Käse mit gepresstem und gekochtem Teig aufzubereiten, wurde in den Alpenregionen entwickelt. Die Milch wird nach der Labgerinnung mit einer Käseharfe in korngroße Bruchmasse zerkleinert und dann unter Rühren langsam erhitzt. Durch dieses Verfahren verfestigt sich das Bruchkorn. Eine halbe Stunde wird die Masse gerührt und dann in mit Tüchern ausgekleidete perforierte Gefäße abgefüllt, so dass die Molke abgesondert werden kann. Erst wenn die Masse richtig fest ist, wird der Käse gesalzen und abgerieben. Drei bis sechs Monate beträgt die Reifezeit. Typisch für diese Käse ist das großformatige Wagenrad.

„Hier: neues Material von den deutschen Kollegen. Die Ehefrau, Renate Schreiber. Geborene Launders, sechsundvierzig Jahre alt. Sie wohnte bei ihren Eltern, bis sie Harald Schreiber geheiratet hat. Beide Eltern sind übrigens gestorben. Sie hat geerbt, immerhin knapp zweihundertdreißigtausend Euro. Ihr Studium in Literaturwissenschaften hat sie nicht beendet, vermutlich weil sie schwanger war. Dabei war sie offensichtlich sehr begabt. Ihrem Professor hat sie als wissenschaftliche Hilfskraft zugearbeitet und einige Vorlesungen über englische Realsatiren gehalten. Sie hat auch einen Artikel zu dem Thema veröffentlicht, natürlich unter seiner Ägide, sein Name in Fettschrift, ihrer als der der Autorin klein darunter. Einer Arbeit ist sie seit der Heirat nicht nachgegangen, zumindest keiner dem Finanzamt bekannten."

Ich habe entschieden zu viel Krempel! Ratlos begutachtete Anna die Vielzahl ihrer Klamotten, die ihren
Kleiderschrank bevölkerten. Trotzdem war es ein
Phänomen, dass eigentlich nie das Richtige da war
zum Anziehen. Sie besaß schöne, auch ausgefallene
Kleidungsstücke, denen sie, verführt von den schil-
lernden, anschmiegsamen Stoffen, nur selten widerstehen konnte, hielt sie sie im Laden erst einmal in
Händen. Aber sie trug sie selten. Und schon gar nicht
bei einer solch verteufelt heiklen Angelegenheit. Gut
aussehen, logisch. Schlicht, natürlich, lässig, ausgefallen, bloß nicht bieder, Figur betonend, aber nicht
figurbetont, war doch wohl ganz einfach, oder? Aber
unmöglich konnte sie in diesem fließenden, schmal
geschnittenen Kleid erscheinen, das die Pölsterchen
an Bauch und Hüfte auf so wundersame Weise ka-
schierte. Ebenso wenig ging die knallige kurze Spen-
zer-Jacke mit dem schwarzen, aus dem tiefen Ausschnitt herausragenden Spitzenunterhemd. Nein,
absolut unpassend. So drehte und wendete sie etliche Stücke, bis sie sich schließlich zornig auf ihr Bett
fallen ließ.

Du bist ja wohl bescheuert, Anna! Mach dir gefälligst ein paar Sachen klar. Was soll das hier eigentlich werden? Er in der Wildnis der Vogesen, du in
Frankfurt. Das kann nichts weiter geben als eine
kleine nette Affäre. Benutz deinen Verstand. Distanz
wahren ist angesagt. Sonst gibt es nur einen verteu-
felten Seelenkater!

Anna rollte sich auf den Rücken, verschränkte die Hände unter dem Kopf und starrte an die Decke. Sie dachte an die Unruhe, die sie schon jetzt zeitweilig befiel, an die Rastlosigkeit und den idiotischen Herzhopser, sobald das Telefon klingelte. Eine bisschen Spaß, hübsch distanziert, wiederholte sie sich. Viel zu weit weg, zu kompliziert und verschroben der Typ, um sich da richtig rein zu hängen. Nur eine kleine, hübsche Affäre, sonst nichts. Sie begann zu lächeln. Aber die, die will ich mitnehmen. Mit diesem Gedanken sprang sie auf, zog Jeans und ein dunkel schimmerndes Shirt mit relativ weitem Schnitt aus dem Schrank und hängte die tief ausgeschnittene Jacke entschlossen wieder zurück. Und jetzt sieh zu, dass du nach Straßburg kommst, blöde Kuh!

Endlich schienen sie sich ihrem Ziel zu nähern. Es war mühsam und sehr anstrengend gewesen, Harald die ganze Strecke über zu folgen. Ein paarmal hatte Renate ihn fast verloren im dichten Verkehr.

Langsam rollte das silbergraue Sportcoupé nun durch das Villengebiet im Süden der Stadt und bog schließlich in die Auffahrt eines der prächtigen Häuser aus der Gründerzeit ein. Erleichtert beobachtete Renate, wie Harald aus dem Wagen sprang. Er trug einen Aktenkoffer aus Aluminium in der Hand.

Als er ins Haus eingelassen wurde, verließ sie ihren Leihwagen. Sie sah auf das Klingelschild am Tor. Fabian, las sie. Sie hatte Recht gehabt!

„Das ist Monsieur Hugo Rouvillion, ein Patriarch, wie er im Buche steht. Ich verdanke ihm viel, denn was ich über Käse weiß, weiß ich von ihm!" Anna schob vertraulich die Hand unter Hugos Arm.

„Und hier Monsieur – äh – Brunel?, der Mann, der das Rezept für diese wundervollen kleinen Tomme besitzt, die Sie so bewundern, Hugo. Und Marcel, das Raubein der Zunge, der Mann, der kein Blatt vor den Mund nimmt." Sie boxte Marcel leicht in die Rippen und grinste ihn an.

„Raubein der Zunge", fragte der verständnislos.

„Man muss nicht immer alles verstehen wollen." Freundlich zwinkerte Anna ihm zu, um dann Hugo einen komplizenhaften Blick zuzuwerfen.

„Alors. Lassen Sie uns einen Wein bestellen und die Lage besprechen." Hugo führte sie zu einem der gewachsten Weichholztische.

Brunel wirkte etwas unsicher angesichts der antiquierten Eleganz von Monsieur Rouvillions Erscheinung.

Amüsiert beobachtete Anna das komplizierte Ritual, mit dem Hugo, die Stirn runzelnd, die Weinkarte studierte. Es brauchte fünf Minuten, bis er sich für einen kräftigen Languedoc entschied, zu dem er dann Oliven und eine große Käseplatte bestellte.

Anna registrierte die Verblüffung in den Mienen von Marcel und Brunel, als Hugo mit strengem Blick die Käseplatte inspizierte und den Kellner herbeirief. Der Brie sei um zwei Grad zu kalt gelagert, teilte er dem Kellner mit. Er könne so nicht die rechte flüssig reife Konsistenz entfalten, die potentiell in ihm stecke.

Sie ließ ihren Blick auf Marcel ruhen. Der saß mit ernster Miene da, nur die Augen verengten sich, als würde er in sich hinein lachen.

Erst als der Käse zerlegt und in säuberlichen Portionen auf den Tellern verteilt, der Wein schmatzend verköstigt und für gut befunden sowie größere Kelche für den Tropfen geordert und herbeigebracht waren, lehnte Hugo sich zufrieden zurück und blickte in die Runde.

„Anna, ma chère. Monsieurs. Lassen Sie uns anstoßen, um diesem traurigen Anlass etwas Würde zu geben."

Sie prosteten einander zu.

„Ich habe etwas herausgefunden, was von Interesse für Sie sein wird. Der Gesetzesentwurf stammt aus der Feder eines Kommissars der Europäischen Kommission."

„Stimmt", unterbrach Anna ihn. „Ein Deutscher. Ein sogenannter neutraler Kommissar. Er heißt Schreiber."

„Was bedeutet neutral?", mischte sich Marcel ein.

„Nun, es geht um die Vertretung des europäischen Gemeinschaftsinteresses, wie es in der Satzung geschrieben steht. Die Kommissare werden durch das Europäische Parlament gewählt und sind nicht gebunden an die Weisungen ihrer Nation. Im Gegenteil..." – Anna zog einen Zettel aus ihrer Tasche und las den Text ab – „sie sollen volle Gewähr für ihre Unabhängigkeit bieten." Sie lachte. „Das habe ich mir extra aufgeschrieben, weil es so hübsch formuliert ist. „Auf jeden Fall gelten deshalb die Kommissare als neutrale Vermittler.

„Neutral", schnaubte Hugo leise. „Sind selber absolute Nieten im Bezug auf Käse und spielen sich dann als unabhängige Kommissare in solchen Fragen auf."

„Wie wahr, wie wahr!", kommentierte Anna. „Das ist schöngefärbte Theorie. Denn nichts desto trotz erhöht ein jeder Herr Kommissar natürlich den Einfluss seiner eigenen Nation. Was unter anderem daran gut zu sehen ist, dass Mitgliedsstaaten wie Deutschland, Frankreich oder Italien je zwei Kommissare stellen dürfen, andere Mitgliedsstaaten jedoch nur einen. Das wird an der Größe festgemacht. Aber worüber wird die Größe definiert? Wenn es denn alles so neutral zuginge, wäre es doch völlig egal, wie viele Kommissare eine Nation stellen darf, oder? Das zumindest habe ich mich gefragt."

„Das wusste ich nicht." Marcel warf ihr einen anerkennenden Blick zu.

„Ich habe nur ein bisschen recherchiert", murmelte Anna bescheiden. „Für meinen Artikel."

„Ihr Verdacht scheint durchaus gerechtfertigt." Hugo nickte Anna zu. „Es sieht nämlich so aus, als wäre sich der französische Minister in dieser Frage nicht ganz so sicher. Es soll am Montag noch eine interne Besprechung wegen der Agrarreform geben. Es sieht weiterhin so aus, als wäre das Abstimmungsergebnis bezüglich dieses Gesetzes damit ebenfalls fraglich." Hugo faltete seine Hände vor dem gewaltigen Bauch und sah jeden einzelnen wohlwollend an. „Ich habe aus sicherer Quelle erfahren, dass der Minister noch einmal das Urteil eines seiner Berater, eines gewissen Monsieur Fabian, einholen will, um dann die Linie Frankreichs – die es ja eigentlich als solche gar nicht geben darf – innerhalb der Kommission endgültig festzulegen. Dieser Fabian hatte den Auftrag, die Sachlage noch einmal genauestens zu überprüfen. Erstaunlicherweise gab es bei besagtem Berater einen Anruf des Herrn Schreiber, welchen er privat bei sich zu Gast erwartet heute Abend. Und nach diesem Anruf hat Monsieur Fabian mit dem Minister noch einmal Kontakt aufgenommen und ihm mitgeteilt, dass er mit ziemlicher Sicherheit nach wie vor für ein Ja seitens Frankreichs plädieren würde. Er würde noch auf eine Information warten und ihm dann seine Begründung gleich Montag früh zukommen lassen." Hugo lächelte milde. „Mein Informant hat selber eine wirklich verlässliche Quelle in der Telefonzentrale sitzen, une affaire du coeur. Es macht im Moment ganz den Eindruck, als hinge die Empfehlung des Attachés unmittelbar mit dem Eintreffen des Monsieur Schreiber zusammen."

Ihr Herz klopfte wie verrückt. Auch der Atmen kam ihr übermäßig laut vor, ein heftiges Schnaufen, eher einem Walross angemessen. Dass es nicht drinnen im Haus zu hören war, wunderte sie. Renate sah im Geiste schon einen schwarzen Dobermann auf sich zuschießen, knurrend und geifernd in zwei Metern Distanz vor ihr stehen bleibend, bis er sich mit einem einzigen geschmeidigen Satz auf sie zu bewegen und ihr an Wade, Arm oder Kehle gehen würde. Zu viele Filme geguckt, Häschen, dachte sie spöttisch, dabei Haralds Tonfall nachahmend.

Eine Weile stand sie still da neben dem bereits erleuchteten Fenster und lauschte. Sie wartete, bis ihr Puls sich etwas beruhigt hatte, und wagte es schließlich, einen Schritt vor das Fenster zu treten und hinein zu sehen.

Da standen die beiden, Harald und Fabian, der mit zufriedenem Glitzern in den Augen gerade den Aktenkoffer in Empfang nahm. Schnell hob Renate die Kamera vors Gesicht, konzentrierte sich nur auf die Ausschnitte der Bilder, die sie von den beiden machte.

Der Koffer wurde geöffnet. Zoomen, auslösen ... hoffentlich war es nicht schon zu dunkel ... der Koffer wurde wieder geschlossen ... auslösen ... von Fabian sorgsam in einen Schrank geschlossen ... auslösen. Wohlwollend legte Fabian Harald den Arm um die Schulter, … auslösen … schob ihn aus dem Zimmer … auslösen … und nichts wie weg!

In der Sicherheit ihres Wagens angekommen schloss Renate die Augen. Das Adrenalin, freigesetzt durch Angst und Aufregung, pulste jetzt in erregenden Schüben durch ihren Körper, berauschte sie und löste eine Welle von Euphorie aus. Nicht schlecht, dachte sie. Ach was, wunderbar, perfekt. Besser hätte es gar nicht sein können!

Mit dem Blick folgte Hugo ihnen, als sie zur Tür gingen. Beobachtete, wie Anna in ihre Jacke schlüpfte, die rötlichen Haare aus dem Kragen hob und sie flüchtig zurecht schüttelte, während sie lachend etwas sagte. Er hat ihr nicht in den Mantel geholfen, registrierte Hugo grollend. Keine Manieren, dieser Kerl. Nicht mal die Tür hält er ihr auf. Und diese Lederjacke!

Anna spähte noch einmal von außen durch die Scheibe und winkte ihnen zu. Dann drehte sie sich um. Sie überquerten die Straße, und Anna schob ihren Arm unter den Marcels gerade so, wie sie vorhin die Hand unter seinen eigenen Arm geschoben hatte.

Ihre Stimme klang immer noch in seinen Ohren: Nein Hugo, bleiben Sie doch bitte sitzen … Sie brauchen mich nicht zu begleiten, bemühen Sie sich nicht, bitte … und dann stand dieser Marcel ganz beiläufig auf … ich gehe jetzt auch, bin etwas müde …und sie sah ihn nur an und sagte keinen Ton!

Schwer schluckte Hugo und sprang auf. „Pardon, Monsieur Brunel. Ich muss kurz an die frische Luft, mir ist nicht ganz wohl. Ich bin gleich wieder zurück." Hastig eilte er zur Tür des Bistros und trat auf die Straße, ging unter den besorgten Blicken des alten Brunel an dem beleuchteten Fenster vorbei und starrte forschend in die Richtung, in die die beiden verschwunden waren.

Da standen sie vor einem Schaufenster, dieser Fouchard schien etwas zu Anna zu sagen, denn sie drehte sich ihm zu und blickte ihm ins Gesicht. Unfähig, sich zu rühren, beobachtete Hugo, wie Marcel ihr mit einer zarten Geste die Haare aus dem Gesicht strich. Eine fließende Bewegung des Einverständnisses zwischen den beiden, ein Aufeinander zu, und schon verschmolzen sie zu einer Silhouette vor dem erleuchteten Schaufenster. Schockierend! Sich so auf offener Straße zu küssen. Sie hörten gar nicht mehr auf, schienen ineinander kriechen zu wollen, um ja auch nur jedes kleinste Stückchen ihrer Körper miteinander in Berührung zu bringen. Schließlich ließen sie voneinander ab, sahen sich für einen Moment an, offensichtlich wortlos über den Blick miteinander kommunizierend, denn sie gingen dann eng umschlungen in stillem Einvernehmen die Straße entlang.

Hugo schwitzte, obwohl ihm gleichzeitig kalt war. Fassungslos lehnte er im Dämmerlicht an der Hauswand neben dem Bistro und sah den beiden hinterher. Das Atmen fiel ihm schwer, so, als würde die Luft durch den hierfür vorgesehenen Kanal nicht mehr ungehindert in seine Lungen fließen können. Der Brustkorb, durch jähen Schmerz zu eng geworden, schien unfähig, sich zu dehnen. Er wollte rufen, irgendetwas sagen, aber er brachte nur einen heiseren Laut zustande, während die beiden in die Gasse einbogen, die zu Annas Hotel führte.

Renate lag auf dem Bett in ihrem Hotelzimmer und spürte, wie das Adrenalin langsam aus ihrem Körper wich. Erst jetzt wurde ihr vollends bewusst, was sie da eigentlich fotografiert hatte. Voll auf die Aktion, das Wählen des Bildausschnittes konzentriert, hatte sie es in dem Moment gar nicht richtig realisiert.

Führte sie sich jetzt die Szene bildlich vor Augen, war ihr nun klar, dass sich tatsächlich Geld in dem Aktenkoffer befunden hatte. Viel Geld. Das war zu schön, um wahr zu sein! Wenn die Aufnahmen auch nur halbwegs scharf waren, hatte sie gewonnen. Das würde sich morgen zeigen.

Renate betrachtete die an der Wand hängende Schwarzweißfotografie eines alten Fischerkahnes, der im Gegenlicht auf den Wellen eines Sees tanzte, und wurde immer ruhiger. Ihre Glieder bekamen eine bleierne Schwere, ihre Gedanken bewegten sich träge in immer rudimentäreren Fetzen. Dann sackte sie weg. Zum ersten Mal seit anderthalb Wochen schlief sie tief und fest.

Allen Befürchtungen zum Trotz passte es, passte wunderbar. Lippen auf Lippen, Zungen, in feuchtem Spiel verfangen. Der Kuss, dieser an sich so einfach scheinende zwischenmenschliche Kontakt, der dennoch ein großes Spektrum differenziertester Empfindungen bis hin zu Gleichgültigkeit, Ablehnung, sogar Ekel hervorrufen kann. In Filmen tausendfach als Symbol für das, was dann folgt, bemüht, in Liedern besungen, wird er in der erotischen Literatur zu Unrecht sträflich vernachlässigt. Denn er ist Auftakt, Schlüssel zur Entfachung der Glut, ein kompliziertes Eindringen in die Intimsphäre eines Menschen, an dem sich die Sinne entflammen, aber auch kläglich verrecken können. Kleinigkeiten bestimmen ihn, den Kuss, machen ihn aus und entscheiden über Rausch oder Nichtrausch, über 'na ja', 'ganz nett' oder

´atemberaubend schön´. Im schlimmsten Fall provoziert er ein eindeutiges Nein. Dies ist natürlich auch eine sehr ehrliche Entscheidung, zu der allerdings nur Wenige im entscheidenden Augenblick bereit sind, obwohl, streng genommen, die Harmonie oder Disharmonie des Kusses schon Aufschluss geben könnte über das, was dann folgt.

Himmel, Arsch und Zwirn, was tue ich hier eigentlich, fuhr es Anna durch den Kopf. Distanz, rief sie sich vage in Erinnerung. Und mehr, viel mehr, noch viel mehr!

Da stand er nun unten auf der Straße wie ein Narr. Angestrengt spähte Hugo hinauf zu den erleuchteten Fenstern der *Auberge Chez Paul*.

Welches der Zimmer war es? Das, in dem gerade das Licht angegangen war? Sicher hatten sie in der Hotelbar noch einen Drink genommen, während er, Hugo, sich hastig, aber dennoch zuvorkommend von Brunel verabschiedet hatte, um den beiden dann zu ihrem vermeintlichen Ziel zu folgen. Ein Schlaftrunk, ja, vielleicht noch ein letzter Kuss, und dieser Mann verabschiedete sich gerade höflich an ihrer Zimmertür, nein, in der Hotelhalle. Dann kam er jetzt sicher gleich hinaus. Bestimmt ... bald!

Aber insgeheim wusste Hugo, dass er nicht kommen würde. Keine Hotelbar in so einer kleinen Pension, keine galante Begleitung nur bis an die Tür bei so einem Mann, kein harmloser Abschiedskuss nach solch einer glutvollen Verschmelzung.

Erneut starrte er auf die Eingangstür, die beharrlich geschlossen blieb. Als sein Blick wieder nach oben wanderte, bemerkte er eine Veränderung in einem der hellen Vierecke der Fassade. Ein Fenster im oberen Stock, soeben noch voll illuminiert, wirkte

jetzt diffus. Abgetönte Lichtfarben tanzten verschwommen durch den Raum. Ihm wurde noch
schwerer ums Herz. Denn intuitiv erfasste er, was
diese Veränderung von grell auf dämmrig warm
verursacht hatte. Ein Seidentuch, über einen Lam-
penschirm geworfen. Das bunte Seidentuch, Annas
Tuch, vergessen vor ein paar Tagen hinter seinem
Sessel in seiner Bibliothek in Wissembourg. Vorhin
erst hatte er es ihr wieder zurückgegeben.

„Schlaf noch ein bisschen." Marcel umarmte sie,
hauchte ihr einen letzten Kuss auf die Lippen und
schloss die Tür leise hinter sich.

Das Morgenlicht wurde sanft gefiltert durch das
dichte Blattwerk der Kastanien auf dem Platz. Allein
war sie nun in ihrem zerwühlten Bett im Hotelzimmer. Eingehüllt in einen Kokon aus Lust und Zärtlichkeit lag sie da, ihr war wohl, sehr wohl zumute,
watteartig die Glieder, entspannt und schwer zugleich. Anna räkelte sich und lächelte. Schlafen, ja,
wenigstens zwei Stunden noch. Aber der Verstand
rebellierte gegen das Schlafbedürfnis, opponierte,
dem Wohlsein zum Trotz.

Darf ich jetzt vielleicht auch mal wieder was sagen!

„Schlafen", murmelte Anna.

Nein! Was zum Teufel hast du denn da eben veranstaltet. Wenn ich mich recht entsinne, hattest du
dir doch einiges überlegt zu dem Thema.

Ja und?

Tu nicht so. Du wolltest was Nettes mitnehmen,
ohne es nahe treten zu lassen, richtig? Und was war
das eben bitteschön?

Halt den Rand, Miesepeter. Es war schön so. Halt dich gefälligst da raus! Wohlig strich sich Anna über ihren nackten Bauch.

Nein, tue ich nicht. Was ist bloß in dich gefahren! Dabei hast du doch so gut angefangen. Du hast gespielt, Distanz gewahrt, beobachtet und trotzdem genossen. War doch gut!

Stimmt, dachte sie trotzig. Und da war sie genau am springenden Punkt. Denn dieser weise Vorsatz war ihr zugegebenermaßen abhandengekommen. Sie fand sich irgendwann wieder, wie sie den Duft Marcels in sich aufnahm, ihn wie ein Tier mit geschlossenen Augen in sich hineinatmend. Keinen Gedanken hat sie mehr daran verschwendet, was jetzt vielleicht angesagt wäre im Wechselspiel zwischen Geben und Nehmen. Nicht mehr beobachtet, nicht überlegt. Sie hat sich einfach fallengelassen und ihren Verstand ausgeschaltet, dieses Wunderwerk, das die Dinge um sie herum permanent registriert, begutachtet, analysiert, durchdenkt, einsortiert und so ihr Handeln bestimmt.

Dafür, dass du den Kerl so gut wie gar nicht kennst, war das verdammt unvernünftig. Und das weißt du ganz genau!

Du bist nur beleidigt, weil du mal die Schnauze halten musstest, konterte Anna gehässig. Lass mich endlich schlafen. Sie rollte sich zu ihrer embryonalen Einschlafhaltung zusammen, zog sie den Zipfel der Bettdecke zwischen die Knie, seufzte und schloss die Augen. „Was soll's schon schaden?", murmelte sie.

Schlafen konnte sie nicht mehr.

„Ihre reizende Frau ist am Apparat." Monsieur Fabian deutete in Richtung der Diele. „Gehen Sie in mein Arbeitszimmer, dort können Sie ungestört telefonieren."

„Meine Frau?" Verblüfft stand Harald vom Tisch auf. Mit leichtem Unbehagen faltete er die Serviette zusammen und legte sie über die Stuhllehne.

Renate. Sein Mädchen! Plötzlich roch er den Duft ihrer Haut, spürte die Weichheit ihres Haares zwischen seinen Fingern, sah den zarten, hellen Flaum an ihrer Wange schimmern. Als er ihre Stimme hörte, schluckte er.

„Harald, mein Lieber. Ich bin in Straßburg. Ich muss dich unbedingt sprechen, sagen wir, in zwei Stunden im *Café du Theatre* in der Rue Finkwiller, ja?"

Sie legte auf, ohne seine Antwort abzuwarten. Harald registrierte den wachsenden Druck in seinem Magen, der sich dumpf, aber stetig immer weiter ausbreitete. Sie wollte ihn sehen ... Renate ... sie wollte ihn sehen. Überrumpelt von einer jäh aufkeimenden Hoffnung schloss er die Augen. Sie wollte ihn tatsächlich sehen

Reglos hockte Hugo in der Halle des *Hotel Regent Petite France*. Zu weit, zu schwer erschien ihm der Weg in sein Zimmer hinauf, das er rein gewohnheitsmäßig zum Mittagessen verlassen hatte, zu einem Essen, bei dem er überrascht feststellen musste, dass er überhaupt keinen Appetit hatte. Er fühlte sich schlecht. Verbraucht, gefangen in einer Traurigkeit, die sich bleiern in seinem Körper eingenistet hatte.

Dumm kam er sich vor. Es hatte ihn beschämt, wie ein Narr unter einem erleuchteten Fenster zu stehen, und ebenso wenig, wie er es sich erklären konnte, was ihn zu dieser absurden Handlung getrieben hatte, konnte er sich Rechenschaft darüber ablegen, was genau ihn eigentlich in diese Traurigkeit stürzte.

„Hier ist Ihr Zimmerschlüssel, Monsieur Schreiber. Benötigen Sie sonst noch etwas?"

Schreiber? Langsam drehte Hugo seinen Kopf und fixierte den gutaussehenden Mann in seinem perfekt geschnittenen Anzug an der Rezeption.

„Nein danke, ich habe gleich noch einen Termin", sagte der Herr höflich mit unverkennbar deutschem Akzent. „Ich bringe nur eben meinen Koffer auf mein Zimmer."

Sollte das der Herr Schreiber sein, fragte sich Hugo. Dieser Banause, der es sich anmaßte, ein Urteil über Käse fällen zu können? Er spürte, wie sein Magen knurrte, und diese natürliche Regung im Zusammenspiel mit der Empörung, die er angesichts dieses Mannes empfand, verdrängte den Schmerz, der ihm dumpf auf der Seele lastete. Dankbar konzentrierte Hugo sich auf diese ihn belebenden Gefühle und stemmte sich behände aus seinem Sessel hoch.

Zufrieden beobachtete Renate, wie diese glatte Fassade in sich zusammen klappte. Für einen kurzen Moment machte der selbstbewusste Ausdruck einem ungläubigen Staunen Platz. Und noch etwas anderes war in seinem Blick gewesen, das sie jedoch nicht identifizieren konnte. Denn mit diesem immensen

Willen, immer alles unter Kontrolle halten zu wollen, hatte Harald sich sofort wieder im Griff.

„Soll ich dir die Fotos zeigen?", fragte sie beiläufig. Sie gab Milch in ihren Kaffee und rührte ihn um. „Den Film habe ich natürlich nicht dabei", fügte sie munter hinzu.

Stumm sah Harald sie an.

Seinen Ausdruck konnte sie nach wie vor nicht so recht deuten. Trotzdem zog sie aus ihrer Tasche einen Umschlag und warf ihn vor sich auf den Tisch. Verlier jetzt bloß nicht den roten Faden, mahnte sie sich.

„Ich mache dir einen Vorschlag, Harald. Mir ist das im Prinzip egal, ob du dich bestechen lässt und selber bestichst, um dich politisch durchzusetzen. Ich meine, egal ist es mir nicht; das ist einfach ziemlich mies, aber was soll's. Warum nicht auch du, wenn tausend andere es ebenfalls tun. Außerdem hast du dir das gewiss mal wieder von irgendeiner Wirtschaftslobby gut bezahlen lassen. Aus eigener Kasse hättest du das nicht finanziert." Sarkastisch lächelnd nahm sie einen Schluck Kaffee. „Aber, um der Tatsache mal ins Auge zu sehen: Jeder weiß Bescheid. Nur wenn so was dann auffliegt, wird es nicht gerade offiziell gebilligt, das weißt du selbst genau. Es kostet dich deinen heiß geliebten Kopf. Also", fuhr sie fort, „schlage ich dir einen Deal vor. Mein Geld auf ein Konto von mir zurück..."

Während sie wartete, bis die neu eingetroffenen Gäste sich umständlich einen Tisch gesucht hatten, beobachtete sie Harald. Er hatte sich immer noch nicht gerührt. Fast wirkte es, als könne er den Sinn ihrer Worte nicht erfassen. Aber das konnte nicht sein. Er verstand doch immer, sein Gehirn arbeitete präzise und schnell.

Also fuhr sie fort. „Und zweitens: das Verfahren gegen Wolfgang wird eingestellt. Ist doch sowieso alles gefälscht. Du bist wirklich mies, Harald."

„Wolfgang?" Harald räusperte sich. „Ich weiß nicht, wovon du sprichst."

Das ist ja wohl nicht wahr, dachte Renate. Mein Gott, ist das ein guter Schauspieler. „Du weißt genau, wovon ich spreche. Wie hast du es eigentlich herausbekommen? Wir waren so vorsichtig. Er war nie bei uns im Haus, und ich war kein einziges Mal bei ihm in seinem Appartement, damit bloß eure Parteifreunde nichts mitbekommen."

Eine lange Pause entstand, spannungsgeladen, unangenehm, drückend. Sag jetzt bloß nichts, er ist an der Reihe! Die Pause dauerte an.

Starr fixierte Harald die Tasse vor sich auf dem Tisch. Schließlich zuckte er die Schultern. „Ich weiß wirklich nicht, wovon du sprichst", sagte er kühl. „Und übrigens, wenn du meinst, mich hier erpressen zu können – das wird dir nicht gelingen. Ich habe lediglich Spielschulden bei Fabian beglichen, und Sambach weiß das."

„Spielschulden!" Verächtlich schnaubte Renate durch die Nase. „Damit kommst du nicht durch. Aber sag: wie kommst du eigentlich in diesem Zusammenhang auf Sambach? Ich werde einen riesigen Skandal aufwirbeln, glaub mir. Ich habe ohnehin nichts zu verlieren. Du hast mir doch schon alles genommen. Und noch was. Ich werde jetzt sofort so oder so die Scheidung beantragen und dir jeden Pfennig aus dem Leib pressen, den ich von dir bekommen kann." Sie lächelte sarkastisch. „Ganz nach Art der treusorgenden Ehefrau. Ich habe mein Studium für dich und unsere Kinder aufgegeben. Mich für dich und deine Karriere aufgeopfert. Ich habe nie gearbeitet. Ich werde auch keinen akzeptablen Job bekommen. Und ich werde überall herumposaunen, mit wie vielen deiner Sekretärinnen du dich eingelassen hast. Glaub bloß nicht, dass ich das nicht wüsste. Man könnte es fast so was wie Unzucht mit Abhängigen nennen, nicht wahr? Das alles wird sehr, sehr teuer, mein Lieber!"

Sie stand auf, strich sich die Jacke glatt und griff nach ihrer Handtasche.

„Überlege es dir gut. Mein Geld auf dieses Konto, die Nummer liegt hier im Umschlag. Und das Verfahren gegen Wolfgang wird fallengelassen, aber richtig, bitteschön, mit offizieller Rehabilitation. Das hast du bei dir ja auch schon mal hinbekommen, dürfte dir also nicht weiter schwer fallen. Wenn das alles zu meiner Zufriedenheit gelaufen ist, werde ich dir die Negative aushändigen. Die Scheidung wird dann um einiges billiger für dich, denn dann brauche ich keinen Unterhalt von dir. Das können wir auch gerne vertraglich festlegen. Mir wäre das entschieden lieber. Ich erwarte deine Antwort morgen um die gleiche Zeit, hier." Sie drehte sich um und wollte gehen.

Harald, plötzlich ganz rot im Gesicht, sprang auf. Roh packte er sie am Handgelenk und riss sie zu sich herum. „Damit kommst du nicht durch, Renate!", brüllte er. „Ich lasse mich nicht von dir erpressen, von dir nicht und auch nicht von deinem lächerlichen Liebhaber!"

Endlich! Endlich reagiert er mal wie ein normaler Mensch! Renate lachte leise. Aber es war kein fröhliches Lachen. „Vielleicht nimmst du ein Megaphon zu Hilfe. Dann können die Leute noch besser hören, worum es geht. Wir stehen bereits im Mittelpunkt des allgemeinen Interesses." Ruckartig befreite sie ihr Handgelenk aus seinem Griff und ließ ihn stehen.

Ungeheuerlich, dieser Tumult! Schwarz von Menschen war der große Marktplatz, voll mit brüllenden, schreienden Bauern. Es hupte und klingelte, Treckermotoren dröhnten auf Hochtouren, Holz schlug auf Milchkannen.

Anna, die am Rand des Platzes an einer Hausmauer lehnte, hatte noch nie einen solchen Höllenlärm erlebt. Sie nahm einige der Spruchbänder auf. *L'union nous ne porte que dommage! Laissez nous en paix. Vive le fromage!* und *Courage, les gars! Vive le fromage!* Aus dem ohrenbetäubenden Lärm kristallisierte sich langsam ein koordinierter Ruf heraus, rauh schwoll er an, bis es schließlich deutlich vernehmbar über den Platz tönte: *La bureaucratie, elle tue nos fromageries, la bureaucratie, elle tue nos fromageries ... Union, fiche nous le camp!* wurde jetzt lautstark skandiert. Richtig so, dachte Anna und begann, mit zu brüllen.

Vorsichtig umrundete sie den Platz, bis sie eine Bank fand, auf die sie hinaufsteigen konnte. Sie versuchte, Marcel ausfindig zu machen. Irgendwo musste er stecken in diesem Gewühl. Aber das Unterfangen war hoffnungslos. Er würde sich nachher vermutlich bei ihr im Hotel melden.

Für einen kurzen Moment schloss sie die Augen und genoss das heftige, wunderbar warme Glücksgefühl, das sich bei dem Gedanken an Marcel irgendwo um den Solarplexus herum ausbreitete.

Dann konzentrierte sie sich wieder auf das Geschehen. Die Fenster des Rathauses blieben hartnäckig geschlossen. Ein langgezogenes Buhen und Pfeifen löste den Schlachtruf ab. Zorn hing schwer in der Luft. Plötzlich klatschte etwas gegen die Fassade. Es folgten eine ganze Reihe von Wurfgeschossen, die an der Wand zerschellten; Eier, Tomaten, Kohlköpfe. Mit dem Teleobjektiv zoomte Anna Ausschnitte aus der Menge heran, fotografierte brüllende, die Fäuste schüttelnde Bauern, mit Obst, Eiern, sogar Pferdeäpfeln werfende Menschen. Als sie die Rathausfassade groß ins Bild holte, lachte sie atemlos. Was für ein wundervolles Geschmier!

Harald wusste schon lange nicht mehr, wo er sich befand. Sein Kopf war befreit, endlich leer geworden bei dieser ziellosen Wanderung durch die Stadt. Satzfetzen und Bilder zirkelten immer wieder durch sämtliche Sinne, schmerzhaft und intensiv.

Selten hatte er so eine Sehnsucht verspürt wie in dem Moment, als er Renate vor sich sitzen sah in dem mondänen Café. Eine Sehnsucht, die in den Stunden seit ihrem Anruf herangereift war, anrührend und intensiv. Die ungewohnte Heftigkeit dieses Gefühls setzte plötzlich Verständnis in ihm frei, gewährte ihm einen flüchtigen Augenblick lang den Blick auf die Möglichkeit, den von ihm eingeschlagenen Weg zu verlassen. Mitten im Café wollte er vor ihr auf die Knie fallen und sie um Verzeihung bitten, ihr das Geld zurückgeben und ihr vor allem sagen, dass er sie liebte. Er wollte sie um die Chance bitten, noch einmal ganz von vorne anfangen zu dürfen, um sie dann in die Arme zu nehmen und einfach nur zu weinen.

Da hatte sie begonnen, zu reden. Kühl, sachlich und vollkommen überraschend stach sie hinein in seine schutzlos offen liegenden Gefühle und vernichtete seine Hoffnungen mit einem präzise geführten Hieb. Grausam brach sie seinen sorgsam eingekapselten Schmerz auf, indem sie ihn hämisch mit ihrem Betrug konfrontierte. Erneut sah er die schamlosen Bilder wieder vor sich, trunkene Münder, Körper, verbunden in leidenschaftlichem Tanz. Er hörte ihr

Stöhnen und rang mühsam um Fassung. Als sie aufstand, ohne seinen Zustand auch nur annähernd zu bemerken, wollte er nichts als zuschlagen, blindwütig und verletzt. Aber selbst zum Schluss hatte sie noch das Richtige gesagt.

Von zwei Seiten stürmte nun Polizei auf den Platz, die Plexiglasschilder schräg über den Kopf haltend. Ein Foto nach dem nächsten schoss Anna, hier ein hocherhobener Gummiknüppel, dort ein Mann mit blutüberströmtem Gesicht ... zwei Polizisten zerrten eine Frau beiseite ... zerplatzte Tomate auf schimmerndem Plexiglas.

Es wurde bereits dämmrig. Sie hörte das uniforme Trampeln von Stiefeln. Dicht in ihrer Nähe stürmte nun ebenfalls eine Polizeieinheit aus einer Seitenstraße. Hastig sprang Anna von der Bank. Nun sah sie nur noch Körperteile um sich herum, Rücken, Arme, Brüste. Überall Menschen, Massen dicht an dicht. Es atmete ihr in den Nacken, drückte ihr gegen die Schläfen, dünstete ihr in die Nase, rammte ihr in die Seite ... viel zu dicht, bloß raus hier, raus! Sie begann, wild um sich zu schlagen und sich mit den Ellenbogen durchzukämpfen, sie stieß, schob und drängelte, bis es ihr gelang, in einer kleinen Straße zu verschwinden.

Den heftigen Schlag registrierte er eher durch das damit verbundene hässliche Geräusch, als dass er ihn spürte. Über dem rechten Ohr getroffen wurde Harald von der Wucht des Hiebes nach vorne geschleudert, knallte hart auf die Knie und spürte den Stoff seiner Hose reißen. Auf den Handballen schlidderte er über das Kopfsteinpflaster, kleine Steinchen bohrten sich unter die nachgebende Haut.

Oh Gott, verdammt... Instinktiv versuchte er, sich hoch zu rappeln, wobei ihn der Schmerz verzögert, dafür aber umso intensiver erreichte. Blitzartig breitete er sich vom Schädel bis tief in den Rücken hinunter aus. Ihm wurde übel. Etwas Warmes rann über sein Gesicht, verschleierte seine Augen, vermischte sich mit Tränen. Ich sehe ... ich kann ... ich kann nicht mehr sehen. Panisch krabbelte er auf allen Vieren, wahllos eine Richtung einschlagend, bloß weg, weg! Der zweite Schlag traf ihn am Hinterkopf. Nun spürte er nichts mehr.

Anna war völlig überdreht. Die Bilder des Nachmittags hafteten hartnäckig in ihrem Kopf. Sie purzelten durcheinander in unzusammenhängenden Sequenzen.

Müde und durchgefroren wie sie mittlerweile war, wollte sie jetzt nur noch schnell in ihr Zimmer. Sie hielt Ausschau nach einem Straßenschild. Im Schein einer Laterne nahm sie den Kampf mit den Falten des Straßburger Stadtplanes auf. Natürlich war die kleine Straße, die in den Platz nahe von ihrem Hotel mündete, mitten im Knick.

In der schmalen Gasse beschleunige Anna ihren Schritt. Verdammt dunkel hier, dachte sie und konzentrierte sich auf das schwache Licht, das ihr das Ende der Gasse ankündigte. Da quer vor ihr diese dunkle Masse im Weg ... was zum Teufel war das? Scharf sog Anna die Luft ein und beugte sich hinunter.

„Kann ich Ihnen helfen?" Vorsichtig berührte sie den Mann an der Schulter. Er bewegte sich nicht. Seine Arme waren irgendwo unter dem Körper begraben. Mit einiger Überwindung tastete sie an seinem Hals nach dem Puls und packte hinein in zähflüssige Feuchtigkeit.

Hastig zog sie die Hand zurück. Es klebte. Ein eigenartiger Geruch ließ ihre Magensäfte katapultartig in die Höhe schnellen. Sie fing an zu würgen, würgte weiter, übergab sich, konnte gar nicht mehr aufhören, bis die Kontraktionen des Magens nur noch bittere Galle aufs Pflaster beförderten.

Schließlich taumelte sie benommen zum nächsten Hauseingang. „Vite, vite!" Heftig trommelte sie an die nächstgelegene Tür und knallte immer wieder mit der Hand auf sämtliche Klingelknöpfe.

„Sie wissen, dass das Schlafen im Auto nicht erlaubt ist?" Commissaire Geouffre ließ seinen Zeigefinger wie eine Pistole nach vorne schnellen.

„Warum nicht?", fragte Marcel böse. „Was ist so schlimm daran?"

„Genauso wenig, wie es erlaubt ist, auf Parkbänken zu schlafen. Oder in einem Zelt auf öffentlichem Gelände. Oder in einem Campingwagen an der Straße. Das ist Erregung öffentlichen Ärgernisses."

„Ach was", sagte Marcel trocken. „Aber ein Nickerchen in der Sonne auf einer Bank ist doch sicherlich erlaubt."

Geouffre nickte gnädig. „Das ist etwas anderes."

„Und Sie würden doch vermutlich zustimmen, dass es vernünftiger ist, seinem Schlafbedürfnis nachzugeben, als weiter Auto zu fahren und womöglich einen Unfall zu riskieren."

Wieder nickte der Commissaire.

„Na also. Nichts anderes habe ich getan. Ich war müde. Sehr müde. Ich hatte noch etliche Kilometer bis nach Hause. Also habe ich meinem Schlafbedürfnis nachgegeben und mich auf die Pritsche meines Renault gelegt. Was ist daran nicht in Ordnung?"

„Es war eine dicke Isomatte, auf der Sie da lagen!"

„Die habe ich immer im Auto. Und meinen Schlafsack auch." Marcel atmete einmal tief durch. „Zu Hause brauche ich diese Sachen nicht. Ich brauche sie eventuell, wenn ich unterwegs bin. Also lasse ich sie gleich im Wagen."

„Aha. Also doch, um dort zu schlafen!" Geouffre triumphierte.

„Herrschaftszeiten nein! Nicht, um im Auto zu schlafen. Aber manchmal besuche ich einen alten Freund in Paris. Seine Couch ist mir zu unbequem, ich schlafe lieber auf der Isomatte."

„Und wieso parken Sie ausgerechnet im Hinterhof des Gebäudes der CGT?", fragte Geouffre lauernd.

„Der Wagen stand bereits dort." Marcel bemühte sich um Ruhe. „Ich habe ihn am Freitag dort abgestellt, im Einverständnis mit den Besitzern. Auf dem Weg zum Auto habe ich gemerkt, dass ich ein Glas zu viel getrunken hatte. Also habe ich mich lieber eine Runde hinten auf die Pritsche gelegt, anstatt den weiten Heimweg anzutreten. Allerdings hatte ich nicht gerade vor, bis zum Mittag dort zu schlafen. Aber die Nacht vorher war kurz." Marcel lächelte flüchtig, als er daran dachte. Dann sah er Geouffre direkt in die Augen. „Sie wollen mir doch nicht erzählen, dass ein Commissaire sich neuerdings mit einem so einfachen Delikt abgeben muss wie dem Ausschlafen eines Rausches im Auto. Was wollen Sie wirklich?"

Gereizt trommelte Geouffre mit den Fingern auf die Tischkante. Es störte ihn, den Spieß so umgedreht zu sehen.

„Sie kennen die Leute von der CGT?", fragte er harmlos.

„Nur flüchtig." Marcel merkte, dass sie sich auf den Kern hin bewegten. „Ich hatte Freunde bei der CGT in Paris", sagte er vorsichtig.

„Ach so. Kommunisten als Freunde." Commissaire Geouffre rieb mit seinem Finger die lange Nase. Dann ging er plötzlich zum Angriff über. „Hören Sie, Monsieur Fouchard. Wir lassen uns nicht für dumm verkaufen. Sie sind selber Mitglied der Kommunistischen Gewerkschaft. Soll ich Ihnen ihr Dossier vorlesen?"

„Nicht nötig, danke. Ich kenne meinen Lebenslauf. Aber auch hier wüsste ich nicht, worin ein Problem bestehen soll, das es rechtfertigt, mich ganze zwei Stunden warten zu lassen, um mich dann über meine Schlafgewohnheiten auszuquetschen. Kommen Sie doch bitte zur Sache!"

„Ist es richtig, dass Sie zu den Organisatoren der gestrigen Demonstration zählen?" Diese Frage unterstrich Geouffre wieder mit dem Zeigefinger.

Marcel schwieg.

„Zu den Organisatoren einer Demonstration, die sich den Leitspruch *La bureaucratie, elle tue nos fromageries* auf ihre Fahnen geschrieben hat und in deren Verlauf es zu Auseinandersetzungen radikalster Art kam?"

„Sie können mir wohl kaum zur Last legen, dass da ein paar Bauern durchgeknallt sind. Wir haben nicht zu Gewalt aufgerufen, falls Sie das meinen."

„Drei Polizisten der Bereitschaft liegen im Krankenhaus", brüllte Geouffre.

„Und wie viele Demonstranten?", fragte Marcel leise. „Hören Sie. Ich habe selber gesehen, wie es eskalierte. Und zwar auf beiden Seiten. Ich habe diese Eskalation nicht provoziert, obwohl ich durchaus verstehen kann, dass sich einige Menschen bedroht fühlten von dem massiven Polizeiaufgebot."

„Die Demonstration war nicht genehmigt!" Aggressiv sprang Geouffre auf und richtete den Zeigefinger erneut gegen Marcel. „Und das nennen Sie nicht provokativ? Sie sind dafür verantwortlich!"

„Hören sie doch auf. Das Ordnungsamt verbietet eine solche Veranstaltung kurz vor Beginn und erwartet, dass die Organisatoren die Menschen dort einfach wieder nach Hause schicken können? Die waren doch schon alle da! Das ist einfach lächerlich!" Gereizt sah Marcel auf die Uhr an seinem Handgelenk.

„Na gut." Geouffre setzte sich wieder und wurde plötzlich ganz freundlich. „Darüber möchte ich mit Ihnen wirklich nicht streiten. Eigentlich wollte ich etwas ganz anderes von Ihnen wissen. Fangen wir einfach noch mal von vorne an. Was haben Sie eigentlich gestern gemacht, nachdem sich die Veranstaltung aufgelöst hat? Sagen wir in der Zeit zwischen achtzehn und zwanzig Uhr?"

Überrascht von dieser Frage runzelte Marcel die Stirn. „Ich weiß zwar nicht, was Sie das angeht", sagte er vorsichtig, „aber was soll's. Wie jeder halbwegs vernünftige Mensch, der keine Lust hat, eins auf den Schädel zu kriegen, habe auch ich das Weite gesucht, als der Tumult losging. Ich war dann am Fluss. Auf dem Weg dorthin habe ich mir etwas zu essen geholt, Pommes, Cheeseburger und Bier, wenn Sie es genau wissen wollen. Ich habe längere Zeit auf einer Bank am Ufer gegessen. Irgendwann wurde mir kalt. Ich bin zurück zu den Räumen der CGT gegangen. Dort war niemand mehr. Ich habe überlegt, ob ich nach Hause fahren oder noch ein Bier trinken gehen soll, und mich für letzteres entschieden. Aus einem sind dann mehrere geworden."

Für eine Deutsche gar nicht so übel, dachte Geouffre. Nein, wirklich apart, die Kleine, trotz der Ringe unter den Augen. „Frau Mandinsky, ich weiß, es war sicher ein äh – wie sagt man doch – ein sehr erschreckliches Ereignis." Väterlich tätschelte Commissaire Geouffre ihre Hand.

„Schock", unterbrach Anna ihn. „Sie können ruhig Französisch sprechen, bitte. Nein, es war kein Schock für mich. Unangenehm ja, aber ich bin nicht geschockt."

Commissaire Geouffre ärgerte sich, umso mehr, als sie mit beiläufig unachtsamer Geste ihre Hand wegzog, gerade so, als wolle sie sich einer Fliege entledigen, die ihr lästig war. Plötzlich sah er sie vor sich, wie sie einen Brocken Fleisch ausspuckte, den sie einem armen Beamten gerade aus der Schulter gebissen hatte.

„Sie haben auf die Leiche gekotzt", sagte er rüde auf Französisch. „Und da wollen Sie mir erzählen, es war kein Schock?"

„Es war eklig", entgegnete Anna kühl. „Einfach eklig. Ich habe noch nie bewusst Blut gerochen, also ich meine, fremdes Blut, und ich wusste trotzdem sofort, was es war."

Fremdes Blut hattest du sogar schon mal an den Zähnen, Kleine, dachte Geouffre grimmig. Aber er sprach es nicht aus.

„Und dass es viel sein musste, sonst wäre es nicht so – so feucht gewesen. Es war einfach widerlich, dieses fremde Blut an der Hand zu haben!" Anna lächelte entschuldigend. „Wissen Sie, ich habe eine lebhafte Phantasie. Ich habe es mir sofort bildlich vorgestellt, das viele Blut. Und auf Gerüche reagiere ich immer sehr heftig. Das war wirklich..." Sie schüttelte sich.

Geouffre fixierte sie ungläubig. „Sie wollen damit sagen, dass Ihnen der Mann nicht leidgetan hat? Hatten Sie denn kein Mitgefühl? Keine Angst?"

„Nein", sagte Anna nachdenklich. „Ich habe mich erst mal nur geekelt." Mandinsky, halt jetzt sofort deinen Mund, dachte sie. Der kapiert das sowieso nicht. „Ich meine, ich wollte ja helfen. Aber er war tot. Eindeutig tot. Es wäre viel schlimmer gewesen, wenn er verletzt gewesen wäre oder im Sterben gelegen hätte. Dann wäre ich sicher entsetzt gewesen. Aber er war doch tot", fuhr sie hilflos fort. Anna, halt jetzt die Schnauze! Du redest dich um Kopf und Kragen. Ihr Erklärungsdrang ließ sich jedoch nicht so ohne weiteres stoppen und wurde zum Selbstläufer. „Er war tot, und da war dieses Blut an meiner Hand. Der Rest lief dann in einer Art *déjà vu* ab. Toten finden, Alarm schlagen. Es kam mir so surreal vor, wie im Film. Nur die Übelkeit war echt, die einzig echte Reaktion in der ganzen unwirklichen Situation, falls Sie verstehen was ich meine."

Wohl kaum, dachte sie resigniert, als sie Geouffre ansah. Ihr Kinn leicht nach oben gereckt, gab sie seinen ungläubigen Blick hochmütig und leicht zornig zurück.

Oh oh, Monsieur le Commissaire ist wohl nicht ganz so gut angekommen, wie er wollte... Mit leichter Schadenfreude beobachtete Anette ihren Chef.

„Mon Dieu, so ein Eiszapfen! Wie kann eine Frau nur so wenig empfindsam sein."

Nur, weil sie sich nicht gleich in Tränen auflöst, ist sie ein weiblicher Unmensch. Das ist mal wieder typisch, dachte Anette. Wetten, er hat sie sehr attraktiv gefunden.

„Lassen Sie mich hören, was sie Ihnen erzählt hat, Anette. Mal sehen, ob es da Widersprüche gibt."

Anette blickte auf ihre Notizen, während sie berichtete. „Also, die Mandinsky ist Freitag nach Straßburg gekommen, weil sie über die Demonstration berichten wollte. Auf ein Foto von dem Toten hat sie nicht reagiert. Das war nicht gespielt. Es blieb bei einer höflich interessierten Gleichgültigkeit, als sie das Foto betrachtete, ich habe sie dabei genau beobachtet. In die Gasse ist sie hineingeraten, weil sie gerannt ist, als die Polizei auf der Bildfläche erschien und der Tumult losging. Sie hatte Platzangst in dem Gedränge, fürchtete um ihre Kamera und wollte nicht mitten in die Randale hineingeraten, also rannte sie erst einmal los, weg von dem Geschehen. Irgendwann trank sie einen Kaffee, sie weiß aber nicht mehr genau, wo. Danach zog sie wieder los, orientierte sich mit Hilfe ihres Stadtplanes und bog dann in diese Gasse ein, weil es der direkte Weg zu ihrem Hotel war."

„Sie haben das hoffentlich geprüft, ja." Bohrend starrte Geouffre sie an.

„Natürlich, soweit sich das prüfen ließ. Ich habe das Bistro gefunden, in dem sie gewesen ist. Dem Wirt ist sie aufgefallen, weil sie sich so viele Notizen machte", konterte Anette gelassen. „Es war dunkel in der Gasse. Der Mann lag quer im Weg. Sie hat nichts gehört, keine Schritte, gar nichts. Ihrer Meinung nach war niemand in der Nähe, als sie den Toten fand. Zeitangaben konnte sie nur ungefähr machen, sie hat keine Armbanduhr. Ich denke, sie kann uns nicht weiterhelfen, Chef."

„Hat sie sich bei Ihnen erkundigt, wie der Tote heißt, was genau passiert ist, was wir über ihn wissen?" Die Falte stand immer noch steil zwischen Geouffres Augenbrauen.

„Nein. Ihr war klar, dass er ermordet wurde, wegen des vielen Blutes. Aber mehr hat sie nicht gefragt."

„Und! Finden Sie das nicht merkwürdig? Frauen sind doch sonst so neugierig, dass sie alles und jeden bespitzeln und beklatschen müssen."

Anette zuckte zusammen. Sie presste die Lippen aufeinander und bemühte sich, sachlich zu bleiben. „Diese offenbar nicht. Und da Sie schon fragen: Nein, ich finde das nicht seltsam, sondern erstaunlich normal. Es hat sie offensichtlich einfach nicht weiter interessiert, warum sollte es auch. Eigentlich finde ich das sehr sympathisch."

„Sympathisch!", schnaubte Geouffre empört. „Wir sind hier nicht dazu da, um über Sympathie und Antipathie zu philosophieren."

Wütend starrte Anette auf die Wand hinter ihm. „Nun gut", blaffte sie zurück, „nennen wir es eine nüchterne Betrachtungsweise, die mir entschieden mehr liegt als diese sich am Unglück anderer aufgeilende Schaulust." Sie wurde wieder ruhig. „Klatsch und Tratsch und Neugier sind nicht nüchtern. Ich fand ihre Reaktion verständlich und erfrischend sachlich."

„Hm hm", brummte Geouffre. „Lassen Sie sie gehen, die coole Lady!"

„Es ist schon merkwürdig. Jetzt, wo er tot ist, tut er mir fast leid." Mit der Hand fuhr sich Renate gegen den Strich durch ihre Haare. Sie schauderte. „Ich meine, ich habe wirklich geheult, und das hat mich ebenso überrascht wie die Tatsache, dass er tot ist. Er war doch so gemein in letzter Zeit, und ich heule. Kannst du mir das erklären?"

„Ich fände es erstaunlicher, wenn es nicht so wäre. Schließlich hast du lange mit ihm zusammengelebt." Wolfgang reichte ihr einen gefüllten Kaffeebecher hinüber. „Dass er ein Fiesling ist, hast du theoretisch begriffen. Aber deshalb hast du dich noch lange nicht richtig von ihm gelöst, emotional, meine ich. Also, ich finde das nachvollziehbar."

„Siehst du. Auch du redest von ihm, als wäre er noch am Leben. Ich glaube, du hast das auch noch nicht ganz begriffen." Renate pustete in ihre dampfende Tasse. „Meine arme Kleine!", fuhr sie scheinbar zusammenhanglos fort. „Sie musste ihn identifizieren, das Kind! Mich haben sie ja nicht erreicht. Sie ist ganz schön geschockt, ist gestern nicht von meiner Seite gewichen. Sie sagte, sie wolle mich trösten, brauchte selber aber mehr Trost als ich."

„Ganz so ein Kind ist sie ja nun auch nicht mehr", warf Wolfgang ein.

„Tu doch nicht so abgeklärt. Hast du schon mal einen Toten gesehen? Meine Mutter damals habe ich gesehen, und das war schlimm genug, einfach deshalb, weil sie mit der Lebenden so erschreckend wenig zu tun hatte. Sie sah aus wie eine Maske von sich selbst, also irgendwie gar nicht echt. Andererseits sah sie so aus, als würde sie im nächsten Moment wieder anfangen zu atmen, die Beine über den Couchrand schwingen und sagen ´Hallo, da habe ich euch allen aber einen schönen Schreck eingejagt, was?´ Ich habe oft davon geträumt." Nachdenklich nippte Renate an ihrem Kaffee. „Und Harald ist schließlich ermordet worden. Ein Schlag auf den Kopf, das muss doch furchtbar ausgesehen haben."

Wolfgang legte ihr seine Hand auf die Schulter.

Sie schmiegte ihre Wange an seinen Handrücken. „Montag ist die Beerdigung. Ich habe mir noch gar keine Gedanken darum gemacht, wie es dann weitergehen soll. Die Beerdigung wird grässlich. Viele Menschen werden kommen, Parteifreunde, Arbeitskollegen. Wirst du auch da sein?"

„Ich weiß nicht", sagte Wolfgang unsicher. „Wegen dir gerne, aber richtig beistehen kann ich dir sowieso nicht. Ich glaube, mein Erscheinen wäre befremdlich, weil es ja zuletzt diesen Eklat gab. Was meinst du?"

Renate sah ihn erstaunt an. „Das gibt´s doch nicht! Das habe ich ja völlig vergessen. Und wie kommt das jetzt in Ordnung?"

Wolfgang lachte bitter auf. „Gar nicht, fürchte ich."

„Was ist denn hier los?" Frauke musterte Anna überrascht. Geduldig wartete sie, aber außer einem leisen
Grollen kam nichts. „Bloß nicht zu viel der Erklärun-
gen!", grinste sie schließlich.

Anna warf ihr einen wütenden Blick zu.

„Hmm. War's nicht schön?"

Anna knurrte wieder gereizt und schwieg. „Doch",
antwortete sie schließlich knapp.

„Aha, verstehe. Erzähl."

„Nein!"

„Na, dann eben nicht. Kann ich einen Kaffee haben? Und ein Brot wäre auch nicht schlecht."

„Du kennst dich ja aus." Unwirsch wies Anna zum
Kühlschrank.

Frauke setzte Wasser auf, machte sich am Kühlschrank zu schaffen und belegte ein Brot. „Möchtest
du auch was", erkundigte sie sich beiläufig.

„Quark."

„Ich hätte gerne ein bisschen von dem köstlichen
Fruchtquark, der dort im Kühlschrank steht, könntest du bitte so lieb sein und mir etwas davon geben?", übersetzte Frauke und grinste vor sich hin.
„Keine Bange, ich geh gleich wieder." Amüsiert beobachtete sie Anna, wie sie lieblos im Quark herum
matschte.

„Weiber!", grunzte Anna schließlich verächtlich.
„Müssen immer alles komplizierter machen als es ist.
Ich ärgere mich nur über mich selber", fügte sie er-
klärend hinzu.

Rittlings hockte sich Frauke auf einen Stuhl und stützte das Kinn auf die auf der Lehne verschränkten Arme. „Oh, sie spricht wieder mit mir, wie schön. Aber glaub mal ja nicht, dass ich viel von dem verstehe, was du mir da sagen willst."

„Die Sache ist die", erläuterte Anna aggressiv. „Ich habe einen gottverdammten Schmacht, hocke hier in diesem bekackten Frankfurt und kann diesen verfluchten Mistkerl nicht sehen. Und genau so was wollte ich vermeiden." Wütend knallte sie den Deckel auf die Quarkdose.

„Dann fahr doch hin."

„Bist du wahnsinnig! Erstens muss ich ab und zu auch mal arbeiten, selbst wenn du der Meinung bist, dass das ein reines Freizeitvergnügen von mir ist, was ich da beruflich tue. Zweitens weiß ich nicht, was der Mac sich so denkt, und drittens will ich nichts weiter als eine gemütliche kleine Affäre. Die Betonung liegt auf gemütlich. Und auf klein. Alles andere kann ich nämlich nicht brauchen. Ich fahre sicher wieder hin, aber nicht jetzt. Weil ich jetzt nicht will, verstehst du!"

„Aber du willst doch", konterte Frauke.

„Nein, ich will nicht." Anna musste plötzlich grinsen. „Na ja, eigentlich nichts lieber als das", gab sie dann zu. „Aber ich tu's nicht. Weißt du, streng genommen, von diesen kleinen mistigen Seelenkatern mal abgesehen, geht es mir saugut im Moment, wirklich. Siehst du nicht, wie ich schwebe?"

„Soll ich dir eine Schnur ans Bein binden, damit du nicht abhebst?"

„Er hat mir was vorgesteppt." Verträumt ignorierte Anna den Spott. „Natürlich nicht die ganze Zeit, ich weiß selber nicht, wie wir drauf gekommen sind, aber wir wurden herrlich albern und haben irgendwann alte Songs zusammen gesungen. Im Radio liefen wunderbare – also wirklich wunderbare Schnulzen. Und dann sprang er plötzlich aus dem Bett und hat mir einen vorgetanzt, splitterfasernackt, mit baumelndem Dödel."

„Getanzt!", wiederholte Frauke amüsiert. „Klingt ja nett. Und das Übrige?"

„Das Übrige?" Anna lächelte leise. Dachte an die Heftigkeit, mit der sie aufeinander zu- und losgegangen waren, an die Zartheit der federhaften Berührungen nach dem Sturm, die die Haut taumeln ließ und die Seele trunken machte, bis wieder erneutes Begehren wuchtig durch die Eingeweide pulste, um dann konzentrisch in diese begrenzte Zone zwischen den Beinen zu fahren. „Das Übrige. Jaaaaaaaa..." Das Leuchten in ihren Augen wich einem bedrückten Seufzer. „Seitdem habe ich nichts von ihm gehört. Von Hundert auf Null sozusagen, das ist ... ach, Scheiße. Komm, lass uns in eine Kneipe gehen, Wein saufen und ein paar Männern auf den Arsch glotzen. Ich habe die Schnauze voll von Seelenkatern. Und außerdem gibt es schließlich auch noch ein paar andere Kleinigkeiten, die ich dir erzählen muss."

„Die haben dich anstandslos gehen lassen?"

„Na ja, was habe ich denn damit zu tun? Ich habe den Mann doch bloß gefunden. Teufel auch, so habe ich mich schon lange nicht mehr übergeben." Anna schüttelte sich bei der Erinnerung.

„Weißt du, wer es war?"

„Irgendein Deutscher. Ich habe den Namen nicht verstanden. Wenn Franzosen deutsche Namen aussprechen, wird's katastrophal. Umgekehrt auch, ich geb's ja zu. Auf jeden Fall kannte ich den Mann nicht, musste ihn mir aber auch noch mal ansehen, ekelhaft. Der Schädel war eingeschlagen. Ich will das jetzt nicht weiter ausführen, sonst wird mir wieder schlecht." Achtlos schenkte sie sich Wein aus der Karaffe nach und verschüttete dabei einen Teil.

„Und dann durftest du heimfahren?"

„Nein. Sonntag sollte ich noch im Hotel bleiben, um für die Polizei erreichbar zu sein. War mir auch nicht weiter unrecht, weil ich gedacht habe, Marcel würde sich mal melden. Hat er aber nicht. Ich habe gewartet und gewartet und es passierte nichts. Hugo war auch nicht mehr in Straßburg. Dann habe ich versucht, Marcel bei ihm zu Hause anzurufen, da war er aber auch nicht. Um fünf Uhr musste ich noch mal zur Polizei. Ein gestrenger Commissaire, der Kerl! Dann durfte ich gehen. Heim fahren, meine ich. Ich habe flüchtig überlegt, ob ich noch eine Nacht im Hotel bleiben soll ... aber dann habe ich mich gefragt, ob ich noch alle Tassen im Schrank habe. Schließlich weiß er, wie er mich erreichen kann, und sehen wollte er mich offensichtlich nicht so dringend. Ein paar Mal habe ich es seitdem telefonisch versucht. Aber es ging keiner dran."

Mit dem Finger tauchte Anna in die Weinpfütze und malte ein feuchtes Strichmännchen auf den Tisch. „Weiß der Teufel, wo der steckt." Geistesabwesend starrte sie auf das Geschmier. „Und schließlich dachte ich, wenn einer so schlecht zu erreichen ist, muss ihm das ja wohl selber klar sein. Also ist er dran damit, sich zu melden, wenn ihm daran liegen sollte. Im Gegensatz zu ihm habe ich schließlich einen Anrufbeantworter. Und mein Handy werde ich deshalb nicht dauernd einschalten. Das habe ich früher nicht getan und werde es auch jetzt nicht tun!" Sie schnaubte kurz durch die Nase. „Es ist zum Kotzen, dieses Warten. Und wenn dann der AB blinkt, weil jemand drauf gesprochen hat ... ich hasse das!"

Frauke beobachtete sie mit gerunzelter Stirn. „Hey, guck mal der da", lenkte sie ab, erntete aber nur einen verständnislosen Blick. „Du wolltest Männern auf den Popo schauen, sagtest du unlängst. Der Blonde da drüben hat einen ausnehmend hübschen Hintern."

Desinteressiert sah Anna in die angewiesene Richtung. „Vergiss es." Lustlos zuckte sie mit den Schultern. „Im Augenblick interessiert mich nur ein einziger Arsch, und das mehr, als gut für mich ist. Gib mir ein paar Tage Zeit. Das wird schon wieder." Sie grinste verlegen. „Ein Gutes hatte das Ganze wenigstens, ich meine, außer einem netten Fick."

„Musst du denn immer gleich so ordinär um dich keilen, wenn du dich verletzt fühlst?"

„Diese Mordgeschichte geht mir nicht sehr nah." Ungerührt verfolgte Anna ihr Thema. „Lässt mich ziemlich kalt. Ich hätte ja auch Alpträume davon bekommen können. Stattdessen schlafe ich überhaupt nicht mehr", sagte sie ironisch. „Na gut, das ist ein kleines bisschen übertrieben, zugegeben." Sie legte sich eine Haarsträhne quer über die geschürzte Oberlippe.

„Meinst du denn, er hat das Interesse verloren?"

Anna blies die Strähne wieder weg. „Weiß der Teufel. Hellsehen kann ich nicht. Eigentlich hatte ich nicht den Eindruck. Überhaupt nicht. Streng genommen hatte ich eher das Gefühl ... ach, egal." Nachdenklich fixierte sie das langsam verblassende Strichmännchen vor sich auf dem Tisch. „Nein, das Interesse hat er nicht verloren, da bin ich mir seltsamerweise ziemlich sicher."

Dann wurde sie wieder wütend. „Ich finde es nur schweinemäßig ungerecht, dass so ein Mac sich nach einer leidenschaftlichen Nacht, die ihn selber auch nicht gerade kalt gelassen hat, in aller Ruhe wieder den Alltagsdingen zuwenden kann, während unsereins sich schlaflos im Bett wälzt. Ich weiß einfach nicht, wie die das hinkriegen, verdammter Mist!"

Trist starrte Commissaire Geouffre auf den gigantischen Vogel, der in der letzten halben Stunde von zwei Blaumännern auf der gegenüberliegenden Straßenseite sorgsam an die große Plakatwand geschrubbert worden war. In ihrem appetitlichen Bett aus Rauke, Linsensprossen, Pilzen und Orangenfilets ruhend, reckte die Ente ihm ihre krossgebratenen Schlegel mit den weißen Papiertüllen entgegen und löste pawlowsche Reflexe in ihm aus, die seine Laune nicht gerade verbesserten.

„Sehen Sie sich das an", grunzte er in Richtung der Tür, durch die Olivier gerade hereingekommen war. „Die wollen uns fertig machen, diese Werbefritzen. So was direkt vor der Behörde aufzuhängen, die die schlechteste Kantine der ganzen Stadt hat, grenzt an Sadismus." Trüb beobachtete er, wie die Blaumänner ihre Leitern zusammen klappten und sie mit den Kleistereimern und den Schrubbern auf der Ladefläche ihres kleinen Kastenwagens verstauten. Er seufzte.

„Also, was wollen Sie", fragte er schließlich.

Vergnügt ließ Olivier die Bombe platzen. „Die Ehefrau war am letzten Wochenende auch in Straßburg", sagte er beiläufig.

„Was!" Commissaire Geouffres Gedanken lösten sich so blitzschnell von der Ente, dass er im Herumdrehen beinahe die verstaubte Kaktee heruntergerissen hätte, die auf der Fensterbank vor sich hin vegetierte.

Genüsslich begab sich Olivier an die Wiederholung. Er schmatzte die Worte heraus, ließ sich die Silben einzeln auf der Zunge zergehen und verköstigte den Satz wie einen edlen Wein. „Die Ehefrau des Toten war am letzten Wochenende auch in Straßburg."

„Also auch am Tag des Mordes!", stellte der Commissaire fest.

„Genau!", sagte Olivier im Tonfall von *der Kandidat hat hundert Punkte*. „Eine der Empfangsdamen des *Hotel Lutetia* hat sich gemeldet. Sie hat von dem Mord in der Zeitung gelesen, und da fiel ihr ein, dass am Wochenende eine Frau Schreiber aus Bonn sich im *Lutetia* eingemietet hat. Ich habe gerade mit ihr im Hotel gesprochen. Sie hat Frau Schreiber anhand des Fotos identifiziert, das der Tote in seiner Brieftasche trug. Sie trägt ihre Haare jetzt kurz, aber die Empfangsdame war sich trotzdem sicher. Sie hatte nämlich die Anmeldung entgegen genommen, und dabei war ihr aufgefallen, dass Frau Schreiber, obwohl sie sehr müde aussah, etwas Bemerkenswertes an sich hatte. Sie leuchtete irgendwie, weshalb sie schön war trotz der Spuren von Müdigkeit und Alter."

„Leuchten, hä? Hatte sie ein auffallendes Kostüm an in rot oder pink oder so was?"

Ach je, du armer Mensch, dachte Olivier. Ist das die einzige Kategorie von Schönheit, die du kennst? „Nein, die Empfangsdame meinte das Gesicht. Sie hat sich die Frau genau angesehen, weil sie plötzlich dachte, dass älter werden vielleicht doch nicht so schlimm ist, wie sie sich immer vorstellt. Sie fand, dass diese Frau irgendwie schön wirkte, obwohl sie so offensichtlich müde aussah. Sie hatte Ringe unter den Augen und viele Fältchen, aber sie wirkte euphorisch, etwas an ihr strahlte und machte sie ... nun ja, schön eben." Olivier, der merkte, wie er sich verhedderte, hüstelte verlegen.

„Hmmm. Na gut, die Angestellte des *Hotel Lutetia* hat sie also wiedererkannt, weil Frau Schreiber aufgeregt war. Und weiter?"

Nicht ganz das, was ich gesagt habe, dachte Olivier und fuhr fort. „Am Freitagabend passierte nichts mehr. Samstag aber, kurz nach ihrem Schichtbeginn um siebzehn Uhr, fragte ein Mann nach Frau Schreiber. Er war groß, neigte zur Rundlichkeit und hatte dünnes Haar. Nichts Auffälliges, aber eine nette Stimme. Er sah etwas besorgt aus."

„Hat diese Frau eigentlich nichts anderes zu tun als ihre Gäste zu beobachten?", knurrte Geouffre.

„Freuen Sie sich doch, dass sich überhaupt jemand gemeldet hat!", sagte Olivier verwundert. Dann lächelte er. „Sie sagte, sie denkt sich Geschichten aus. Es war ihr etwas peinlich, das zuzugeben, aber sie meinte, wenn Leute ihr Interesse erregen, wie Frau Schreiber es tat, dann denkt sie sich Geschichten aus. Und als dann noch ein Mann nach ihr fragte, hat sie ihn eben richtig angeguckt. Er sah so aus, als sei er besorgt um sie, also, um Frau Schreiber. Er gefiel ihr, und sie hat gleich eine kleine Geschichte um die beiden gerankt. Eine romantische Geschichte..."

„Fakten bitte, keine Spekulationen!", unterbrach Geouffre ihn schroff.

Oh Mann, der ist heute aber wirklich wieder richtig anstrengend! Olivier verdrehte leicht die Augen. „Das war keine Spekulation, sondern nur eine Erklärung, warum sie sich ausgerechnet die beiden genauer angesehen hat. Mehr sollte es gar nicht sein! Also Fakten", sagte er beleidigt. „Frau Schreiber ging nicht ans Telefon. Dann bemerkte die Empfangsdame, dass ihr Zimmerschlüssel am Brett hing, was sie dem Mann auch sagte. Später am Abend kam er noch mal. Da war der Schlüssel zwar weg, aber sie ging dennoch nicht ans Telefon. Er stand eine Weile ratlos herum und ging dann wieder. Das war weit nach zwanzig, eher einundzwanzig Uhr. Mehr weiß sie nicht. Sie hat die beiden nicht mehr gesehen, und am nächsten Tag hatte sie frei. Ach ja, den Toten hat sie ebenfalls noch nie gesehen."

„Warum meldet sich die blöde Kuh eigentlich erst jetzt, eine Woche später?", nörgelte Geouffre.

Olivier zuckte mit den Schultern. „Sie hatte ein paar Tage Urlaub und hat eine Freundin besucht. Erst gestern Abend sah sie die Schlagzeilen in den Tageszeitungen, die sich vor ihrer Tür stapelten."

„Hmmm hmmm." Wieder knackte Geouffre mit seinen Fingergelenken. „Versuchen Sie mal, herauszufinden, was sie in Straßburg gemacht hat. Ich werde die deutschen Kollegen anrufen. Wir werden mit Frau Schreiber selber sprechen müssen, das sollten wir denen nicht allein überlassen." Er seufzte tief.

Das klingt ganz so, als wäre ihm diese Entwicklung nicht recht, dachte Olivier, als er den Flur überquerte. Der hat schon seinen CGT-Fritzen am Haken zappeln und möchte ihn dort wohl auch gerne hängen lassen.

Leuchten? Commissaire Geouffre betrachtete Renate aufmerksam. Sie strahlte überhaupt nicht. Sie sah nur müde und ängstlich aus. Und sehr zerbrechlich. „Sie sind also den weiten Weg zu uns gekommen, Frau Schreiber. Das wäre doch nicht nötig gewesen!"

„Ich hatte ohnehin in Straßburg zu tun." Nervös knibbelte Renate an ihrem Nagelbett herum.

„Darf ich fragen, was Sie hier zu tun hatten?"

Geld suchen, dachte Renate. Hinweise suchen, wie und wo auch immer. Ihnen zuvor kommen, herausbekommen, was Sie wissen! „Ich wollte die Sachen meines Mannes abholen. Den Wagen, den Koffer aus dem Hotel, seine Aktentasche. Einer Ihrer Mitarbeiter sagte mir, Sie würden sie nicht mehr benötigen." Sie fuhr sich mit der Hand über die Augen.

„Wir hätten Ihnen die Sachen auch bringen können, Madame. Hat man Ihnen das nicht gesagt?"

„Doch. Das hat man." Ihre Stimme klang müde. „Man hat mir auch gesagt, Sie selber wollten mit mir sprechen, Commissaire. Da habe ich gedacht..." Mit einer vagen Geste beendete sie den Satz. „Wissen Sie, ich bin einfach rastlos. Ich muss etwas tun, kann einfach nicht zu Hause sitzen und warten. Auf was denn eigentlich?" Nun lächelte sie entschuldigend. „Vielleicht wollte ich einfach Ablenkung, verstehen Sie? Ablenkung durch Handeln, um dem Warten und der Leere zu entkommen."

Diesem offenen, an sein Verständnis appellierenden Blick konnte sich Geouffre nicht so einfach entziehen. Er nickte. Dem Impuls, ihr die Hand zu tätscheln, gab er jedoch nicht nach. Stattdessen verzog er sein Gesicht zu einem andeutungsweisen Lächeln. „Darf ich Ihnen etwas anbieten? Kaffee, Tee, ein Wasser vielleicht?"

„Kaffee wäre schön."

Beflissen griff er zum Telefon.

Renate sah sich aufmerksam im Raum um.

„Ich bin etwas überrascht, Madame, dass Sie in diesem Zusammenhang von Leere sprechen", sagte er, so sanft er konnte. „Sie lebten getrennt von Ihrem Mann, habe ich gehört?"

Renates Blick kehrte zu ihm zurück. „Getrennt!" Sie schüttelte leicht ihren Kopf. „Das klingt melodramatischer, als es ist, Commissaire. Wissen Sie, eine Auseinandersetzung unter Eheleuten kommt doch gelegentlich mal vor. Ich wollte Abstand gewinnen und bin deshalb kurzfristig ausgezogen. Als – wie soll ich sagen – dauerhafte Trennung war das erst mal nicht gedacht."

„Ist Ihr Mann Ihnen bei diesem Disput irgendwie zu nahe getreten?" Geouffre hüstelte verlegen. „Verstehen Sie mich nicht falsch, Madame, aber in den meisten Fällen ist der Grund für einen solchen Schritt wie den Ihren das – äh – Überschreiten gewisser Grenzen..."

Renate lachte belustigt auf. „Mein Mann war kein gewalttätiger Mann, nicht in dieser Beziehung, wenn Sie das meinen sollten, Commissaire. Dazu war er zu intelligent. Nein, ich brauchte einfach Abstand zu ihm. Wissen Sie, er war eine sehr dominante Persönlichkeit. Er füllte den Raum, das Haus aus mit seiner Anwesenheit. Ich musste mich dieser Präsenz eine Zeit lang entziehen, damit ich ein paar Dinge in Ruhe überdenken konnte." Sie nahm einen Schluck Kaffee.

Fragend sah Geouffre sie an.

Los jetzt, mach den nächsten Schritt, lenk ihn in die gewollte Richtung, Babusch, dachte Renate. Sie räusperte sich leise. „Sie möchten wissen, worum es ging in diesem Disput, nicht wahr?" Sie lächelte traurig, während sie aus dem Fenster sah. „Ich will es Ihnen sagen. Es ging um das ewig gleiche, uralte Thema zwischen Männern und Frauen, Commissaire. Harald war ein dynamischer Mann. Er sah gut aus, er hatte Witz und Charme. Und er liebte die Frauen, genauso universell, wie ich dies hier formuliere. Nicht jede, das wollte ich damit nicht sagen. Er war durchaus wählerisch. Aber weckte eine Dame sein Interesse, war das eine unwiderstehliche Herausforderung für ihn, der er sich einfach stellen musste."

Nach einer kurzen Pause sah sie ihn direkt an. „Es gab viele Frauen, die etwas hatten, was seine Neugier weckte. Muss ich das noch weiter ausführen?"

Welch ein Blick! Unwillkürlich fühlte Geouffre, wie die Schuld, diese Kollektivschuld aller Männer mit ihren niederen Instinkten ihn erdrückte. Wie konnte ein Mann so etwas tun, diese reizende, wirklich reizende Frau betrügen. Bei einigen war es ja nachvollziehbar, aber bei dieser hier? So zerbrechlich, so hilflos, klug obendrein und so würdevoll in ihrer Trauer!

„Lange Zeit habe ich darüber hinweg gesehen. Ich wusste es nicht genau, wollte es wohl auch gar nicht wissen. Aber irgendwann habe ich ihn gesehen, wie er ... also, ich kam unerwartet abends in sein Büro. Ich war in der Stadt, sah sein Auto noch am Parkplatz stehen und wollte ihn fragen, ob er Lust hätte, etwas essen zu gehen. Natürlich habe ich geklopft, aber offensichtlich haben sie mich nicht gehört."

Jetzt habe ich ihn gepackt, dachte Renate. Aber überspann den Bogen bloß nicht.

Zögernd fuhr sie fort: „Nun. Dienstreisen, abendliche Termine, kurzfristige, beruflich bedingte Verspätungen ... Ich habe so oft gewartet, so oft fadenscheinige Begründungen gehört. Ich wusste nie, ob sie stimmten oder bloß vorgeschoben waren. Zu Hause habe ich mich nicht mehr wohl gefühlt damals. Ich meine, seit dem Zeitpunkt, als ich es als Tatsache begreifen musste, dass Harald wirklich... In solch einem großen Haus zu warten absorbiert viel Kraft. Schließlich mietete ich eine kleine Wohnung, in der ich mich dann häufig aufhielt, wenn er unterwegs war."

Geouffre nickte und sah irgendwie zufrieden aus.

Aha. Er wusste also von der Wohnung. Wieder lächelte Renate ihr trauriges Lächeln. „Ich gewann eine Distanz zu ihm dadurch, viel mehr, als es mir zu Hause jemals möglich gewesen wäre. Es gab mir Eigenständigkeit, ein Gefühl von mir im Singular, nicht im Plural. Wissen sie, wenn man so lange verheiratet ist wie wir es waren, denkt man immer in Kategorien von 'wir'. Da er das 'wir' offensichtlich als Einschränkung empfand, wollte ich mich einfach selbst ein wenig lösen. Ich habe dort gemalt, gelesen, Musik gehört."

„Malen, sagten Sie? Ein schönes Hobby." Geouffre räusperte sich, um dann bedächtig seine nächste Frage zu stellen. "Und wann haben Sie den Entschluss gefasst, erst einmal zu Hause auszuziehen? Ich meine, wenn ich das richtig verstanden habe, haben Sie doch schon lange mit dem Wissen gelebt, dass Ihr Mann Sie hintergeht."

Jetzt war äußerste Vorsicht geboten. Renate senkte den Blick. „Es war dieses Dessous", flüsterte sie. „Dieses Höschen in seiner Anzugjacke."

Auch wenn das Ereignis lange vor ihrem Auszug stattgefunden hatte, konnte sie sich noch gut an ihre Scham und die Demütigung erinnern. Es war in einer Reinigung gewesen. Aus der Jackentasche hatte der Angestellte ein zerdrücktes Stückchen Spitze gezogen mit der Bemerkung 'Das ist wohl Ihres, Frau Schreiber, soll ich das vielleicht auch gleich mit reinigen...'. Selbst über die Fläche der Ladentheke hinweg hatte sie ein Anflug dieses herb muffigen und dennoch so aufregenden Odeurs erreicht, das unverkennbar den diversen Ausdünstungen sexueller Aktivitäten zuzuschreiben ist.

„Mon Dieu!" Monsieur Geouffre war ganz gebannt. „Es war vermutlich nicht Ihr ... Pardon, natürlich nicht. Sie brauchen das wirklich nicht weiter auszuführen, Madame." So eine Zumutung. Diese arme Frau! Nun konnte er sich doch nicht zurückhalten und tätschelte unbeholfen ihre Hand.

Renate senkte den Kopf und biss sich auf die Lippen, um nicht zu lachen. Zwar hatte die Szene, die hier vor ihrem inneren Auge wieder aufgelebt war, ihr damals die Schamesröte ins Gesicht getrieben. Unterstützt durch die offensichtliche Empörung ihres um Galanterie bemühten Gegenübers fand sie sie jetzt jedoch unwiderstehlich absurd.

Schnell schlug sie die Hände vors Gesicht. Sie rang sichtlich um Fassung. Unterdrückte Lacher, einem Schluchzen nicht unähnlich, bahnten sich in kurzen Schnaublauten den Weg durch die Nase. Vermassele bloß nicht alles, dachte Renate. Mit lachtränenfeuchten Augen nahm sie das Taschentuch, das ihr der Commissaire reichte.

„Danke!" Sie wischte sich über die Augen.

Kein schlechter Auftritt, nein, wirklich nicht!

„Tapfere, kleine Frau!" Geouffre war immer noch
ganz aufgekratzt. „In Straßburg war sie, weil Ihr
Mann sie darum gebeten hat. Er wollte sich mit ihr
dort treffen, noch einmal eine Aussprache mit ihr
führen."

„Ein bisschen weit weg für eine Aussprache, die
die beiden auch in Bonn hätten führen können." Dieser Einwand kam von Anette. „Also, wenn ich sauer
wäre auf meinen Mann, würde ich nicht unbedingt
von Straßburg nach Bonn fahren, nur weil er sich
ausgerechnet dort aussprechen will. Wie seht ihr
das?"

„Da müssen wir mit anderen Kategorien denken!",
erläuterte Geouffre jovial. „Diese beiden sind es gewohnt, viel zu reisen. Viele Wochen im Jahr in Brüssel, mal ein paar Tage Straßburg, mal Paris, das ist
ganz normal. Madame Schreiber sagte aus, dass sie
ihren Mann häufig begleitet hat, bevor der Disput
mit ihm sich zuspitzte. Es hat ihr Spaß gemacht.
Manchmal sind sie auch einfach ein Wochenende
verreist, mal nach London, mal nach Mailand. Sie
dachte, es wäre eine Art Versöhnungsangebot von
ihm."

„Deshalb hat sie auch in einem anderen Hotel gewohnt, was?" Anette ließ nicht locker.

Geouffre warf ihr einen tadelnden Blick zu. „Das
war die Bedingung von Madame Schreiber. Zwar
akzeptierte sie den Wunsch nach Aussprache in, wie
sie sagte, entspannt urlaubsartiger Atmosphäre,

wollte jedoch erst einmal den Abstand wahren, der ihr so gut bekam."

„Na, ich weiß ja nicht. Und was hat die urlaubsartig entspannte Aussprache gebracht?" Anette war nach wie vor skeptisch.

„Ihr Mann hat sie gebeten, zu ihm zurück zu kommen. Sie war sich nicht ganz sicher, wie sie zu diesem Vorschlag steht, wollte noch einmal ein paar Dinge durchdenken und ihn am nächsten Tag wieder treffen. Ich habe keinen Zweifel an ihrer Glaubwürdigkeit."

Natürlich nicht, dachte Anette sarkastisch. Großäugige Aufrichtigkeit, ein paar unterdrückte Tränen, und seine eiserne Rüstung schmilzt.

„Ha! Seht mal her, was ich hier habe." Olivier schwenkte übermütig ein bedrucktes Blatt Papier, als er den Raum betrat.

„Nun, was gibt es denn, mein Lieber?" Geouffre war immer noch in jovialer Stimmung.

„Hier ist der Mann, der die Schreiber abends in ihrem Hotel aufgesucht hat. Ich war eben noch einmal dort, die Perle von der Rezeption hat ihn eindeutig identifiziert."

„Und? Zeigen Sie mal her." Gespannt begutachtete Geouffre die gerasterten Züge eines mit Scanner stark vergrößerten Gesichtes. „Sie werden uns sicher gleich sagen, wer es ist und woher Sie es haben."

„Wer es ist, weiß ich noch nicht. Das werden wir jedoch sicher bald erfahren. Unsere deutschen Kollegen haben uns das vorhin übertragen, das und noch ein paar Fotos mehr. Hier ist das komplette Bild, aus dem der Ausschnitt gemacht wurde. Und es gibt noch mehr davon. Voilà." Mit dramatischer Geste warf Olivier weitere Abzüge auf den Tisch.

Während Geouffre sie durchblätterte, verfinsterte sich seine Miene.

„Hui." Anette pfiff anerkennend durch die Zähne. „Woher haben die das denn?"

„Unser Toter hatte sie in seinem Arbeitszimmer in einer dieser halboffenen Kisten, in denen man Zeitungen und Papiere aufbewahren kann. Da befanden sich die einschlägigen Herrenmagazine und eine Mappe, erotische Postkarten, Fotografien, Ausdrucke aus dem Internet und so was. Na, das Übliche halt, was man mit Sicherheit bei jedem zweiten Mann irgendwo findet. Diese Fotos hier steckten in einem separaten Umschlag mitten drin. Bei der ersten Hausdurchsuchung haben die Kollegen den Sachen keine besondere Aufmerksamkeit geschenkt, da es ja nach einem politischen Mord aussah. Geklickt hat es erst, als sie gestern Abend noch mal mit Frau Schreiber gesprochen haben. Da ist einem von ihnen die Ähnlichkeit mit der Frau auf den Fotos aufgefallen. Ganz schön scharfe Bilder, was?"

Geouffre sprang von seinem Stuhl auf. „Wir sind hier nicht in der achten Klasse!" Mit lautem Knall warf er die Tür hinter sich zu.

„Was hat der denn nun schon wieder?", fragte Olivier verblüfft.

„Er legt sich einen Kampfpanzer um ein zu weiches Herz. Mir scheint, jetzt ist sein Ego ein kleines bisschen angeknackst." Anette grinste breit. „Eine uralte Geschichte ... hier, lies dieses Protokoll, dann weißt du, warum er so sauer ist."

Ganz ruhig überquerte Anna den Hof. Er hatte ihr am Telefon beschrieben, wo sie den Eingang zu seiner Wohnung finden würde. An dem großen Scheunentor fand sie den Klingelknopf wie angekündigt hinter rotgefärbten Weinblättern verborgen.

Das sprichwörtliche Wasser hatte sich sturzbachartig auf ihre rastlosen Mühlen ergossen, als er sich endlich bei ihr meldete. „Anna, kannst du kommen?" Nicht mehr und nicht weniger. Hinterher ärgerte sie sich, dass sie es ihm so einfach machte. Sieben lange Tage kein Wort, und dann nur dieses „Anna, komm!" Lieferung nach Wunschtermin frei Haus. Per Knopfdruck beliebig an- oder abstellbar. Aber immerhin deutlich. Warum hatte sie sich eigentlich nicht wieder gemeldet?

Zornig, verunsichert und glücklich zugleich hatte sie das rosengewandete Hotelzimmer in Munster bezogen als einzig mögliche oppositionelle Reaktion, zu der sie sich im Moment in der Lage sah. Wie unklar und verworren, verdammte Scheiße.

Aber die von ihr selbst gewünschte Distanz ergab sich so wirklich von ganz alleine. Sie wusste ja nicht einmal mehr, wie er aussah! Entsprechend kühl begrüßte sie ihn, als er öffnete.

Einen dunklen, nach Äpfeln, Heu und Staub duftenden Stallraum durchquerte sie und stieg hinter Marcel eine schmale Stiege hinauf, die in einem großen Raum mündete. Ein paar alte Stützbalken aus Holz deuteten darauf hin, dass hier früher einmal mehrere kleine Kammern gewesen sein mussten. Schummriges Licht, viele Pflanzen, alte, knarrende Holzdielen, bunte Teppiche. In der einen Ecke, durch eine Art Theke abgetrennt, an der drei Barhocker standen, befand sich eine moderne Küche, in einer anderen ein Regal mit Büchern, Anlage und Fernseher, in einer weiteren ein monströses Sofa undefinierbar senfgelber Färbung und ein großer Schaukelstuhl.

Und Marcel. Klar, das war er. Vertraut, ziemlich sehr vertraut. Teufel auch! Damit hatte sie nicht gerechnet. Sie ließ den Blick streunen und murmelte ein paar Artigkeiten, fühlte sich dann an der Hand gegriffen und hineingezogen in seine Arme mit kraftvoll fließender Bewegung.

Marcel war hungrig. Und er hatte Recht. Sie war es schließlich auch. Warum Zeit verlieren mit Artigkeiten!

„Ich habe wohl ein bisschen übertrieben, er war wirklich mächtig wütend, wie er hier vorhin plötzlich so vor mir stand mit seinem deutschen Kollegen in einer Art kollektiv deutsch-französischer Empörung." Mit einem Seufzer lehnte Renate den Kopf an die Rückenlehne des Sessels.

„Obwohl ich eigentlich nicht gelogen habe. Ich habe nur ein paar Dinge nicht erwähnt. Und eventuell die Gründe und die zeitliche Abfolge ein wenig verwischt, mehr nicht. Das jedoch kann er nun wirklich nicht wissen."

„Renate!" Dies kam schärfer heraus, als Wolfgang beabsichtigte. „Ist dir eigentlich nicht klar, was das alles bedeutet?"

„Aber ja doch, mein Lieber. Sicher ist mir das klar." Lässig ließ sie die Beine über der Seitenlehne des Sessels baumeln. „Sie haben ein Motiv gefunden. Ich, betrogene Ehefrau, nehme mir einen Liebhaber und bringe meinen Mann um, bevor das Wort Scheidung überhaupt nur im Raum steht. Das liegt doch auf der Hand, findest du nicht?"

„Genau. So was in der Art werden sie denken." Wütend sah Wolfgang sie an. Er hätte sie schütteln mögen, um sie aus ihrer Gleichmut herauszureißen.

„Ja, etwas in dieser Art. Und weil das so offensichtlich ist, und weil sie ja so findig sind und viel mehr wissen, als sie eigentlich hätten herausbekommen sollen, habe ich den Grund meines Treffens mit

Harald in Straßburg in modifizierter Form darge-
stellt. Ich glaube, es hat ihnen eingeleuchtet." Sie lächelte traurig. „Ich habe ihnen erzählt, dass Harald
mich gebeten habe, zurück zu kommen, weil er mir
einen Deal vorschlagen wollte. Er wollte seinen Affä-
ren ungestört nachgehen, ich könne meinen Liebhaber treffen, nur solle ich weiterhin in der Öffentlich-
keit als Ehefrau fungieren und deshalb auch zu Hause wohnen. Ein wirklich faires Angebot, und so plausibel, findest du nicht? Es hat selbst unserem wut-
schnaubenden Commissaire eingeleuchtet, ebenso
wie es ihm eingeleuchtet hat, dass Harald und ich
uns darüber in dem Café gestritten haben kurz vor
seinem Tod. Das würden sie mir nämlich sicher auch
bald um die Ohren watschen."

„Renate!" Wolfgang war vor Aufregung ganz heiser. „Du verstrickst dich in deinen Lügereien."

„Aber es sind keine Lügen", entgegnete Renate
freundlich. „Es sind Variationen der Wahrheit, leichte Abwandlungen in der Abfolge. Er wollte, dass ich
zurückkomme. Das habe ich gespürt. Ich habe es nur
ein kleines bisschen verändert, gedreht, bis es passt.
Der Commissaire hat mir dann doch geglaubt, obwohl er doch so wütend war. Männer sind einfach
strukturiert, irgendwie."

„Glaubst du im Ernst, er wird nicht herausbekommen, wer ich bin? Was meinst du eigentlich,
wird passieren, wenn sie erfahren, dass ein enger
Mitarbeiter des Ermordeten nicht nur eine Affäre mit
seiner Ehefrau hat, sondern dass er auch ernsthaft
mit seinem Vorgesetzten aneinander gerasselt ist!"

„Ja, das ist ein Problem. Sicher werden sie das alles
herausbekommen." Renate war nun doch etwas
kleinlaut. „Aber bis dahin haben wir Zeit, uns eine
plausible Erklärung zu überlegen, eine kleine", jetzt
lächelte sie, „Variation der Wahrheit."

Unwillig drehte Wolfgang den Kopf beiseite. Er hätte sie schütteln mögen. „Und welche kleine Variation der Wahrheit wirst du dir ausdenken, wenn sie heraus bekommen, dass auch ich in Straßburg war am besagten Wochenende?"

„Was?" Alarmiert starrte Renate ihn an.

„Ich bin verhaftet worden." Spät fiel der Satz in dieser Nacht, in der das Reden zunächst so überflüssig war, weil Zungen und Hände und Haut sich wieder erkannten, bis die Körper matt und schwer wie flüssiges Blei waren und die Haut schnurrte und die Seele sanft und leicht davon trieb.

„Hmmm?" Träge hob Anna die Nase aus seiner Achselhöhle, nicht bereit, diesen duftigen, kuscheligen Dämmerzustand aufzugeben, in dem sie sich so wunderbar geborgen fühlte.

„Dieser EU-Kommissar, dieser Harald Schreiber, ist in Straßburg ermordet worden und..."

„Was!" Plötzlich hellwach schreckte Anna hoch, starrte ihn an und kombinierte blitzartig die Zusammenhänge. Sie sah den dunklen Haufen Mensch wieder vor sich auf dem Pflaster liegen, roch das Blut und die nach Linoleum und Angst stinkenden Flure des Kommissariats.

Marcel griff nach ihrem Fuß und zog sachte an den Zehen, um dann die empfindliche Linie an der Fußinnenseite entlang zu streichen. Er konzentrierte sich ebenso auf diese Tätigkeit, wie er sich auf das Auffinden der richtigen Worte konzentrierte. „Sie haben wohl bei der Leiche den Spruch von Brunel gefunden *La bureaucratie, elle tue nos fromageries!*, und sind darüber auf die Organisatoren der Demonstration gekommen. Dummerweise also auch auf mich." Er streichelte weiter auf ihren Fuß.

Anna beobachtete ihn, abwartend und mit einem flauen Gefühl im Magen. Es klang wie ein Geständnis. Und Geständnisse waren ihr schon immer sehr unbehaglich gewesen.

„Sonntag haben sie mich verhört. Was ich mit der Kundgebung zu tun hätte, wie der Spruch zustande gekommen ist, ob mir der Name Harald Schreiber etwas sagen würde. Ich wusste zu dem Zeitpunkt noch gar nicht, was los war. Ich war einfach nur sehr vorsichtig mit meinen Äußerungen, weil mich so was ganz generell sehr misstrauisch macht. Abends durfte ich endlich heim. Ich habe in den Spätnachrichten zu Hause von dem Mord gehört. Da klingelten alle Alarmglocken in mir, das kannst du mir glauben. Dienstag früh dann kam dieser Commissaire Geouffre zu uns auf den Hof. Er hat mir noch mal eine Menge Fragen gestellt. Ich habe höflich neutrale, ausweichende Antworten gegeben. Plötzlich wurde er offensiv. Er hatte sich über unsere Situation erkundigt und herausbekommen, dass wir ziemlich verschuldet sind. Offensichtlich hatte er sich auch mit der Gesetzgebung der EU befasst, die zur Verabschiedung anstand, und mich gefragt, inwieweit diese Dinge unsere Existenz beträfen. Schließlich wurde ich höflich aufgefordert, noch einmal mit nach Straßburg zu kommen. Ich fragte, ob das eine Bitte oder ein Befehl sei. Er eröffnete mir freundlich, dass ich das Recht hätte, einen Anwalt hinzuzuziehen, jetzt aber müsse ich ihn begleiten."

Marcels Hand folgte der geschwungenen Linie ihrer Wade bis hinauf in die Kniekehle.

Anna war plötzlich kalt. Auf was wollte er bloß hinaus?

„Ich wollte mich bei dir melden, Anna", sagte Marcel schließlich. „Ich wollte dich eigentlich Sonntag noch im Hotel anrufen, bevor du fährst. Abends nach der Demonstration war mir aber nicht mehr danach. Na ja, ich hatte auch ordentlich getrunken. Ich wollte einfach ein bisschen für mich sein nach dem, was da zwischen uns passiert ist. Nur ein bisschen allein sein, verstehst du? Aber als ich dann Sonntagabend endlich raus war, hatte ich ganz andere Sorgen." Er schnaubte kurz. „Dienstag war ich schon wieder in Straßburg. Und dieses Mal durfte ich nicht gehen. Warst du schon mal im Knast?"

Oh ja, das kenne ich, dachte Anna. Angst, Gestank, Demütigungen! Sie schüttelte sich unwillkürlich.

„Es war ja nur U-Haft, aber ... ich bin bald verrückt geworden! Ein kafkaesker Traum, surreal, unwirklich. Jetzt hat es dich erwischt, dachte ich. Es hat dich erwischt. Aber ich wusste nicht, warum. Das heißt, das Schlimme war, ich wusste natürlich schon, warum die ausgerechnet auf mich kommen. Ich hatte dem nur nichts entgegenzusetzen. Außer einem matten 'ich war es aber nicht'. Das wäre doch wirklich zu bescheuert, einen EU-Kommissar umzulegen. Der Nächste steht doch schon auf der Matte! All das habe ich immer wieder gesagt, stupide, wie ein Automat. Donnerstag ließen sie mich endlich auf Intervention meines Anwalts hin gehen, jedoch nicht, ohne mir eine Klage wegen Organisation einer illegalen Demonstration an den Hals zu hängen."

Bleich sah er jetzt aus, erschöpft und abgekämpft. Er saß mit untergeschlagenen Beinen da, die Hände still im Schoß. „Ich kam mir so dreckig vor, besudelt, entwürdigt. Ich habe geschlafen, hing rum, hab wieder geschlafen. Aber diese entsetzliche Apathie wurde ich nicht los. Da war nur Stumpfheit in meinem Gehirn. Ich musste mir erst mal energisch klar machen, dass es verkehrt ist, sich selbst noch fertig zu machen, von wegen besudelt, entwürdigt und so. Das Theater, das ich mit dieser Geschichte objektiv am Hals habe, reicht ja wohl. Dann wurde ich verdammt wütend, und das war gut so."

Wut. Genau. Nur Wut hilft, dachte Anna. So wütend werden, dass man anfängt, sich zu wehren.

Schief lächelte er sie an.

Sie registrierte die dunklen Schatten um die Augen, die feinen Fältchen in den Winkeln und die Linie, die sich, durch das einseitige Lächeln scharf hervorgehoben, von der Nase zum Mundwinkel zogen. Sein Blick rührte sie an. Aber er schien noch immer nicht fertig zu sein, also sah sie ihn nur fragend an.

„Mir ging es wirklich dreckig. Dann habe ich mit vielen Leuten gesprochen, vor allem mit den Anwälten der CGT. Wir haben überlegt, was da noch alles kommen könnte und wie ich mich dagegen wehren kann. Und dann warst plötzlich du wieder da, Anna, schöner Traum gegen Alptraum!"

Heftig zog er sie an sich, ummantelte sie mit seiner Umarmung, dicht, dichter, Körper an Körper, Haut sich an Haut reibend.

Es ist gut. Er hat an mich gedacht. So einfach ist das, so einfach, so banal und so wunderschön. Nichts Schlimmes, nur ein kleiner, dummer Mord! Beschämt über die Naivität ihres Gedankens biss Anna ihn viel fester als beabsichtigt in den Hals.

„Warum hast du mir nichts davon erzählt? Wolfgang, warum bloß nicht!" Angespannt durchmaß Renate den Wohnraum, machte eine kleine Drehung vor dem Fenster und kehrte zum Tisch zurück, hin und her wie ein Tiger in einem zu kleinen Käfig. „Und was hattest du da überhaupt zu suchen?"

Stumm sah Wolfgang sie an.

„Wolfgang. Bitte!" Renate hörte die Panik in ihrer Stimme. Sie zwang sich zur Ruhe und ließ sich dicht neben ihm auf dem Sofa nieder. „Hallo, ich bin´s. Babusch. Du weißt schon, die, die sechseinhalb Jahre älter ist ... das Mütterchen!" Sie streichelte seinen Schenkel. „Ich will hier wirklich nichts dramatisieren. Aber bitte erkläre mir doch, was du da wolltest in Straßburg."

Wolfgang räusperte sich. „Ich ... es war so ziemlich das Irrationalste, was ich bislang gemacht habe. Völlig verrückt, irgendwie. Deshalb lässt es sich so schwer erklären." Er drohte wieder zu verstummen.

„Jeder macht mal irrationale Sachen", sprach Renate gegen ihre innere Angst an. „Ich auch. Das Verrückteste, das ich je gemacht habe, ist, mich mit einem mir ziemlich unbekannten Mann zu einem Glas Wein zu verabreden. Ich bin sehr glücklich dadurch geworden."

„Ach Babusch", seufzte Wolfgang gerührt und zog sie dicht an sich heran. „Ich bin auch glücklich mit dir. Und genau das ist es. Du warst dem Kerl doch nicht gewachsen!" Er spürte, wie sie sich versteifte. „Nein, nicht doch! Mein Gott, wenn er mir zufälligerweise über den Weg gelaufen wäre, dann hätte ich versucht, ihm die Zähne einzuschlagen, diesem Dreckskerl! Aber ihn habe ich gar nicht gesucht in Straßburg. Dich hab ich gesucht, Babusch."

Ungläubig sah sie ihn an. „Mich?"

„Ja, dich. Ich hatte solche Angst um dich. Nachdem ich deine Nachricht auf meinem Anrufbeantworter abgehört habe, bin ich ins Auto gestiegen und losgefahren. Irrational, sag ich doch! Ich wusste ja nicht mal, in welchem Hotel du normalerweise absteigst." Beschämt blickte er zur Seite.

„Wir hätten zusammen fahren und uns gegenseitig ein Alibi geben sollen", sagte Renate und seufzte.

Am Morgen holte Anna ihre Sachen aus dem kleinen Hotelzimmer mit den Rosentapeten in Munster und bezahlte. Leise summte sie vor sich hin. Für die verbleibenden zwei Nächte würde sie es nicht mehr brauchen, so viel stand fest.

In der winzigen Boulangerie kaufte sie knackige, duftende Croissants. Die Papiertüte in der einen, ihre Reisetasche in der anderen Hand überquerte sie den Marktplatz, steuerte die Boucherie an und erstand zwei Paté.

Mit den Tüten im Arm schloss sie schließlich ihren Wagen auf, den Duft von Croissant und Paté in der Nase. Aber sie stieg nicht ein. Denn ein gemeinsames Frühstück erschien ihr plötzlich so ungleich viel intimer als die Intimität der vergangenen Nacht. Und dann? Lange Abende, einsame Nächte ... Seelenkater vorprogrammiert.

Hastig schmiss sie die Sachen ins Auto, wollte heimfahren, heim in die Sicherheit ihrer eigenen Wohnhöhle. Sich einigeln, nichts fühlen, nichts denken, sich bloß nicht noch weiter einlassen. Die gefürchtete Einsamkeit vorwegnehmen, verlassen, bevor sie selbst verlassen wurde.

Himmel, Arsch und Zwirn, bist du verknallt. Der ist dir aber mächtig unter die Haut gefahren, konstatierte sie, fuhr sich über die müden Augen und gähnte. Den Arm auf dem Lenkrad abgestützt legte sie ihre Stirn in die Hand.

„Nicht unter die Haut, sondern zwischen die Beine!", murmelte sie sarkastisch. Musst du denn immer gleich ordinär werden, wenn du dich verletzbar fühlst? Ach Frauke, du Liebe, ja, das muss ich. Das hilft, glaub mir!

Sie grinste. Typisch Weiber. Ein netter Fick, und schon flippen sie aus. Blöde Gefühlsduselei. Können die Sache nicht nüchtern als das sehen, was sie ist. Als eine einfache, stinknormale, nette Vögelei mit einem bisschen Blabla.

Müde beobachtete sie eine entnervte Mutter, die ihr widerstrebendes Kind schimpfend über die Straße zerrte.

Natürlich, erläuterte sie sich selbst, gibt es da Unterschiede. Nicht beim Vögeln – doch, da natürlich auch, aber dann ist die Sache ja sowieso klar – sondern vielmehr beim Blabla. Bei dem, was jemand im Kopf hat ... und beim Humor ... und bei den vielen tausend Kleinigkeiten ... und überhaupt.

„Das ist zu komisch!", lächelte sie, als sie sich ihres verträumten Blickes bewusst wurde. Absurd und idiotisch und wunderbar. Blöde Grübelei. Halt einfach den Mund und nimm mit, was du kriegen kannst. Immerhin zwei lange Tage.

„Ich werd' dir verfallen mit Haut und Haar, Vodoo, ich werd' dir verfallen ich bin in Gefahr..." Leise summte sie die schwülstige Melodie des alten Songs von Ideal und startete, plötzlich wieder sehr vergnügt, den Wagen.

Als sie zurückkam, war Marcel von seiner morgendlichen Runde zurückgekehrt und der Frühstückstisch gedeckt.

„Vodoo", lächelte sie und schüttete die frischen Croissants neben der opulenten Käseplatte auf den Tisch.

„Kannst du eine Spagettisauce aus dem Gemüse dort im Kühlschrank machen? Ich muss nachdenken."

„Klar." Bereitwillig warf Wolfgang einen prüfenden Blick ins Gemüsefach.

Renate lag mit im Nacken verschränkten Armen auf dem Sofa und beobachte, wie er Zwiebeln, Knoblauch, Tomaten, Zucchini und Auberginen aus der Schublade fischte. Ihr wurde bewusst, dass sie ihn zum ersten Mal bei einer solchen Tätigkeit sah, und sie spürte ein Gefühl von Rührung, ihn in solch einer Situation zu erleben. Sie genoss dieses Gefühl des heimelig Vertrauten, und die Selbstverständlichkeit, mit der er sich in die neue Situation einer Alltäglichkeit einfand, überflutete sie mit einer Welle von Glück.

Wenn da nicht ... Renate schloss sie die Augen und konzentrierte sich. Nüchtern betrachtete sie die Tatsachen. Sie ließ sich Zeit damit. Das Küchenmesser arbeitete rhythmisch.

„Wolfgang?", fragte sie schließlich. Die Augen ließ sie geschlossen.

„Ja, mein Babusch", antwortete er prompt mit zärtlicher Stimme.

Sie registrierte die Veränderung von ´Babusch´ zu ´mein Babusch´. Es machte sie ganz schwach. Dennoch ließ sie sich nicht aus dem Konzept bringen. „Hast du ihn umgebracht?"

Das gleichmäßige Tackern des schweren Messers hörte auf.

Schnell fuhr sie fort. „Es ist nicht so, als könnte ich das nicht verstehen ... also, wenn du es getan hast. Schließlich ist er ganz schön rabiat vorgegangen gegen dich. Es ist nur so ... ich muss wissen, was noch alles kommen kann, wenn ich jetzt an meinen Variationen arbeite."

Nach einer kurzen Pause hörte sie sein Räuspern. Dann tackerte es weiter. „Nein", antwortete Wolfgang vorsichtig. „Ich habe ihn nicht umgebracht. Obwohl ich wirklich Lust dazu gehabt hätte, ihm den Hals umzudrehen. Aber ich war es nicht. Ich dachte, du wärest es gewesen."

„Ich?" Abrupt öffnete Renate die Augen. Sie setzte sich auf. „Bist du denn doll! Warum sollte ich so was tun? Ich war doch gerade dabei war, die Sache zu unserer Zufriedenheit zu regeln!" Empört schüttelte sie den Kopf, um ihn dann mit leicht gerunzelter Stirn zu fixieren. Schließlich fing sie an zu schmunzeln. „Eins zu eins. Damit sind wir quitt!"

Auch Wolfgang rang sich ein Lächeln ab.

„Na gut", seufzte Renate. „Es wird uns nichts weiter übrig bleiben, als dem gestrengen Commissaire gegenüber zu treten. Und zwar gemeinsam."

Lang ausgestreckt lag Anna auf der Bank. Ihr Kopf ruhte in Marcels Schoß, und sie genoss träge eine für diese Jahreszeit erstaunlich milde Altweibersonne.

Mit geschlossenen Augen sog sie die Luft ein. Der intensive Duft von Marcel verschmolz mit dem Geruch nach feuchtem Laub zu einer betörenden Mischung. Um sie herum verschwammen Geräusche ineinander, der Hund hechelte, irgendwo in der Ferne klang Motorengeräusch, und Marcels Herz pulste in gleichmäßigem Rhythmus.

Mit einem brummenden Laut vergrub Anna ihr Gesicht in seinem Bauch, ruhte dümpelnd in der wohltuenden Nähe. Jeder Gedanke an das Wohin erschien ihr, gesättigt und faul, wie sie war, als vollkommen überflüssig. Eingebettet in diesen vertrackten Gemützszustand kam sie sich endlos vor, zeitlos, dem normalen Leben enthoben. Natürlich war dies trügerisch, aber darüber wollte sie jetzt nicht nachdenken. Später irgendwann, morgen auf dem Heimweg bestimmt, aber nicht jetzt.

„Schau schau, was für eine Idylle!"

Marcel zuckte genauso heftig zusammen wie Anna. Erschreckt starrte Anna in Commissaire Geouffres Gesicht.

„Ich wusste gar nicht, dass Sie sich kennen." Mit nachdenklichem Blick betrachtete der Commissaire die beiden. Das wirft ja ein völlig neues Licht auf die ganze Untersuchung, sagte der Blick. Interessant, interessant.

„Haben Sie eigentlich nie frei! Was wollen Sie?", fragte Marcel aggressiv. Seine Finger, die bisher locker auf Annas Bauch geruht hatten, vermittelten ihr jetzt seine Anspannung.

Anna setzte sich auf. Beruhigend legte sie ihre Hand auf seinen Schenkel.

Commissaire Geouffre grinste. „Ich war gerade zufälligerweise in der Nähe und wollte einfach noch mal vorbei schauen. Es hat sich ja durchaus gelohnt."

„Wir wissen jetzt, wie der Kerl heißt, dieser Freund von der Schreiber."

„Da haben sich die Kollegen aus Bonn ja mächtig viel Zeit gelassen mit der Identifizierung", stellte Anette süffisant fest.

„Das war wohl auch nicht so einfach. Sie haben erst im Umfeld von Frau Schreiber gesucht. Da gibt es aber gar nicht so viel. Erst als sie die politische Laufbahn von Herrn Schreiber näher unter die Lupe nahmen, wurden sie fündig. Herr Ackermann ist einer aus dem persönlichen Stab von Herrn Schreiber!"

Anette pfiff durch die Zähne.

„Es wird noch besser. Die Sekretärin von Herrn Schreiber hat ausgesagt, dass es ziemlichen Ärger gegeben hatte zwischen den beiden. Herr Ackermann wurde mehr als kurzfristig gefeuert."

Wieder pfiff Anette durch die Zähne. „Das wird unserem Meister aber gar nicht gut gefallen."

„Wo steckt der denn eigentlich?"

„Auf der Jagd nach seinem politischen Feind. Er ist vorhin nach Munster gefahren. Irgendwie verbeißt er sich zu sehr in diese Idee."

Seit etlichen Stunden saß Hugo bereits wieder in seinem bequemen Sessel und starrte in die bunte Welt hinein. Das Licht, schräg durch das Fenster an der Stirnseite des Raumes einfallend, tanzte in hellen, durchbrochenen Strahlen durch das Wasser und brachte die Fische zum Leuchten. Aber sein Blick nahm die Farben gar nicht richtig auf. Die bunte Vielfalt seiner herrlichen Unterwasserwelt, so sorgfältig betreut und gehegt, konnte Hugo nicht aufheitern. Sie verstärkte nur das Gefühl der Trostlosigkeit in ihm.

So schüttelte er nur ablehnend den Kopf, als Madame Fissou den Raum betrat und ihm einen Teller mit selbstgebackenem Kuchen reichen wollte.

„Frau Schreiber ist wieder hier. Sie möchte mit Ihnen sprechen. Und dieser Herr Ackermann ist auch mit dabei."

Unwillig runzelte Geouffre die Stirn. Die in ihm aufsteigende Wut forcierte das Hungergefühl, das er seit einer Stunde beharrlich ignoriert hatte. „Was ist denn das für ein Zirkus", knurrte er. „Sie kommt nach Straßburg, dann fahre ich zu ihr nach Bonn, und einen Tag später steht sie schon wieder vor der Tür!"

Seufzend presste er die Hand auf den schmerzenden Magen. „Bitten Sie die beiden um eine halbe Stunde Geduld. Bieten Sie ihnen was an, Kaffee, Tee oder so. Und besorgen Sie mir eins von diesen widerwärtigen Baguettes. Bitte mit Camembert, wenn es geht, das Zeug rutscht wenigstens! Und fragen Sie in der Kantine, ob die auch Kamillentee haben."

Geouffre rieb sich die vor Müdigkeit geröteten Augen. Dann stützte er den Kopf in beide Hände und starrte auf die von Papieren bedeckte Schreibtischplatte. Er fühlte sich müde und verbraucht. Und was noch viel schlimmer war: Einem weiteren Gespräch mit Frau Schreiber fühlte er sich nicht ganz gewachsen. Höchste Zeit, dass das neue Bett endlich kam, das er bestellt hatte,

Das Baguette wurde herein getragen. Aus einem Pappbecher drang der eigentümliche Geruch nach Kamille.

„Danke, Mademoiselle. Schicken Sie noch Anette zu mir, wenn sie da ist. Und die Francine von der Sitte soll auch kommen. Oder sonst einer, der wirklich perfekt Deutsch spricht und in der Lage ist, mitzuschreiben.

Kurze Zeit später betrat Anette zögernd sein Büro. "Was ist?"

„Die Schreiber ist da. Und ihren Freund hat sie auch gleich mitgebracht. Ich möchte, dass Sie bei dem Gespräch dabei sind. Aktiv bitte."

Fragend zog Anette eine Augenbraue in die Höhe.

„Sie sind geradlinig und scheinen dennoch ein ganz gutes Gespür für die unterschwelligen Töne zu haben. Mischen Sie sich ruhig ein in das Gespräch, wenn Ihnen etwas auffällt." Geouffre räusperte sich. „Auch wenn es vermutlich nicht immer so rüber kommt ... ich lege durchaus Wert auf Ihr Urteil in dieser Sache."

„Danke", sagte Anette überrascht. "Wie heißt dieser Mann doch gleich noch?"

„Wolfgang Ackermann", antwortete Geouffre düster. „Die Dame Schreiber ist mir mal wieder zuvor gekommen. Und das gefällt mir absolut nicht."

"Der Typ dort bekommt sicher bald richtig Krach mit seiner Frau. Sie redet so enerviert auf ihn ein und sieht tierisch unzufrieden aus, und er kann es nicht lassen, der Kellnerin auf den Po zu starren, wenn sie am Nachbartisch bedient."

„Genau. Und gleich, wenn diese langbeinige Rotmähne dort vorbeigeht, der du auch schon deine Aufmerksamkeit geschenkt hast, wird es knallen. Achtung, jetzt..." Anna gluckste vergnügt. „Jaaa. Sieh nur, wie seine Augen ihr folgen, und gleich dreht er den Kopf, und dann guckt seine Frau, wo er denn hinsieht, und sie wird noch verkniffener und unzufriedener. Und anstatt selber dem Barmann dort nette Augen zu machen – hat er nicht was von Humphrey? – wird sie ihr hübsches Gesicht in mürrische Falten legen und noch mehr keifen. Wenn sie es doch tut, ich meine, dem Barmann schöne Augen machen, wird es ihrem Mac nicht gefallen, der weiß nämlich auch nicht, was er will."

„Doch, natürlich weiß er das.", flachste Marcel. „Er will mit der Rothaarigen anbandeln und vielleicht auch mit der Kellnerin, und seine Frau soll es ihm zu Hause gemütlich machen. Sie soll ihn, nur ihn toll finden, seine amourösen anderweitigen Interessen mit freudigem Lächeln hinnehmen, aber ja nur keine eigenen entwickeln. Er will alle Sahnetöpfchen, wobei eines sein ganz persönlicher Schlecktopf ist, verfügbar, wann immer er Gebrauch davon machen möchte, wozu er aber eigentlich gar nicht so oft Lust hat, wenn er ehrlich ist. Aber sollte jemals jemand anderes an diesem Töpfchen schlecken, schmeckt ihm das überhaupt nicht mehr."

„Wie ordinär!", lachte Anna, um mit leuchtenden Augen fortzufahren. „Aber du hast Recht. So oder so, es wird den gleichen Verlauf nehmen. Nascht sie an unserem Bogart hier oder an dem hübschen dunkelhaarigen Mann mit der grünen Cordjacke dort auf der anderen Straßenseite, wird ihr Mac durchdrehen. Nascht sie nicht, und ich wette, sie wird es nicht tun, wird sie immer verbitterter. Es wird schier unerträglich, und mit jedem auch noch so kleinen Augenwandern wird es schlimmer, bei jedem ernsthafteren Flirt die Hölle, sollte sie es jemals herausbekommen. Und sie wird es herausbekommen, verlass dich drauf. Schon jetzt ist sie so misstrauisch, dass sie darüber ganz spitz wird. Und dann wird sie ihm das ganze Naschwerk vor die Füße schleudern, all die versäumten Gelegenheiten, auf die sie für ihn verzichtet hat. Vielleicht wird sie sogar ein bisschen lügen, um ihm so richtig hübsch weh zu tun, und für ihn wird eine Welt zusammenbrechen, dass sie überhaupt auch nur daran gedacht hat. Und sie werden das Porzellan zerschmeißen und sich um den Kühlschrank und die moderne gläserne Regalwand streiten und um die entzückende geblümte Polstergarnitur und den Fernseher, der noch fast neu ist, und schließlich – falls sie sich nicht vorher die Schädel einschlagen – werden sie die Regalwand zertrümmern, die Polstergarnitur zersägen und zwei Anwälte mit mehr Geld füttern, als der ganze Plunder wert ist. Sie werden sich hassen und Rachsucht wird sie bewegen. Schädigung des anderen ist plötzlich das Ziel. Und das nur, weil sie meinen, dass jemanden lieben bedeutet, ein Exklusivrecht auf ihn zu haben, und sei es nur auf seine Augen."

Sie sah Verblüffung in Marcels Miene. Verlegen darüber, so losgelegt zu haben, verzog sie ihr Gesicht zu einem ironischen Lächeln, um dann eine wegwerfende Geste mit den Händen zu machen.

„Ach Anna, du..." Marcel rutschte auf der gepolsterten Bank zu ihr hinüber. Heftig zog er sie an sich, vergrub sein Gesicht in ihrer Halsbeuge und atmete ihren Duft ein. „Lass uns gehen, damit ich an deinem Sahnetopf schlecken kann", murmelte er und fuhr ihr mit der Zunge sacht an der Ohrmuschel entlang.

Himmel! Abrupt zog sich alles in ihr zusammen. Anna lächelte.

„Wir dachten, es sei besser, von uns aus mit Ihnen zu sprechen, Commissaire." Renate sendete Geouffre ein zaghaftes Lächeln. „Ich weiß, es war etwas unklug von mir, Ihnen den Namen meines Freundes nicht zu sagen. Denn Wolfgang", sie räusperte sich, „Herr Ackermann vielmehr, ist ein Mitarbeiter meines Mannes gewesen. Und kurz vor seinem Tod stand es mit der Beziehung dieser beiden nicht gerade zum Besten."

„Wir wissen, dass Sie vorläufig vom Dienst suspendiert wurden. Können Sie uns vielleicht genauer erklären, worum es da geht?"

Wolfgang erklärte es Geouffre.

„Und Sie glauben, dass er das alles ausgeheckt hat, weil er heraus fand, dass Sie eine Affäre mit seiner Frau haben?"

„Ja", nickte Wolfgang.

„Sein Verhalten ist nicht anders zu erklären", sagte Renate. „Sagen Sie mal, müssen diese Fotos da eigentlich so öffentlich an der Pinnwand hängen?"

Wolfgang folgte ihrem Blick, betrachtete die Fotografien rechts neben ihm und wurde rot. „Wie peinlich", murmelte er verlegen. „So ... deutlich hatte ich sie mir nicht vorgestellt. Kein Wunder, dass er so krass reagiert hat. Es ist schließlich ein Unterschied, ob man etwas weiß oder etwas so unmittelbar vor Augen geführt bekommt, oder?"

„Selbst dran schuld", sagte Renate patzig. „Ich finde es auch ausgesprochen krass, mir einen Detektiv auf den Hals zu hetzen, insbesondere angesichts der Tatsache, dass er selbst jahrelang hinter fremden Röcken her war."

„Können Sie sich den Zeitpunkt erklären?", fragte Geouffre. „Wenn ich Sie richtig verstanden habe, läuft Ihre intime Beziehung ja bereits seit über einem Jahr. Was hat Ihren Mann dazu veranlasst, ausgerechnet jetzt einer Detektei einen Überwachungsauftrag zu erteilen?"

„Es muss etwas mit meinem Auszug zu tun gehabt haben." Renate fuhr sich durch das kurze Haar. „Aber eines muss ich jetzt loswerden, deshalb sind wir hier." Sie legte die Abzüge von Harald und Fabian auf den Tisch. „Ich habe neulich nicht ganz die Wahrheit gesagt."

Geouffre stutzte. Zornesröte schoss ihm ins Gesicht. Halb erhob er sich, stützte sich in Orang-Utang-Haltung auf beide Arme und beugte sich drohend über den Tisch. „Frau Schreiber!", donnerte er los. „Zum dritten Mal innerhalb kürzester Zeit sitzen Sie nun vor mir und erzählen, Sie hätten nicht ganz die Wahrheit gesagt. Wollen Sie mich verarschen und uns die Zeit stehlen? Ein Mann ist brutal ermordet worden. Ihr Mann, Madame, mit dem Sie seit zwanzig Jahren verheiratet sind. Mord, hören Sie! Das Blut lief ihm aus dem Schädel. Und Sie lügen, was das Zeug hält. So was nennt sich Behinderung polizeilicher Ermittlungen. Das hat rechtliche Konsequenzen!"

Mit flehender Geste hob Renate ihre Hände. „Commissaire, ich wollte den Mann schützen, den ich liebe. Das müssen Sie doch verstehen. Herr Ackermann war ebenfalls in Straßburg an diesem schrecklichen Tag."

Wolfgang schien immer kleiner zu werden auf seinem Stuhl.

„Auch das wissen wir bereits", mischte Anette sich ein. „Und daran sollten Sie erkennen, dass es wirklich besser für Sie ist, wenn Sie zur Abwechslung mal erzählen würden, was nun tatsächlich vorgefallen ist."

„Deswegen sind wir ja hier. Beide." Renate sah erst Anette, dann Geouffre direkt in die Augen. „Natürlich war es dumm von mir, das nicht sofort zu tun. Und es tut mir leid, Ihre Arbeit behindert zu haben. Das lag nicht in meiner Absicht. Ich habe einfach nur gedacht, wenn niemand von unserer Beziehung weiß, dann könnte ich Wolfgang heraus halten. Die Sache mit seiner Arbeit war doch schon schlimm genug. Und ich war genau deswegen in Straßburg, um das Problem aus der Welt zu schaffen. Sehen Sie, was mein Mann hier macht? Er gibt einem Berater des französischen Agrarministers, Monsieur Fabian, einen Koffer voll Geld. Ich selbst habe ihn dabei fotografiert an dem Abend, bevor er ermordet wurde." Sie holte tief Luft. Gespannt beobachtete sie, wie Anette die Fotos betrachtete und anschließend an Geouffre weiter gab.

Eine Weile blickten alle nachdenklich vor sich hin.

„Und was bitte hatten Sie in Straßburg zu suchen?" Anette wandte sich direkt an Wolfgang. „Keine Lügen mehr! Wir wissen, dass Sie nicht mit Frau Schreiber zusammen da waren. Sie haben sie gesucht. Was sollte das ganze Theater?"

Wolfgang räusperte sich. „Ich habe mir Sorgen um sie gemacht. Um Renate, meine ich. Ich wusste ja, was sie vorhatte, und besonders schön war das nun gerade nicht. Streng genommen eine kleine Erpressung, oder?"

„Erpressung!" Renate schnaubte verächtlich. „Harald hat dir das doch eingebrockt. Was hätten wir denn sonst machen sollen! Wenn hier jemand Dreck am Stecken hat, dann ist es Harald gewesen. Ich wollte nichts weiter von ihm, als dass er die Gemeinheiten gegen dich sein lässt."

Scharf blickte Geouffre zwischen Renate und Wolfgang hin und her. „Sie waren nicht einverstanden mit dieser Aktion von Frau Schreiber?"

„Nein!" Energisch schüttelte Wolfgang den Kopf. „Ich fand sie erstens wenig erfolgversprechend. Schließlich wusste Renate vorher doch gar nicht genau, was passieren würde. Zweitens fand ich sie gefährlich – wenn sie Recht haben sollte. Und drittens fand ich sie falsch. Es war so etwas wie ´Gleiches mit Gleichem´ vergelten. Das wollte ich nicht. Nicht für mich."

„Aber Sie haben Frau Schreiber nicht getroffen?" Anette führte ihn wieder auf den Ausgangspunkt zurück.

„Nein", sagte Wolfgang leise. „Ich habe bestimmt in vierzig Hotels und Pensionen angerufen, bis ich überhaupt herausgefunden hatte, wo sie abgestiegen ist. Als ich sie endlich gefunden hatte, war sie nicht auf ihrem Zimmer."

„Wir wissen, dass Sie ein paarmal im Hotel nach ihr gefragt haben. Beim letzten Mal war sie dann bereits abgereist. Was haben Sie denn den Samstag ab achtzehn Uhr gemacht?"

„Erst war ich essen in dem Bistro neben meinem Hotel. Dann habe ich noch mal Renate angerufen. Sie ging aber nicht an ihr Zimmertelefon."

„Ich habe geschlafen", warf Renate ein. „Richtig tief geschlafen."

„Sie ging nicht ans Telefon. Deswegen habe ich mir in meiner Hotelbar ordentlich einen angetrunken." Wolfgang grinste verlegen. „Was vermutlich auch der Grund dafür war, dass ich Sonntag erst so spät aus den Federn kam. Die Rechnung war dann ziemlich ernüchternd."

„Sie haben alles am nächsten Morgen zusammen bezahlt?"

„Ja. Zimmer und Bar. Mit Karte. Wie gesagt, ziemlich ernüchternd. Kann ich mir eigentlich gar nicht leisten zurzeit. In dem Bistro habe ich übrigens auch mit Karte bezahlt."

„Wir werden das prüfen." Damit wandte sich Anette an Renate. „Frau Schreiber. Ihr Mann war vermögend?"

Renate runzelte die Stirn. „Vermögend? Das nicht gerade. Er verdiente sehr gut, mehr nicht."

„Ihr Haus soll ziemlich teuer sein. Und der Wagen ist auch nicht gerade ohne."

„Sie meinen den Mercedes von Harald, nicht wahr? Ein Vorführmodell, was nicht heißen soll, dass er billig war. Aber nicht ganz so teuer wie Sie vielleicht meinen. Männer!", lächelte Renate nachsichtig. „Harald war ganz versessen darauf, so einen Wagen zu fahren. Das Autohaus gehört einem Freund von ihm. Er war einverstanden mit einer Ratenzahlung von fünf mal siebzehntausend Euro."

„Und das Haus? Sie sind doch jetzt die Erbin, oder?"

„Das Haus gehört ohnehin zur Hälfte mir." Renate zuckte mit den Schultern. „Das Erbe meiner Eltern steckt darin. Harald hatte auch ein bisschen angespart. Und er hat noch einen Kredit aufgenommen. Soweit ich weiß, hätte er den in dreieinhalb Jahren abbezahlt."

„Also besitzen Sie jetzt das Haus."

„Und die Schulden", sagte Renate trocken. „Fünftausendzweihundert Euro pro Monat werde ich kaum bezahlen können. Von der Instandhaltung mal abgesehen. Ich werde verkaufen müssen. Das ist mir ohnehin lieber. Was soll ich denn mit der großen Villa anfangen. Die Kinder sind doch auch schon aus dem Haus."

„Und der Wagen?"

„Haben Sie schon mal etwas vom Wertverlust bei Autos gehört?" Renate lächelte sarkastisch. „Ich werde ihn dem Freund meines Mannes zurückgeben. An Stelle der letzten Rate. Ich möchte das Auto nicht haben."

„Und sonst? Weiteres Vermögen?"

„Da gibt es nichts. Sonst hätte er wohl kaum den Wagen in Raten bezahlt."

„Wovon bezahlen Sie eigentlich Ihre Wohnung in", sie warf einen Blick in die Akte, „Bonn-Beuel? Arbeiten Sie?"

„Nein", sagte Renate. „Das erste halbe Jahr habe ich erst mal von dem Rest der Erbschaft meiner Eltern finanziert. Harald wollte damals nicht, dass ich das alles in das Haus stecke. Er meinte, mit dem Abbezahlen ginge es doch so auch. Wir wären dann jeder mit fünfzig Prozent beteiligt gewesen."

Fragend sah Anette ihren Chef an.

Geouffre nickte kurz. „Tja, danke für Ihre Offenheit", sagte er, während er sich erhob. „Ich hoffe, es war dieses Mal wirklich die Wahrheit. Eine Bitte habe ich aber noch. Nein, vielmehr eine strikte Anweisung, an die Sie sich besser halten sollten." Mit zusammengezogenen Augenbrauen übermittelte er seine Drohung. „Vielleicht halten Sie sich ausnahmsweise mal dort auf, wo auch die deutschen Kollegen Sie erwarten. Ich möchte, dass Sie Bescheid sagen, wenn Sie Bonn verlassen. Wir sind mitten in der Aufklärung eines Mordfalles. Und da tauchen schon mal kurzfristig Fragen auf, die man auch kurzfristig beantwortet haben muss! Unsere Kollegen haben nämlich heute versucht, Kontakt mit Ihnen aufzunehmen. Da waren Sie aber offensichtlich schon wieder hierher unterwegs. Also bitte. Ein Anruf genügt ja."

Anette begleitete die beiden bis zur Tür.

„Nicht vermögend", grollte Geouffre. „Diese Frau hat irgendwie das Maß verloren!" Er mochte sie plötzlich gar nicht mehr so sehr.

Es ist wirklich ernst! Anna riss mehr am Lenkrad als dass sie den Wagen steuerte. Piano, piano, sagte sie sich. Ein Unfall bringt dich jetzt auch nicht weiter.

Ihr Marcel war verhaftet worden. Er ist nicht mein Marcel, korrigierte sie sich. Egal. Er war verhaftet worden. Zwar wieder auf freiem Fuß, aber dennoch. Darüber musste sie nachdenken. Und über einiges andere mehr.

Anna suchte im Radio nach einem Musiksender. Den Wagen ließ sie nun in gemäßigterem Tempo über den Asphalt rollen.

Marcel war des Mordes verdächtig. Es machte keinen Sinn, das zu beschönigen. Natürlich war er es nicht gewesen. Er wäre niemals so dumm gewesen, den Spruch da an die Wand zu krakeln. Es sei denn, er wollte politisch ... aber was? Das konnte nicht sein. Mit einem Mord war absolut nichts zu erreichen, das wusste er doch selbst.

Was hatte ihr eigentlich diese Polizistin über den Mord gesagt? Anna wusste es nicht mehr. Es war wie weggeblasen. Unwillig runzelte dir die Stirn.

Sag mal, Mandinsky, fragte sie sich kopfschüttelnd. Wie geistesabwesend willst du denn noch durch die Gegend eiern, nur weil du mal eine Nacht durchmachst!

Abrupt trat sie auf die Bremse und wendete mit quietschenden Reifen. Sie musste zurück nach Straßburg.

„Also ich finde, diese Variation der Wahrheit ist sehr überzeugend ausgefallen!"

„Puh", stöhnte Wolfgang. „Wie hältst du so was nun bereits zum dritten Mal so konsequent durch? Ich bin froh, dass es vorbei ist."

Renate lachte leise. „Es sah mir aber doch so aus, als würdest du Spaß daran haben. Du wirktest redlich empört über die Methode, mit der ich Harald zu deiner Rehabilitation zwingen wollte. Das kam sehr gut rüber."

„Ja ja. Vielleicht sollte ich mich beruflich in Richtung Schauspielerei bewegen, was meinst du. Irgendwas anderes muss ich jetzt ja machen."

Er zog Renate auf seinen Schoß. „Babusch, ich hätte wirklich nicht geglaubt, dass ich so was kann. Und du hast mir richtig Angst gemacht. Versprich mir, dass du mir nie irgendeine deiner Variation aufzutischen versuchst."

„Nicht mal eine klitzekleine, minimale, mikroskopisch kaum erkennbare?" Zärtlich hauchte Renate ihm eine Reihe von Küssen über das ganze Gesicht. Dann sah sie ihn an. „Versprochen.", sagte sie feierlich. „Deshalb werde ich dir jetzt gestehen, dass ich entgegen meiner angeberischen Aussage gestern nicht nur fünf, sondern leider doch sechs Zigaretten geraucht habe. Wobei ich das fürs Erste schon ganz schön gut finde!"

Trutzig und massiv erhob sich das Bauwerk vor Anna. Die grauen Quader der Mauern sahen sehr abweisend aus. Das mulmige Gefühl in der Magengrube, das Polizeigebäude gemeinhin bei ihr auslösen, wurde verstärkt durch die Unsicherheit, wie sie vorgehen sollte. Sie hatte lange darüber nachgedacht, aber keinen erhellenden Einfall gehabt. Das Einzige, was sie definitiv wusste, war, dass sie Geouffre nicht in die Arme laufen wollte. Sie wollte mit der Polizistin sprechen, die sie am Anfang vernommen hatte. Natürlich wusste sie ihren Namen nicht mehr.

Es hilft ja alles nichts, Mandinsky. Versuch es oder lass es, dachte Anna. Sie gab sich einen Ruck, stieß die schwere Holztür auf und betrat das Gebäude forscher, als sie sich fühlte.

Sie hatte Glück. Der Pförtner telefonierte und achtete nicht auf die vielen Menschen, die zielstrebig hin und her liefen. Flotten Schrittes durchquerte Anna die hohe Halle, stieg die pompös geschwungene Steintreppe hinauf in den dritten Stock und spähte in den langen Flur, auf dem sie vor einiger Zeit mehrere Stunden in trauter Zweisamkeit mit einem Ekel erregenden Kaffee verbracht hatte. Das Zimmer der Beamtin war das dritte auf der linken Seite gewesen – hoffte sie. Zögernd klopfte sie an.

„Hallo, Frau Mandinsky!" Überrascht streckte Anette Anna ihre Hand entgegen. „Was führt Sie schon wieder nach Straßburg?"

Erleichtert atmete Anna auf. Geschafft! „Sie wissen doch, ich treibe mich öfter in Frankreich herum." Sie lächelte. „Von Berufs wegen."

„Der Käsehandel, ich weiß. Das erklärt jedoch nicht, was Sie noch einmal zu uns ins Präsidium führt."

„Ich wollte etwas über den Toten erfahren." Nervös spielte Anna mit einer ihrer Locken.

„Mehr als das, was ich Ihnen neulich bereits gesagt habe, kann ich Ihnen nicht sagen."

„Ehrlich gesagt habe ich davon nur wenig mitbekommen. Ich war völlig übermüdet an dem Tag." Anna lächelte verlegen. „Ich hatte kaum geschlafen.

Ich weiß zwar noch in etwa, was Sie mich gefragt haben, aber nicht mehr, was Sie mir über den Toten erzählt haben."

„Wenig", sagte Anette. „Nur die wichtigen Eckdaten: Name und Wohnort. Darf ich fragen, warum Sie das jetzt plötzlich interessiert?"

„Nun, es sieht doch so aus, als ob der Mord etwas mit der Demonstration zu tun hat. Zumindest steht das so in sämtlichen Zeitungen. Ich war vorhin beim Straßburger Tageblatt und habe die Ausgaben der letzten Woche überflogen. Ich recherchiere für eine Reportage", fügte Anna spontan hinzu.

„Ach so. Jetzt verstehe ich. Sie haben völlig recht, es sieht danach aus." Nachdenklich betrachtete Anette ihr Gegenüber. „Aber wenn Sie mich schon fragen. Ich glaube eigentlich nicht so ganz an diese Spur."

„Nicht?", fragte Anna überrascht. „Gibt es denn noch andere Spuren? Darüber wurde nicht berichtet."

„Es gibt durchaus andere Spuren", sagte Anette langsam.

Nachdenklich fixierte Anna Anette. „Aber die werden nicht verfolgt?", schlussfolgerte sie schließlich.

„Doch, das werden sie schon. Nur vielleicht…"

Anna wartete geduldig. „Vielleicht…", half sie schließlich nach.

„Es ist nichts, was Sie zitieren dürfen. Ich will meinen Namen nicht in irgendeiner Reportage sehen, ist das klar?"

Anna nickte. „Das werden Sie nicht", versprach sie.

Anette sah ihr prüfend in die Augen. Dann gab sie sich einen Ruck. „Mag sein, dass an der Demonstrationsgeschichte mehr dran ist, als ich annehme. Im

Moment ist es mir aber etwas zu glatt, wie schnell hier Schuldige gefunden werden. Mir kommt es wie eine Art – Bauernopfer vor, das zu gut in die politische Landschaft passt. Mehr werde ich dazu nicht sagen. Es war ohnehin schon zu viel."

„Bauernopfer", schmunzelte Anna. „Das ist gut."

Das Telefon klingelte und Anette hob ab und lauschte. Dann warf sie einen Blick auf ihre Armbanduhr. „Ja, die Besprechung. Entschuldigung. Ich bin sofort da, Commissaire." Sie legte den Hörer auf und wandte sich zu Anna. „Ich begleite Sie zum Treppenhaus."

„Bitte zur nächsten Toilette", sagte Anna schnell. „Raus finde ich dann schon selbst. Und vielen Dank"!

Auf ihr Klopfen hin antwortete niemand. Erleichtert schlüpfte Anna in das Zimmer, das sie eben zusammen mit Anette verlassen hatte.

Mit einem schlechten Gewissen ging sie um den Schreibtisch herum zu dem Stapel von Akten, der sich auf der linken Seite befand. Die Akte Schreiber fand sie im oberen Drittel. Während sie die Besprechungsprotokolle überflog, pfiff sie mehrfach tonlos durch die Zähne. Sehr erstaunlich. Ehemann, Ehefrau, Liebhaber. Alle drei in Straßburg am Tag des Mordes. Und jeder in einem anderen Hotel. Das war in der Tat sehr interessant. Aber jetzt sollte sie zusehen, dass sie Land gewann.

Endlich zu Hause! Im Hinterhof pfiff Anna nach Olli. Laut maunzend tönte der Kater auf dem Nachbargrundstück, hangelte sich über das Brett, das dort an die Mauer gelehnt war, und plumpste unelegant an der Leiter herunter, die in den Innenhof des Käsehandels führte.

Anna musste grinsen. Immer wieder ein gotterbärmliches Schauspiel! Wer hatte bloß mal behauptet, dass Katzen graziös seien? Dieser Kater hier war einfach nur fett, und alle Versuche, ihn auf Diät zu setzen, scheiterten an wohlmeinenden Nachbarn, an Birgit, die ihn noch zu einer Kugel füttern würde, wenn Anna zu häufig unterwegs war, und natürlich am Kater selbst.

Sie betrat ihre Wohnung. Als erstes warf sie einen Blick auf den Anrufbeantworter. Er blinkte nicht. Warum auch!

Ihre Schwester hatte ihr einen Strauß Blumen auf den Tisch gestellt. Im Kühlschrank befanden sich Obst, frisches Brot und Käsereste vom Wochenmarkt, die zwar optisch nicht mehr ganz so ansprechend, geschmacklich jedoch nach wie vor einwandfrei waren.

Anna entledigte sich ihrer Kleider und griff nach ihrem ausgeleierten Schlafanzug. Flüchtig schnupperte sie an ihm. Muffelig. Sehr vertraut. Und völlig akzeptabel. Sie versorgte Olli, machte sich eine Käseplatte zurecht, schnitt zwei Scheiben von dem frischen Brot ab, fand den Rest Weißwein von der vergangenen Woche im Kühlschrank und trug alles zu ihrem Lieblingsplatz.

Während der Käse Zimmertemperatur annahm, führte sie ein kurzes Gespräch mit ihrer Schwester. Für einen längeren Plausch mit Frauke fühlte sie sich zu müde. Marcel ging nicht ans Telefon. Kurz nach neun erst. Leicht verwundert runzelte sie die Stirn. Schlief der etwa schon? Oder waren sie alle zusammen noch drüben in der Küche?

Schließlich rief sie Frau Schreiber an. Bereits auf der Rückfahrt hatte sie sich zurechtgelegt, was sie ihr sagen wollte. Sie hatte entschieden, sich von der Rolle als Reporterin zu verabschieden, die sie Anette gegenüber so erfolgreich vertreten hatte. „Entschuldigen Sie bitte die späte Störung. Ich bin Anna Mandinsky, die Frau, die die Leiche Ihres Mannes gefunden hat. Wäre es eventuell möglich, mit Ihnen persönlich ... Nein, lieber nicht am Telefon. Ich würde gerne vorbeikommen morgen. Schön. Das ist sehr freundlich." Erleichtert legte Anna auf. Das wäre geschafft. Endlich Feierabend!

Mit dem Kater auf dem Bauch zappte sie durch die Programme, blieb an einem Hitchcock hängen, schob sich Käsehäppchen in den Mund und leerte den Badischen.

Die Nacht wurde unruhig. Olli, begeistert, dass sie wieder zu Hause war, bekundete seine Zuneigung wiederholt sehr stürmisch.

„Sie sind wirklich nicht von der Polizei", fragte Frau Brammes. „Ich möchte niemandem Ärger machen."

„Nein, wirklich nicht. Ich bin freiberufliche Journalistin." Anna reichte ihren Presseausweis über den Tisch. „Ich recherchiere für eine Reportage über die Europäische Kommission und deren Gesetzgebung in den letzten Monaten. Soweit mir bekannt ist, hat Herr Schreiber in seiner Funktion als Kommissar der Europäischen Union noch einen Gesetzesentwurf in die Wege geleitet, bevor er getötet wurde. Er starb eines gewaltsamen Todes, zeitgleich dazu wurde in Straßburg gegen den von ihm erarbeiteten Gesetzesentwurf demonstriert. All das veranlasst mich, die Hintergründe meiner Reportage noch etwas mehr zu durchleuchten. Deshalb habe ich Sie angerufen. Sekretärinnen wissen immer sehr viel über die Hintergründe. Vielen Dank, dass Sie bereit sind, mit mir zu sprechen."

Mit geübter Bewegung strich Frau Brammes ihren Rock glatt, bevor sie sich setzte.

Anna nahm ihr gegenüber Platz. Neugierig musterte sie die kleine Frau mit ihrem runden Pfannkuchengesicht unter dem zu einem ordentlichen Knoten gefassten Haar.

Der Kellner erschien. „Ein großes Mineralwasser. Und was möchten Sie?", fragte Anna.

„Tee bitte. Und ein Stück Herrentorte mit Sahne." Sie wandte sich wieder Anna zu. „Ich gehe hier meistens mittags eine Kleinigkeit essen", sagte sie entschuldigend. „Wenn ich nicht einkaufen gehe."

Eine Weile plauderten sie über das geplante Gesetz von Herrn Schreiber und die Arbeitsweise der gesamten Abteilung.

Schließlich lehnte Anna sich vor. „Frau Brammes, ich möchte mir ein Bild von Herrn Schreiber als Mensch machen. Wie war denn das Verhältnis zwischen ihm und seinen Mitarbeitern? War es gut? War er beliebt?"

„Im großen und ganzen war es gut", sagte Frau Brammes langsam. „Bis auf diese Geschichte neulich mit Herrn Ackermann. Aber ich weiß wirklich nicht, was daran für Ihre Reportage von Bedeutung sein soll."

„Eventuell ist es das ja auch nicht. Das werde ich dann aber merken. Vielleicht erzählen Sie mir einfach, was passiert ist." Aufmunternd lächelte Anna ihr zu.

„Ich habe mich so erschreckt, als er einfach so in mein Büro stürmte. Bevor ich Herrn Ackermann daran hindern konnte, riss er die Tür zu Herrn Schreibers Büro auf. Bitte, mein Herr, habe ich gerufen. Das geht doch nicht, so einfach dort rein zu platzen. Gleich darauf stand er wieder vor mir, ganz bleich im Gesicht. Wo Herr Schreiber wäre, fragte er."

„Herr Schreiber war nicht da?"

„Nein. Aber wenn ich gewusst hätte, wo er sich aufhielt, hätte ich das Herrn Ackermann gewiss auch nicht gesagt. Nicht in diesem Zustand. So außer sich habe ich ihn nie gesehen. Er knallte mir einen Umschlag und ein Blatt Papier auf den Tisch. Ob ich das geschrieben hätte, brüllte er. Er ist doch sonst ein so ruhiger, freundlicher Mann, der Herr Ackermann!"

„Was war das denn?", fragte Anna interessiert.

„Eine Disziplinarmaßnahme. Er sollte noch am gleichen Tag sein Büro räumen und das Amtsgebäude nicht mehr betreten."

„Und? Hatten Sie das geschrieben?"

„Nein." Nachdenklich sah Frau Brammes sie an. „Ich weiß auch gar nicht, ob es meine Aufgabe gewesen wäre. Auf jeden Fall ist das nicht über meinen Schreibtisch gegangen, und das fand ich sehr merkwürdig."

„Warum?" Anna fiel plötzlich auf, dass sich in dem runden, flachen Gesicht hinter der randlosen kleinen Brille äußerst wache, kluge Augen befanden. Diese Frau wurde sicher häufig unterschätzt.

„Es war ein Briefumschlag mit dem internen Hauspoststempel und dem Vermerk 'Hohe Priorität'. Und eigentlich wird die Hauspost immer von Sekretariat zu Sekretariat gebracht und dann von dort aus an die jeweiligen Empfänger weiter verteilt. Bei Schreiben mit dem Vermerk 'Hohe Priorität' sind wir Sekretärinnen gehalten, uns die Zustellung vom Betreffenden quittieren zu lassen. Jemand muss ihm das gebracht haben, ohne sich die Übergabe bestätigen zu lassen."

„Woraus schließen Sie das?"

„Er sagte, der Brief habe einfach auf seinem Schreibtisch gelegen. Das ist höchst unüblich. Außerdem sagte ich ja bereits, dass der Umschlag den Stempel `Hohe Priorität` trug, aber nicht abgezeichnet war."

„Wissen Sie, worum es bei dieser Disziplinarsache ging?"

Frau Brammes schüttelte ihren Kopf. „Das wollte er mir nicht sagen. Ich habe versucht, ihn zu beruhigen. Aber er brüllte einfach weiter. Ich sage ja, er war völlig außer sich. So ein netter Mann sonst, der Herr Ackermann."

„Was hat er denn gebrüllt?" Anna war jetzt wirklich neugierig.

„Er hat mir das eingebrockt, hat er gebrüllt. *Er will mir was anhängen. Erst hat er sie fertig gemacht, jetzt bin ich dran. Dieser Dreckskerl! Dieses miese Schwein. Das lasse ich mir nicht gefallen.* So etwas in der Art."

Anna dachte eine Weile nach, bevor sie bedächtig ihre nächste Frage formulierte. „Und persönlich? Wie war er denn so, der Herr Schreiber?"

„Ach, ich weiß nicht." Frau Brammes errötete leicht. Erneut strich sie ihren Rock glatt.

Geduldig wartete Anna.

„Mir gegenüber war er immer korrekt", kam schließlich die Antwort.

„Oh weh! Das heißt im Regelfall nichts Gutes."

„Ich habe erst ein Jahr für ihn gearbeitet. Aber im Haus bin ich schon sehr lang. Ich war zunächst überrascht, dass er so explizit nach mir gefragt hat."

„Was war daran so überraschend?" Wieder bemerkte Anna diesen wachen, scharfäugigen Blick durch randlose Brille.

Frau Brammes lächelte milde. „Junge Frau, ich bin fast sechzig. Und besonders attraktiv war ich nie. Ich hatte Herrn Schreiber bis dato nie persönlich gesprochen. Ich kannte ihn vom Sehen, mehr auch nicht. Aber meine drei Vorgängerinnen, die kannte ich recht gut. Ich habe sie nämlich selbst eingearbeitet."

Fragend hob Anna eine Augenbraue.

Ein feines Lächeln spielte um die Lippen von Frau Brammes. „Eines hatten sie alle gemein, meine Vorgängerinnen. Die körperlichen Qualitäten überwogen bei weitem die beruflichen. Sie waren jung. Und auffallend hübsch. Leider waren auch alle drei der Meinung, dass Schönheit ausreicht, um eine gute Sekretärin zu sein. Und mir ist zu Ohren gekommen, dass Herr Schreiber sie in dieser Ansicht sehr bestärkt hat."

„Ich verstehe", sagte Anna. „Aber vielleicht hatte er ja die Nase voll von Sekretärinnen, die ihre Briefe mit Schreibfehlern behaftet zur Unterschrift geben?"

„Das mag sein." Frau Brammes lächelte wieder fein. „Aber einen so radikalen Bruch hätte es ja nun doch nicht geben müssen. Wir haben durchaus auch Damen im Haus, die Kompetenz mit einer jugendlich attraktiven Erscheinung vereinen." Frau Brammes zwinkerte Anna kurz zu. „Ich hatte eher den Eindruck, dass er sich vor weiteren privaten Schwierigkeiten bewahren wollte, indem er gerade mich angefordert hat."

„So langsam bekomme ich ein besseres Bild von Herrn Schreiber." Anna warf ihr einen vergnügten Blick zu. Dann wurde sie nachdenklich. *„Erst hat er sie fertig gemacht, jetzt bin ich dran ...* Können Sie mir eventuell sagen, wo ich Herrn Ackermann finden kann?"

Auf den Überraschungseffekt setzend klingelte Anna kurzerhand bei ihm an. Sie erklärte, dass sie im Rahmen ihrer Reportage über die verschiedenen Institutionen der Europäischen Kommission auf ein interessantes Thema gestoßen sei, das sie nun erst einmal gründlich recherchieren wolle. Sie sei auf mehrere diffuse Fälle von Disziplinarverfahren im Zusammenhang mit Korruption gestoßen, die alle irgendwie seltsam wirkten, fast so, als wären sie fingiert. Nach kurzem Zögern öffnete Wolfgang die Tür und ließ sie auf dem dunkelgrauen Ledersofa in dem kleinen, nüchtern ausgestatteten Appartement Platz nehmen.

„Sie hatten bei mir im Schreibtisch ein belastendes Protokoll gefunden, Herr Schreiber und dieser Sambach, sein Parteikumpel, mit dem er dauernd zusammen klüngelt." Erschöpft fuhr sich Wolfgang mit der Hand durch sein Gesicht. „Sie werden mir das jetzt vermutlich nicht glauben, aber ich habe es nie in meinem Leben gesehen."

„Worum ging es?", fragte Anna.

„Es war eine Untersuchung über den Einsatz von Medikamenten bei der Herstellung von Käse. Vor etwas über einem Jahr habe ich im Auftrag von Herrn Schreiber recherchiert. Das, was mir das Genick gebrochen hat, war eine Untersuchung über den illegalen Einsatz von Penizillinen und Antibiotika. Zwei große Käsereien in Nordrhein-Westfalen hatte ich in dem Protokoll namentlich erwähnt und als unbedenklich eingestuft. Dieses Dokument tauchte nun in modifizierter Form auf. Die Werte waren verändert und als höchst bedenklich anzusehen, die Empfehlung lautete, die Produktion bis auf weiteres zu stoppen."

„Und das hat man bei Ihnen im Schreibtisch gefunden?", fragte Anna.

„Ja, hübsch mit meiner Unterschrift versehen. Und auf einer unbeschrifteten Diskette in meiner Diskettenbox fand sich der Dreck auch. Die Originalversion hingegen ruhte auf dem Server noch genau so, wie ich sie geschrieben habe."

„Und so was reichte, um Ihnen ein Verfahren an den Hals zu hängen?" Anna war überrascht. „Sie wurden ausgebootet damit, Karriere futsch? Ich dachte immer, zum Vorwurf der Bestechlichkeit gehört immer noch der nachweisbare Nutzen, den der Bestochene davon hat."

„Das stimmt. Herr Schreiber hat das sehr klug eingefädelt."

„Herr Schreiber? Wie das." Interessiert sah ihn Anna an.

Wolfgang biss sich auf die Lippen. „Der gute Harald hat mir vor einem Jahr mal aus der Patsche geholfen. Ich hatte ziemlich viel Geld über einen Investmentfond verloren, einen dieser Risikofonds, mit denen man schnell Geld machen kann, wenn sie gut laufen. Meiner ging leider in die Hosen, aber gründlich." Er seufzte. „Pech für mich, dass es nicht nur mein Geld war, sondern auch das meiner Schwester, die mir hoffnungsfroh Zehntausend anvertraut hat, weil ich mich ja so gut auskenne." Ironisch verzog er sein Gesicht. „Resultat: Ich habe meinen Dispokredit voll ausgeschöpft, um meiner Schwester wenigstens einen Teil ihres Geldes zurückerstatten zu können. Das habe ich damals in einer schwachen Stunde in einer größeren Runde an unserer Hausbar erzählt, als Anekdote sozusagen, wie dumm man sein kann. Und Herr Schreiber, ganz fürsorglicher Vorgesetzter, hat mir später angeboten, mir das Geld zu leihen, damit ich nicht diese horrenden Wucherzinsen bezahlen muss. Nett, nicht wahr. Er hat mir Zehntausend bar auf die Hand gegeben, die ich dann natürlich auf mein Konto eingezahlt habe. Und ich habe ihm monatlich dreihundertfünfzig Euro zurück erstattet, auch bar auf die Hand. Er wollte das so. Natürlich damals mit Schuldschein, den ich unterschrieben habe."

Umständlich zog er ein Taschentuch aus seiner Hosentasche und putze sich die Nase. „Den aber hat er ganz generös vor meinen Augen zerrissen, als ich ihm die letzte Rate zurückgezahlt habe. Und meinen Beleg mit dazu. Nett, dachte ich, wirklich nett, der Mann, und hatte ein leicht schlechtes Gewissen, dass ich ihn mit seiner... " Mit einer vagen Geste beendete Wolfgang den Satz.

Anna betrachtete aufmerksam ihr Gegenüber. Wolfgang Ackermann sah einfach sehr freundlich aus, fand sie. Und ihr gefiel die selbstironische Art, mit der er ihr seine Geschichte erzählt hatte. „Sie haben das Geld also in Raten zurück bezahlt?", überbrückte sie schließlich die Pause.

„Ja, habe ich. Natürlich hat das niemand mitbekommen. Diskrete Abwicklung ... interessanterweise legte er darauf mehr Wert als ich. Auf jeden Fall hat Herr Schreiber jetzt Himmel und Hölle in Bewegung gesetzt, doch mal meine Kontoauszüge überprüfen zu lassen. Er habe sich an das Gespräch an der Bar ´erinnert´, und zufälligerweise fiel dieses Ereignis in etwa zusammen mit dem Zeitpunkt der angeblich gefälschten Untersuchung, auf die sich das Disziplinarverfahren bezieht. Ich habe versucht, mich zu wehren, aber ich hatte keine Chance. So schnell in meinem Leben war ich noch nie irgendwo draußen!"

„Haben Sie Beweise?" Mit gerunzelter Stirn forschte Anna in seinen Gesichtszügen. Dann lächelte sie entwaffnend. „Dumme Frage, ich gebe es zu. Ganz schön rücksichtslos, der Herr Schreiber. Warum hat er das Ihrer Meinung nach denn getan?"

„Ja, das haben wir uns auch gefragt." Wolfgang lächelte bitter. „Renate – Frau Schreiber hatte die Antwort. Sie..." Abrupt brach er ab und räusperte sich verlegen. „Was erzähle ich denn da. Das geht Sie nun wirklich nichts an."

„Erst macht er sie fertig, dann bin ich dran", zitierte Anna.

„Was?" Mit gerunzelter Stirn übermittelte Wolfgang sein Unverständnis.

„Oh, nur ein Zitat", lächelte Anna. „Ich habe mit Frau Brammes gesprochen. Hören Sie, Sie müssen nicht um den heißen Brei herum reden. Ich weiß, dass Sie eine Verhältnis mit Frau Schreiber haben."

„Sie sprechen mit ziemlich vielen Leuten, und Sie wissen ziemlich viel!", sagte er gedehnt. Plötzlich sah er sehr finster aus. „Und jetzt erklären Sie mir bitte, woher Sie von unserer Beziehung wissen."

Au weh. Gleich fliege ich raus. „Das habe ich vorhin messerscharf aus eben dieser Bemerkung von Frau Brammes geschlossen", improvisierte Anna frech. „Und Ihre Andeutung eben hat diese Vermutung bestätigt. Aber das ist doch nebensächlich. Wie kam denn nun Frau Schreiber zu dieser Ansicht?"

„Ich denke, wir sollten dieses Gespräch jetzt beenden." Auffordernd erhob sich Wolfgang.

„Bitte nicht!", sagte sie hastig. „Ich verspreche Ihnen, dass ich darüber nicht schreiben werde. Ich bin keine Klatschreporterin. Aber wenn ich ihre Geschichte ernst nehmen soll, gehört da schon auch die Frage nach dem Motiv für so eine Schweinerei dazu."

Nachdenklich sah Wolfgang sie an. In seiner Miene spiegelte sich das Für und das Wider, das er in seinem Kopf bewegte.

„Ich weiß ja noch nicht mal, ob dieses Thema geeignet ist für eine Reportage. Aber ich gebe es Ihnen schriftlich, dass ich nichts veröffentlichen werde ohne Ihr Einverständnis. Wäre das für Sie in Ordnung?"

Einen kurzen Moment noch sah Wolfgang skeptisch auf sie herunter. Dann zuckte er mit den Schultern. „Ich habe nichts zu verlieren. Das wäre in Ordnung für mich."

„Reicht es Ihnen handschriftlich", fragte Anna.

Als er nickte, bat sie ihn um Papier und Stift und schrieb ihre Erklärung. „So", sagte sie schließlich. „Jetzt können Sie mich verklagen, wenn ich nicht Wort halte. Aber ich halte Wort!"

„Eigentlich tut es gut, mal darüber zu reden. Bis auf Renate behandeln mich ja alle wie einen Aussätzigen."

Anna registrierte den bitteren Gesichtsausdruck. „Frau Schreiber glaubt ihnen also", stellte sie fest. „Was hat sie denn nun vermutet?"

Wolfgang räusperte sich. „Sie wusste zwar nicht, wie ihr Mann das mit uns beiden herausbekommen hat, aber der Verdacht lag nahe, dass genau das der Grund war für Haralds Attacke gegen mich. Ich weiß auch nicht so recht. Renate war sich aber sicher. Sie war plötzlich so ruhig. All die Hektik und die Rastlosigkeit der vergangenen Woche schienen von ihr abgefallen. Er hatte ihr Geld gesto..." abrupt unterbrach sich Wolfgang.

„Was war mit dem Geld", fragte Anna neugierig.

„Nichts. Von mir erfahren Sie hierzu wirklich kein Wort. Ich weiß nach wie vor nicht, warum ich Ihnen das alles erzähle. Vielleicht, weil es mir einfach etwas über den Kopf gewachsen ist." Er warf ihr einen nachdenklichen Blick zu, um sie dann zaghaft anzulächeln.

„Akzeptiert." Unwillkürlich lächelte Anna zurück. „Wie kam nun Frau Schreiber zu der Ansicht, dass ihr Mann das mit Ihnen heraus bekommen hatte?" Anna führte ihn wieder zum Thema zurück.

„Also, da war diese Sache mit dem Geld. Weil er sie zwingen wollte, bei ihm zu bleiben. Es ging ihm dabei gar nicht mal um sie persönlich dabei, meinte sie. Bloß um sein gekränktes Ego. Er konnte es einfach nicht akzeptieren, dass er der Verlassene war. Um wie viel schlimmer muss es für ihn gewesen sein, als er heraus bekommen hat, dass Renate sich mit einem Untergebenen von ihm eingelassen hat. Und deshalb, so Renate, ging er mir auch an den Kragen. Das war logisch aus seiner Sicht."

Er verschränkte die Hände im Nacken und straffte sich. Nachdenklich sah er Anna an. „Ich fand das einleuchtend. Harald Schreiber war ganz schön rücksichtslos, das habe ich in so manch einer beruflichen Situation mitbekommen. Es war gefährlich, sich mit ihm anzulegen. Umso schlimmer, dass Renate genau das getan hat."

„Sie glaubte, sie hätte etwas in der Hand gegen ihn?"

„Woher wissen Sie das denn nun schon wieder?", fragte Wolfgang belustigt.

„Och", sagte Anna. „Ich hab da so meine Intuitionen."

„Sie rief an, um mir für den Abend abzusagen. Ich solle mir keine Sorgen machen, sie hätte eine vielversprechende Spur, etwas gegen Harald in der Hand, was ihn vielleicht zur Vernunft brächte. Sie klang völlig aufgeputscht, als hätte sie Spaß an der Situation. Es war verrückt. Ausgerechnet sie! Sie ist sonst eher zögerlich. Plötzlich entwickelte sie sich zu einer Jägerin. Keine Sorgen machen!" Wolfgang schüttelte den Kopf. „Legt sich mit diesem Typen an, der tagtäglich höchst effizient seine Interessen durchsetzt. Wie kam sie bloß auf die Schnapsidee, dass sie ihm ausgerechnet jetzt gewachsen sein würde, wo sie sich zwanzig Jahre von ihm hat unterbuttern lassen! Ich hatte einfach Angst um sie!"

„Was haben wir bis jetzt? Lasst uns rekapitulieren: Ein Mann wird erschlagen mit einem schweren Gegenstand, mit etwas Metallischem. Er ist EU-Kommissar und Initiator eines Gesetzes, das kurz vor der Verabschiedung durch die Europäische Kommission stand. In seinem Mund steckt – ganz nach Art der Mafia *Stopf ihm das Maul* – ein Stück Rotschimmelkäse. Bei seiner Leiche findet sich ein Spruch, geschrieben mit einer Delikatess-Mayonnaise, von der allein eine Tube so teuer ist wie ein gutes Mittagsmenü in einem Bistro. Es gibt vierzehn Geschäfte in Straßburg, in denen das Zeug verkauft wird, in neun von ihnen am betreffenden Samstag. An wen, daran kann sich keine der Kassiererinnen erinnern, obwohl wir Fotos der bislang beteiligten Personen vorgelegt haben. Der Spruch selber kann als Motto der Unruhen gelten, die am vorletzten Wochenende Straßburg heimsuchten. Die Unruhen richten sich gegen exakt jenes geplante EU-Gesetz, dessen geistiger Urheber unser Toter ist.

Jede Menge schwere Gegenstände aus Metall sind an diesem Tag im Einsatz; Milchkannen, Eisenstangen, Heugabeln ... werft bei Gelegenheit mal einen Blick in den Fundus der Bereitschaft. Was die vorletztes Wochenende alles beschlagnahmt haben, ist unglaublich."

Commissaire Geouffre knackte enervierend mit sämtlichen Knöcheln seiner Hände. „Was haben wir noch? Drei Intellektuelle aus Paris, die sich auf einem Hof in den Vogesen niedergelassen haben und Käse herstellen. Hochverschuldet." Er grinste zynisch. „Dass es so etwas überhaupt noch gibt! Ihnen passt die neue EU-Gesetzgebung durchaus nicht in den Kram. Deshalb wird der Eine zum Aufrührer der Region, zu einem der Organisatoren des bäuerlichen Unmuts. Der Mann hat Erfahrung, denn er ist aktives Mitglied der CGT. Seine beiden Freunde sind entlastet, Claire und René Ardent aus Paris. Sie waren zu der fraglichen Zeit zusammen mit dem Alten, der ebenfalls auf dem Hof lebt. Haben sich, als das Theater auf dem Platz losging, verkrümelt und sich in eine Kneipe verzogen. Diese Frauen heutzutage! Mit einem Baby auf eine Demonstration, hat die denn noch alle Tassen im Schrank!"

Das Füßescharren um ihn herum wurde deutlicher. Räuspern und Unruhe verbreiteten sich. Sie alle hassten diese langen, einsamen Monologe des Commissaire, der in entnervender Manier stundenlang zusammenzufassen pflegte und ihnen damit die Zeit stahl.

„Wir haben das natürlich geprüft. Zur fraglichen Zeit waren die drei wirklich in der Kneipe *Les Tartuffes*. Sie sind aufgefallen, weil das Baby so schrie. Es brauchte eine ganze Weile, bis es sich wieder beruhigt hatte. Aber unser Marcel Fouchard ward nicht mehr gesehen. Wurde noch eine ganze Weile von verschiedenen Leuten bei den improvisierten Rednertribünen am Platz gesehen. Als die Randale losging, war aber jeder nur noch mit sich selbst beschäftigt. Alles rannte, um nicht eins draufzubekommen. Auch Marcel Fouchard gibt an, er sei gerannt und sei dann noch eine Weile spazieren gegangen, um sich wieder zu beruhigen. Er hat am Flussufer Fastfood gefressen. Sehr matt. Auf den Fouchard komme ich gleich noch mal zurück."

Anette warf einen Blick auf ihre Uhr. Nervös trommelte sie gegen die Stuhlkante.

„Was haben wir sonst noch? Die Ehefrau des Mordopfers. Gerade erst hatte sie ihren Mann verlassen. Dann einen Mann, der von seinem Vorgesetzten – wiederum das Mordopfer – ein Disziplinarverfahren aufgebrummt bekommt, und der zufälligerweise der Liebhaber der Ehefrau ist. Wie schmutzig! Was für ein Motiv sollte die Ehefrau haben? Eine lebende Kuh kann man doch besser melken als eine tote. Sie hätte sicher hohe Alimente bekommen, wenn sie sich hätte scheiden lassen. Aber wer weiß. Alles auf einmal ist ja schließlich auch nicht zu verachten. Das Haus. Der Wagen. Ein hübscher kleiner Pensionsanteil als trauernde Witwe. Dennoch passt es nicht ganz als Motiv. Denn sie war ja gerade dabei, die

Rehabilitierung ihres Liebhabers von ihrem Mann zu erzwingen. Was denken Sie?"

Keiner der Anwesenden begriff diese Frage als Aufforderung an sich selbst.

Commissaire Geouffre fuhr ironisch fort. „Da ist diese Deutsche, die die Leiche findet. Und die erstaunlicherweise einen Käsehandel mit französischem Käse in Deutschland betreibt und sich in Straßburg aufhält, um einen Artikel über die Proteste und die Maßnahmen in einem Käsefachblatt zu schreiben."

Geouffre verstummte, lehnte sich behaglich zurück und zog die Pause betont in die Länge. „Und die zufälligerweise die kleine Freundin ausgerechnet dieses Marcel Fouchard ist."

Platsch! Wirksam zerschlugen seine Worte die gelangweilte Stimmung, die sich bei seinen Monologen üblicherweise einstellte.

„Ja, hört gut zu!" Genüsslich breitete Commissaire Geouffre sich vor ihnen aus. „Ich habe die beiden Turteltäubchen auf dem Hof des Fouchard angetroffen. Habe sie ein Weilchen beobachtet. Sie haben die Finger nicht voneinander gelassen. Als für einen Augenblick Ruhe einkehrte, bin ich eingeschritten. Sonst hätte ich da sicher noch mehr zu sehen gekriegt." Mit einem öligen Grinsen bedachte Commissaire Geouffre seine Kollegen. „Wie klein ist doch die Welt, nicht wahr?", sagte er vergnügt.

Siedend heiß stieg Anette das Blut in den Kopf, als ihr die Tragweite dieser Information bewusst wurde. Sie dachte an den Besuch von Anna Mandinsky bei ihr im Büro und ihre eigene kritische Stellungnahme, die sie zum Stand der Ermittlungen losgelassen hatte. Verdammt, oh nein, dachte sie. Merde, merde, merde!

„Womit wir wieder bei Fouchard gelandet wären", tönte Geouffre weiter. „Es gibt ein nicht unerhebliches Dossier über ihn in Paris. Von einer anarchistischen Studentengruppe zur kommunistischen Gewerkschaft. Wiederholt straffällig geworden, wilder Bursche, Widerstand gegen die Staatsgewalt und so, aber immer ganz schnell wieder auf freien Fuß gesetzt. Und mit dieser kleinen deutschen Käsehändlerin zusammen. Ebenfalls aktenkundig. Ebenfalls gewaltbereit. Schließlich hat sie mal einen Polizisten schwer verletzt. Fouchard hat ein Motiv. Er hatte die Gelegenheit. Kein Mensch kann sich bei McDonalds an ihn erinnern, wo er sich angeblich seinen Imbiss geholt hat. Ich habe einen Durchsuchungsbeschluss beantragt. Gleich schlagen wir zu!"

„Entschuldigen Sie bitte, dass ich schon wieder störe, Frau Brammes. Aber ich habe doch noch eine Frage nach unserem Gespräch heute Mittag. Darf ich kurz zu Ihnen kommen? Danke." Anna reichte dem Pförtner den Hörer zurück.

Der lauschte kurz und nickte ihr dann zu. „Zimmer 410", sagte er knapp.

„Hoffentlich halte ich Sie nicht zu sehr von der Arbeit ab", entschuldigte sich Anna, als sie das Büro betrat. „Aber mir ist da noch eine Frage durch den Kopf gegangen. Kann es vielleicht sein, dass ein Untersuchungsbericht gefälscht worden ist? Einer, mit dem Herr Ackermann dann belastet wurde?"

„Das habe ich mich auch schon gefragt", sagte Frau Brammes gedehnt. „Möglich ist das natürlich schon. Die Dokumente liegen alle auf dem Server. Theoretisch kann jeder, der Zugang zu dem Abteilungsverzeichnis hat, sie aufrufen und verändern. Aber eine Datei wird ja schließlich mit Datum weggespeichert. Ich wüsste nicht, wie man das manipulieren kann."

„Och." Anna machte eine wegwerfende Geste. „Auf einem PC kann man ganz leicht das Tagesdatum verändern. Und so, wie Herr Ackermann mir das erklärt hat, lag das belastende Dokument gar nicht auf dem Server, sondern wurde auf seinem PC und einer Diskette gefunden. Zusätzlich dazu fand man eine gedruckten Version mit seiner Unterschrift irgendwo zwischen seinen Akten auf dem Schreibtisch."

„Also, ich wüsste nicht, wie man das PC-Datum umstellt." Frau Brammes schüttelte den Kopf. „Aber Unterschriften nachmachen, das könnte ich schon."

„Da bin nun ich wiederum gespannt."

„Ach, alle Dokumente, Untersuchungsberichte und sonstige wichtigen Unterlagen werden hier in diesem Aktenschrank aufbewahrt. Es sind Kopien von den Originalen. Dort finden sich mit Sicherheit die Unterschriften sämtlicher Mitarbeiter im Haus einschließlich meiner eigenen."

„Aber die kann man doch nicht so einfach imitieren." Anna drehte eine Locke um ihren Finger.

„Haben Sie das als Kind nie geübt? Durchpausen?"

„Klar. Durchpauspapier kenne ich. Aber damit habe ich noch lange keine Unterschrift nachgemacht, oder?"

„Kommen Sie, ich zeige es Ihnen." Frau Brammes geriet jetzt richtig in Fahrt. „Schauen Sie. Das ist eine Kopie von einem Protokoll mit Originalunterschrift von einem unserer Mitarbeiter." Frau Brammes legte ein weißes Blatt unter die Kopie. Sie nahm einen Kugelschreiber und zog die geschwungenen Linien der Unterschrift fest nach. Dann hob sie das obere Blatt ab. „Sehen Sie hier." Sie zeigte Anna das Blatt darunter.

Interessiert begutachtete Anna den hellen Abdruck.

„Das hier noch mal nachzeichnen, und schon hat man das Ganze gefälscht. Hier natürlich nur auf einem unbeschriebenen Blatt."

„Und das kann man nicht sehen?", wunderte sich Anna.

„Wenn man das mit der Lupe betrachten würde, vermutlich schon", räumte Frau Brammes ein. „Aber ich habe ziemlich große Fertigkeit darin erlangt, als ich noch zur Schule ging. Meinen Lehrern jedenfalls ist nie etwas aufgefallen."

„Hört hört", lachte Anna. „Muss ich auch mal ausprobieren. Aber der Aktenschrank ist doch sicherlich abgeschlossen."

„Selbstverständlich." Frau Brammes lächelte wieder ihr feines Lächeln. „Die Büros natürlich auch. Aber ein Generalschlüssel für alle Büros auf dem Flur befindet sich in meinem Schreibtisch. Und der Schlüssel für den Aktenschrank ebenfalls. Ebenso wie eine Liste mit den Passwörtern der PCs von sämtlichen Mitarbeitern. Falls mal jemand krank ist und man dringend etwas von der Festplatte benötigt. Der Schlüssel zum Schreibtisch wiederum..."

„Sie brauchen nicht weiter zu reden. Ich verstehe schon, was Sie mir sagen möchten." Spöttisch hob Anna eine Augenbraue in die Höhe. „Sekretärin heißt doch auch heute noch Vor Zimmer Dame, habe ich Recht?"

„Nicht immer", lächelte Frau Brammes. „Aber in meinem Fall passt es sehr gut."

Überrascht betrachtete Anna die Hochhaussiedlung. Sie hatte etwas anderes erwartet, etwas sehr anderes von dieser Frau aus gutem Hause. Zwar war die Anlage bei weitem nicht so verkommen wie die Frankfurter Nordweststadt, aber eine noble Wohngegend war es nun auch nicht gerade. Bonn hatte sie sich vornehmer vorgestellt. Sie fand den Namen Schreiber eingekreist von Ützala, Grabowski und di Presti. Den Fahrstuhl ließ sie links liegen und stieg zu Fuß in den sechsten Stock hinauf.

Das Wohnzimmer, in das sie geführt wurde, ließ das unschöne Ambiente vergessen. In einer Ecke des Gebäudes gelegen, besaß es zwei Fensterfronten. Die kleinere zeigte zum Treppenhaus des benachbarten, durch zwanzig Meter Rasen getrennten Wohnhauses hin, die breite Front, an der sich auch ein recht großer Balkon befand, öffnete sich über Grünflächen mit hohen Bäumen. Etwas entfernt sah man Bürotürme, in denen gerade die ersten Lichter angeschaltet wurden.

„Schön", sagte Anna. „Meine Vorurteile über Hochhäuser werden hier relativiert, ich muss es zugeben." Dann drehte sie sich zu ihrer Gastgeberin herum.

Sie war überrascht. Eine grazile Frau stand vor ihr, deren Alter sich nur schwer schätzen ließ. Lediglich die grauen Strähnen im strubbelig kurzen Haar deuteten darauf hin, dass die Frau vor ihr nicht mehr jung war.

„Renate Schreiber", sagte sie. „Wollen Sie sich nicht setzen?" Mit deutlicher Geste dirigierte sie Anna zu einer Sitzgruppe hin. „Darf ich Ihnen etwas anbieten", fragte sie.

„Ja, gern", sagte Anna. Unauffällig ließ sie den Blick über den großen Raum schweifen. Ein Durchbruch gab den Blick auf die Küche frei. „Sie haben eine Espressomaschine", stellte Anna erfreut fest. „Können Sie damit auch Cappuccino machen?"

„Kann ich." Renate lächelte. „Es dauert nicht lange."

Anna setzte sich in einen verschlissenen geblümten Sessel. Während sie dem Hantieren in der Küche lauschte, betrachtete sie in aller Ruhe den Raum. Augenblicklich fühlte sie sich sehr wohl. Bunt wie ihr eigenes Wohnzimmer. Rotes, plüschiges Sofa mit einem großen Bild darüber, offensichtlich selbst gemalt. Lichter der Großstadt, dachte Anna, als sie es betrachtete. Lange, nicht zugezogene Stores in Rottönen. Zwei schulterhohe üppige Pflanzen. In der Ecke der Fensterfronten eine Staffelei, auf der ein halbfertiges Ölbild in bunten leuchtenden Farben stand. Daneben ein Hocker mit Palette und eingetrockneten Farbresten. Heller Flokati. Ein Stapel aufgeschlagene Bücher auf dem Fußboden neben dem Sofa. Der Durchbruch zur Küche wurde von einem Regal umrahmt, bis unter die Decke vollgestopft mit Büchern, Stereoanlage und kleinem Fernseher. Aus der Ferne blitzten die Lichter der Bürotürme auf.

„Hier, Ihr Cappuccino." Renate kehrte mit zwei Tassen wieder. Sie stellte eine Porzellanschüssel mit Amaretti auf den kleinen Korbtisch zwischen Sofa und Sessel.

„Danke." Behaglich lehnte Anna sich in ihrem Sessel zurück. „Schön haben Sie es hier."

Nun war es an Renate, zu lächeln. „Sie Arme haben also meinen Mann gefunden", eröffnete sie das Gespräch.

„Jaaaa", sagte Anna gedehnt. „Und außerdem habe ich mich in den Mann verliebt, der jetzt unter Verdacht steht, ihren Mann ermordet zu haben."

„Oh", sagte Renate nur.

Anna wusste nicht so recht, wie sie weiter machen sollte. Verlegen spielte sie mit einer Locke.

„Erzählen Sie bitte", sagte Renate schließlich leise.

Und Anna erzählte. Sie hatte nicht gedacht, dass es so leicht gehen würde. Es wurde dämmrig, die Lichter der Bürotürme warfen dezentes Licht in den Raum.

Irgendwann stellte Renate eine Flasche Merlot und einen Krug mit Wasser auf den Tisch und zündete ein paar Kerzen an. Flackernde Lichtpunkte auf den Fensterbänken, gestaffelte Flammen auf dem kleinen Korbtisch zwischen ihnen. Und die leuchtenden Rechtecke der entfernten Büroräume, die jetzt bereits vereinzelt erloschen.

Die Atmosphäre fing sie ein und machte sie träge. Anna wusste nichts mehr zu sagen. Leise regte sich ihr Gewissen. Ich sollte hier was klar stellen, bevor ich weiter mache. Schließlich gab sie sich einen Ruck. „Vorhin habe ich schon mit Herrn Ackermann gesprochen."

„Ach", sagte Renate überrascht.

„Und bevor etwas falsch bei Ihnen ankommt, möchte ich es lieber selbst erklären."

„Ich warte."

Anna registrierte den kühlen Unterton. „Herr Ackermann weiß nämlich nicht, dass ich die Leiche Ihres Mannes gefunden habe. Er weiß nur, dass ich Artikel schreibe – und das stimmt auch."

„Sie haben sich als Reporterin ausgegeben? Warum? Was wollen Sie denn bloß von uns?"

Eine unangenehme Pause entstand.

„Ich schreibe wirklich Reportagen." Diese Worte wählte Anna noch mit Bedacht. Dann platze es aus ihr heraus. „Verdammt! Ich will einen Artikel über diese Käsereform schreiben, verliebe mich in einen Bauernaufrührer, finde einen Toten, der zu viel mit dem Thema zu tun hat und erfahre, dass Sie sich von ihrem Mann getrennt haben und mit ihrem Liebhaber zum Zeitpunkt des Mordes in Straßburg waren. Ich weiß einfach nicht, woran ich bin", sagte sie schließlich unglücklich.

Nachdenklich betrachtete Renate sie. Dann stand sie auf und kehrte mit einer Schüssel Sesamstangen und Chips zurück. „Das kann ich Ihnen leider auch nicht sagen. Ich weiß es nämlich selbst nicht."

Dankbar griff Anna zu.

„Aber ich kann Ihnen etwas von mir erzählen, wenn Ihnen das weiter hilft." Krachend zermalmte Renate eine handvoll Chips zwischen ihren Zähnen. „Soll ich Ihnen verraten, warum ich mich scheiden lassen wollte?" Mit leicht ironisch in die Höhe gezogenen Augenbrauen übermittelte Renate ihre Frage.

Anna nickte. „Ja, ich würde tatsächlich gern..."

Mit einer klaren Handbewegung schnitt Renate ihr das Wort ab. Dann stand sie auf und ging hinüber zum Fenster. „Ich möchte, dass Sie es begreifen." Wärme suchend schob sie ihre Hände in die Ärmel ihres Pullovers. „Ehefrau geht fremd und verlässt ihren Mann. Das klingt nie gut. Es wirkt überstürzt. Übereilt. Kopflos. Die nächste Liebe endet doch ohnehin irgendwann auch in der Sackgasse. Ein weitverbreitetes Urteil." Gedankenverloren starrte sie aus dem Fenster. Dann drehte sie sich wieder zu Anna herum.

Die machte dieses Mal nicht wieder den Fehler, zu unterbrechen.

„Aber so war das eben nicht. Mir ging es dabei nicht um Wolfgang. Es hatte nur indirekt mit ihm zu tun. Ich weiß nicht, ob Sie das verstehen können, aber ich fühlte mich einfach so unglaublich lebendig. Das wollte ich nicht mehr verlieren." Jetzt sprach sie zum Fenster, hinaus zu den entfernten Lichtecken.

„Er war nur der Auslöser. Ich habe nicht darauf gesetzt, dass wir zusammen bleiben, obwohl ich es mir schon gewünscht habe. Das Risiko dieses Schrittes war mir auf jeden Fall völlig bewusst. So eine Liebschaft kann ja sehr reizvoll sein, solange sie heimlich ist, und genau so ist sie auch sehr bequem. Mir war klar, dass sich Wolfgang ganz schnell von mir verabschieden könnte, wenn..."

Anna verstand die flehentliche Geste der Hände nun doch als Aufforderung. „Sie meinen, die Situation hätte ihn mächtig unter Druck setzen können. Stimmt. Sie hauen nun mal gerne ab, die Kerle, wenn es ihnen zu verbindlich wird. Und aus der geilsten Bumserei wird wie von Zauberhand ganz plötzlich ein nicht auszuhaltender Stress!"

Unwillkürlich musste Renate lachen. „Ich hätte das jetzt nicht so ausdrücken wollen, aber ja, das in etwa meinte ich." Nun lachte sie.

Auch Anna lachte. „Warum denn nun?", fragte sie schließlich.

Forschend sah Renate ihr in die Augen. „Wirklich?", fragte sie leise.

„Ja. Wirklich!"

Renate räusperte sich. „Ich weiß nicht so recht", sagte sie verlegen. Dann gab sie sich einen Ruck. „Ich wollte mir einfach nicht noch einmal von vorne bis hinten den Verlauf einer Sitzung der Europäischen Kommission anhören müssen, geschweige denn die wörtliche Wiedergabe einer seiner Reden. Diese Vorstellung ... das war unerträglich."

Mit versteinerter Miene lehnte Marcel im Türrahmen des Stallraumes unter seiner Wohnung, Brunel dicht neben sich, der innerhalb von fünfzehn Minuten jetzt bereits seine dritte Zigarette paffte. Die Arme fest vor seinem Körper verschränkt unterdrückte er mühsam die ohnmächtige Wut, die seinen Körper in Wellen durchflutete. Er hätte schreien mögen. Fremde Pfoten, die in seiner Unterwäsche wühlten. Seine Bücher aus dem Regal zogen. Den Staub unter seiner Badewanne auf den Löwenfüßen ans Licht beförderten. Seine Kopfkissen anhoben und sich durch Berge von Papier auf seinem Schreibtisch wühlten. Sie gruben in seinem Leben, konfiszierten ganze Ordner aus seiner Pariser Zeit und lasen seine Korrespondenz. Schnüffelten in seinen höchst intimen Angelegenheiten. Es löste Übelkeit in ihm aus und diese ohnmächtige Wut.

Die Horde war vor über drei Stunden mit dem Durchsuchungsbeschluss aufgekreuzt.

Geouffre lehnte an der Wand einer der alten Pferdeboxen im Hintergrund und beobachtete das Geschehen. Sein Magen schlug umso heftigere Kapriolen, je länger die Aktion andauerte. Ich muss unbedingt zum Arzt, dachte er grimmig. Bisher hatten sie nichts gefunden, nicht bei der Durchsuchung der Wohnung über dem dämmrigen Stall, nichts in den Wirtschaftsräumen. Er dachte an die unerfreulichen Kommentare seines Vorgesetzten, der Resultate sehen wollte. Er dachte an Renate Schreiber und Wolfgang Ackermann und die Sympathie, die die beiden trotz aller Widersprüchlichkeiten nach wie vor in ihm auslösten. Er dachte an Anette und ihre unbestechliche Art. Er dachte an Olivier und dessen kindlichen Enthusiasmus bei diesem Fall. An die unverbrauchte Energie der Jugend, die Olivier anhaftete. Er dachte daran, wie er die coole deutsche Lady und diesen Fouchard hinten auf der Bank vorgefunden hatte. Und an den Anblick des Toten mit all diesem Blut.

„Schauen Sie mal, Commissaire". Einer der Polizisten hielt ein Brecheisen in seinen behandschuhten Händen. „Das lag hier neben den Futtertrögen. Da klebt was dran."

Geouffre nickte mit dem Kinn in Richtung Tür. Aufgeregt drängelten sie sich an Marcel vorbei, der immer noch den Türrahmen blockierte. Draußen begutachtete Geouffre das Werkzeug im hellen Licht seiner Halogenscheinwerfer. Tatsächlich klebten Haare daran. Und sie klebten, weil sich auf dem spitzen Ende der Eisens etwas ganz anderes befand als nur ein paar Haare.

„Sieht aus wie Blut", sagte Geouffre zufrieden. „Das kommt ins Labor! Wir brechen jetzt hier ab und machen morgen weiter. Versiegeln." Mit dem Kinn wies er auf das Stallgebäude. Dann kehrte er zu Marcel zurück. „Marcel Fouchard, hiermit verhafte ich Sie", sagte er salbungsvoll. „Sie sind verdächtig des Mordes an Harald Schreiber. Sie haben das Recht, die Aussage zu verweigern. Wenn ich bitten darf!"

„Wie haben Sie Wolfgang Ackermann kennen gelernt?", fragte Anna.

Renate blickte erneut in die tanzende Kerzenflamme. „Auf einem der großen Sommerfeste der Partei. Ich war über mich selbst überrascht, als ich ihm vorschlug, mich irgendwann mal zu einem Glas Wein zu treffen."

„Den habt ihr ja dann auch miteinander getrunken."

„Wunderschön", sagte Renate verträumt. „Und es wurde von Mal zu Mal besser."

Eine Weile herrschte Schweigen.

„Was hat es denn nun mit dem Geld auf sich", fragte Anna spontan. „Ich habe mit Herrn Ackermann gesprochen, aber er meinte, ich solle lieber Sie fragen."

Renate zog die Beine zu sich hoch auf das Sofa. Sie starrte auf einen imaginären Punkt an der Wand. „Ich hatte die Bank angerufen", murmelte sie schließlich. „Das Konto war aufgelöst. Das ganze schöne Geld war weg. Weg, weg, weg." Sie fing an zu summen. „Weg, weg, weg ..."

Ratlos beobachtete Anna das Schauspiel.

Nach kurzer Zeit hatte Renate sich wieder im Griff. „Tut mir leid." Sie lachte zittrig. „Aber dieses Thema trifft auch heute noch direkt meinen Nerv." Sie räusperte sich. „Also. Mein Vater starb ein paar Jahre vor meiner Mutter. Er hinterließ ihr alles. Als sie dann auch starb, habe ich geerbt, einziges Kind, wie sich das so gehört. Es war ein nettes Erbe von knapp vierhunderttausend Mark."

„Nett?", fragte Anna perplex. Eine so große Summe hatte sie noch nie in Händen gehalten.

„Nach der Beisetzung meiner Mutter erhielt ich von ihrem Anwalt einen versiegelten Brief. Mein Vater hatte ihn dort für mich deponiert, auszuliefern nach ihrem Tod. Ich fand den Verweis auf ein Schweizer Nummernkonto und ein Kennwort." Renate zündete sich eine Zigarette an, nahm zwei tiefe Züge und drückte sie heftig wieder aus. „Mein Vater hatte anderthalb Millionen auf dieses Konto beiseite geschafft, unversteuert und natürlich völlig illegal."

Anna schluckte vernehmlich.

„Und weil es so verflixt illegal war, hatte mein lieber Gatte das Geld damals mit meinem Einverständnis auf ein anderes Nummernkonto geschafft. Das Kennwort durfte ich mir aussuchen, um den Rest hat er sich gekümmert. Neues Kennwort, neues Spiel, neues Glück. Wir haben bisher nur wenig davon verbraucht, es sollte ja auch nicht auffallen. Außerdem hatte Harald ein gutes Einkommen und", Renate lachte freudlos auf, „er hat immer betont, dass es mein Geld ist und er nicht vom Geld seiner Frau schmarotzen will. Ein Mann voller Moral, mein Harald!" Sie begann wieder, auf einen imaginären Punkt an der Wand zu starren.

„Und?", fragte Anna tonlos.

„Und gar nichts. Am Tag, nachdem ich ausgezogen bin, habe ich bei der Bank angerufen. Das Nummernkonto war aufgelöst, das Geld auf ein anderes Nummernkonto überwiesen, und zwar telefonisch. Hätten Sie gedacht, dass das geht?"

Stumm schüttelte Anna den Kopf.

„Offensichtlich geht es. Allein das Kennwort scheint bei dieser Art Konto für eine solche Transaktion auszureichen. Wie ist denn die neue Kontonummer, fragte ich. Aber Madame, sagte entsetzt der Bankangestellte, das ist doch Bankgeheimnis!"

Anna schnaubte heftig durch die Nase. „Sie waren doch sicher beim Anwalt."

„Ja. Später dann, nachdem ich Herrn Ackermann endlich davon erzählt habe. Er war der Ansicht, ich solle das tun. Aber – wie Harald so treffend bemerkte – es ist wirklich schwierig, ein Geld einklagen, von dem ich weder nachweisen kann, dass es mir gehört noch, dass es überhaupt vorhanden ist."

„Was haben Sie denn versucht?"

„Ach", sagte Renate unwillig. „Wir haben mit dem Filialleiter der Berner Handelsbank gesprochen. Wir trugen ihm den Fall vor. Ich merkte an, dass ich schließlich beweisen kann, mit Harald verheiratet zu sein, der Herr von der Handelsbank verwies darauf, dass das Konto nicht auf einen bestimmten Namen geführt wird, sondern über Nummer und Codewort, und dass die Konteninhaber nicht namentlich bekannt wären. Mein Anwalt wiederum legte ihm die damalige Verfügung meines Vaters sowie Nummer und Codewort des vorhergehenden Kontos auf den Tisch, als Beweis sozusagen. Seitdem schlummert das Ganze in Bern bei der Rechtsabteilung."

Nachdenklich schaufelte sich Anna eine Hand voll Chips in den Mund. „Was passiert eigentlich mit dem Geld, wenn es Ihnen nicht rechtlich zugesprochen wird?", fragte sie kauend.

„Ich würde mal vermuten, auf lange Sicht hin betrachtet – gut für die Bank", sagte Renate ironisch.

Anna stand auf und reckte sich. „Es war ein schöner Abend. Wirklich! Sie haben mir so viel erzählt", sagte sie leise. „Ich weiß zwar noch nicht, wie das alles zusammen passt, aber ich werde drüber nachdenken. Auf jeden Fall habe ich einen ganz guten Eindruck bekommen, was für ein Mensch Ihr Mann war. Danke! Und jetzt fahre ich nach Hause."

Der Anrufbeantworter blinkte nicht. Der Kater wollte fressen. Anna machte sich eine Käseplatte, entkorkte einen Syrah und schaltete den Fernseher ein. Irgendwann wurde sie von spitzig knetenden Tritten auf dem Bauch geweckt. „Lass mich doch schlafen, Olli!", murmelte sie. Dann registrierte sie das Flackern des Fernsehers. „Nein nein nein, nicht schon wieder eine Nacht auf dem Sofa!"

Sie schubste das Tier von ihrem Bauch, kämpfte sich aus dem Sofa hoch, schaltete den Fernseher aus und tappte ins Schlafzimmer.

„Sie wissen also nicht, wie das Brecheisen dort hingekommen ist in Ihren Stallraum?"

„Nein", antwortete Marcel müde. „Das ist nicht mein Gerät. Ich benutzte den Stall als eine Art Keller. Mein Werkzeug befindet sich unter der Treppe zu meiner Wohnung in einem alten Schrank, und rechts stehen mein Fahrrad und ein paar alte Möbel. Den ganzen linken Bereich der Stallungen habe ich schon lange nicht mehr betreten. Ich weiß nicht, wo dieses Ding herkommt, und ich weiß auch nicht, wie lange es dort schon liegt. Aber mein Hund schläft nachts dort. Vielleicht kann der ihnen ja weiter helfen." Marcel schaffte es, ein zynisches Grinsen aufzusetzen. Dann schloss er die Augen und stützte den Kopf in seine Hände.

Geouffre musterte ihn kühl. Dieser Typ ging ihm auf den Geist mit seiner frechen Klappe. Aber ihm würde das Lachen schon noch vergehen. Wenn nur der Laborbericht endlich mal da wäre. Penner dort, allesamt! In seinem Magen klopfte es dumpf. Ein Schwall von Säure stieg in seiner Speiseröhre hoch. Er fischte ein Talcid aus seiner Schreibtischschublade und kaute es sorgfältig. „Sagen Sie", fragte er schließlich lauernd, „was ist eigentlich mit Ihrer Freundin, dieser kleinen Deutschen?"

Aufgeschreckt von der Frage riss Marcel die Augen wieder auf. „Was hat Frau Mandinsky damit zu tun?", fragte er aggressiv.

„Nun ja, Sie scheinen ja recht vertraut miteinander. Ist es nicht seltsam, dass ausgerechnet Ihre Kleine den Toten gefunden hat?"

„Was wollen Sie damit sagen?"

„Nun, vielleicht war sie es ja, die das Brecheisen bei Ihnen im Stall versteckt hat. Vielleicht haben Sie das Ganze ja auch zusammen geplant. Wo die Dame doch ebenfalls so in Sachen Käse engagiert ist."

Nicht auch noch Anna! Marcel versuchte, die wild in ihm aufkeimende Panik in Griff zu bekommen. Unter dem Tisch ballte er seine Hände zu Fäusten, bis die Knöchel ganz weiß wurden. Dann atmete er tief durch. „Wissen Sie was, Commissaire", sagte er schließlich betont langsam. „Wenn mein Anwalt wieder hier ist, können wir uns gerne weiter unterhalten. Bis dahin jedoch sage ich gar nichts mehr." Er schloss die Augen wieder.

Leicht fröstelnd in dem kühlen Raum wendete Anna vorsichtig die kleinen Maroilles in ihren Strohbetten. Sie prüfte Temperaturanzeiger und Feuchtigkeitsmesser. Zwanzig der Rotschimmelkäse legte sie auf den Rollwagen, auf dem sie gerade eine Lieferung zusammenstellte. Einem anderen Regal entnahm sie mehrere Munster und Livarots. Auch diese Rotköpfe wendete sie. Als sie den kleinen Kühlraum verließ, stellte sie nach einem weiteren prüfenden Blick auf den Feuchtigkeitsmesser für eine halbe Minute den Luftbefeuchter an, der zischend eine Wolke von kondensiertem Wasser von sich gab. Im Nachbarraum wuchtete sie die Emmentaler einen nach dem anderen aus dem Regal, roch an ihnen, beklopfte sie und horchte hinein wie bei einer reifen Melone. Man konnte es tatsächlich hören, ob ein Käse das korrekte Maß an Lochungen besaß und ob der Teig schon reif genug war. Zwei der fünfundvierzig Kilo schweren Laibe wählte sie aus und fügte sie der Sendung zu. Es mussten die reifsten, die besten Exemplare sein, wollten sie das Tiger-Restaurant als Kunden halten. „Ooohh", stöhnte Anna, als sie die übrigen Käse wieder in die Regale wuchtete. Mit jedem Balg wuchs ihr Respekt vor ihrer Schwester, die neben dem Zusammenstellen der Lieferungen auch noch die aufwendigen Pflegearbeiten an den zum Reifen gelagerten Käsen betrieb.

Birgits Erkältung kam ihr gerade recht, denn sie konnte sich verdammt noch mal auf nichts richtig konzentrieren. Es wirbelte in ihrem Kopf. Zwar tat ihr der Rücken weh vom vielen Bücken und ihre Arme waren schwer vom Heben der Laibe, aber sie machte weiter mit der Sturheit eines Maulesels.

Sie war sehr müde, und dennoch seltsam wach. Es war zu viel gewesen in der kurzen Zeit! Eine scharfsichtige Sekretärin. Ein einfach sehr sympathischer Mann. Eine seltsam vertraute Frau. Ein Mann, der sie aufwühlte. Und des Mordes verdächtigt.

Was war wahr? Sie wusste es nicht mehr. Sie hatte ihr Gespür verloren.

Harald: Scheint ein ziemliches Drecksschwein gewesen zu sein. Manipuliert. Geht fremd. (Na gut, das ist nun wirklich kein Argument!) Kann es nicht ertragen, dass seine Frau fremdgeht. Klaut Geld. Besticht und wird offenbar auch bestochen. Macht dafür beschissene Gesetze. Ist tot. Ermordet.

Marcel: Hat Schulden. Hat eine politische Vergangenheit. (Blöder Ausdruck! Hab ich auch!) Ist des Mordes verdächtig. Wegen dem Spruch. Und weil er Sprecher der Bauern ist. Und Kommunist. Aber Kommunisten sind keine Terroristen. Es ist absolut schön mit ihm im Bett. Warum zum Teufel ruft er nicht an. Bleib sachlich, Baby!

Renate: Sehr beeindruckend, irgendwie. Imponiert mir. Ruhig. Offen. Souverän. Die Macht des Geldes. Als hätte sie nichts zu verbergen. Hat sie? Warum sollte sie ihren Mann um die Ecke bringen? Sie hat ihre Wohnung. Sie hat ihren Freund. Sie hat zu sich selbst gefunden. Er störte doch gar nicht weiter. Außer, dass er ein Schwein war. Ihrem Liebhaber an den Kragen wollte. Ihr Geld geklaut hat ... Geld? Unvorstellbar, diese Summe!

Wolfgang: Ihn hat's ganz schön erwischt. Geschieht ihm recht, diesem Single per excellence. Er liebt sie, so einfach ist das. Da kommt er auch nicht raus. Jedenfalls zurzeit nicht. Hat er deswegen gemordet? Er hätte es tun können. Schließlich war auch er in Straßburg. Aber da ist dieses unglückselige Disziplinarverfahren. Getürkt, so viel ist klar. Nur: Wenn keiner zum Rehabilitieren da ist, nutzt es ja nun auch nichts. Und wer sonst sollte rehabilitieren wenn nicht der, der ihn da reingerissen hat?

Es passt alles nicht. Also doch Marcel. Das glaub ich einfach nicht. Marcel. Weich. Warm. Himmel Arsch! Nur nicht denken, einfach arbeiten, anschuften gegen die dumpfe seelische Erschöpfung, dieses seltsame Gemisch aus Sehnsucht, Verständnis, Angst, Warten und eigener Sturheit. Sie konnte nichts tun, das war das Schlimmste. Nicht denken, arbeiten. Diese Rastlosigkeit war zum Kotzen, dieses gedankliche Abdriften in andere Regionen, dieser gottverdammte Mistkerl!

Nicht, dass er ihr etwas getan hätte. Er hüllte sich nur mal wieder in Schweigen. Sie schuftete sich hier ab, mischte sich in das Leben sehr sympathischer Leute ein und wollte dringend über all das reden, was sie in Erfahrung gebracht hatte. Und er gab mal wieder kein Lebenszeichen von sich. Aber es war ja auch egal. Er würde nie richtig da sein einfach deshalb, weil er in ihr Leben hier ebenso wenig hineingehörte wie sie in sein Leben dort. Es würden zwei getrennte, voneinander unabhängige Leben bleiben, die sich nur ab und zu überschnitten. Genau so wollte sie es schließlich selbst, und genau damit kam sie nicht klar, schon jetzt nicht. Das war das ganze verdammte Scheiß Problem.

Stöhnend stemmte sie den ersten der Greyerzer aus dem Regal. Raus aus meinem Hirn, hau ab, mach dich vom Acker!

Mach diesch vom Acker, Chérie ... Weich klang Marcels Stimme in ihrem Ohr mit diesem unvergleichlichen französischen Akzent. Unwillkürlich musste sie lächeln. Oh nein! Hau endlich ab.

So arbeitete sie noch eine volle Stunde weiter, befühlte die Konsistenz eines jeden Camemberts und Bries, begutachtete die Färbung und wählte die Exemplare aus, die bereits rötliche Flecken aufwiesen, was auf einen hervorragenden Reifungszustand schließen ließ.

Schließlich schob sie die Ergebnisse ihrer Arbeit auf dem Rollwagen in den Raum, den sie hochtrabend das Auslieferungslager nannten. Belieferten sie Restaurants, ließen sie hier die Käse noch zwei Tage bei vierzehn Grad ruhen, um ihnen den allerletzten Reifungsschliff zu geben.

Langsam ging sie in den Raum zurück, in dem die Weichkäse lagerten, und sog prüfend die Luft ein. Sie starrte zu den Filtern hinauf, die unterhalb der Decke vor zwei dicken Rohren angebracht waren.

„Bist du wahnsinnig, ohne Jacke in den Kühlräumen zu arbeiten?" Die Schnupfenstimme ihrer Schwester drang durch die offene Tür zu ihr herüber. „Was machst du denn überhaupt so lange da drin?"

„Ich glaube, die Filter hier bei den Weichkäsen müssen gereinigt werden", rief Anna. „Die Luft ist so abgestanden, die Frischluftzufuhr scheint nicht in Ordnung zu sein."

„Weiß ich, darum kümmert sich Friedrich heute Nachmittag", krächzte Birgit. „Komm jetzt endlich raus da!"

Widerstrebend kehrte Anna in den Büroraum zurück. Erst jetzt merkte sie, dass sie vor Kälte zitterte.

„Was machst du bloß die ganze Zeit? Ich habe dir doch gesagt, dass nur die Camembert und die Reblochon wirklich heikel sind. Bist du scharf auf meine Erkältung?"

Sie warf ihr eine Jacke zu. „Ich mach dir einen Tee." Kopfschüttelnd verschwand sie in der kleinen Küche.

Anna ließ sich auf die nächstbeste Sitzgelegenheit plumpsen. Ihr Hirn war ebenso taub wie ihre Finger. Apathisch hing sie in dem abgewetzten grünen Sessel. Aus dem klapprigen Radio drang leise die Stimme eines Moderators. Den Song, der nun angespielt wurde, erkannte sie bereits an den ersten drei Tönen. Aber sie war zu erschöpft, um sich aufzuraffen und das Radio auszuschalten. Stings weiche, zärtliche Stimme setzte eine Flut sehr weicher, sehr zärtlicher Bilder in ihr frei.

Resigniert registrierte sie, dass er schon wieder da war.

„Wo zum Teufel bleibt der beschissene Laborbericht", fluchte Geouffre. „So schwer kann es doch nicht sein, dieses Zeug da an dem Brecheisen zu analysieren!"

„Sie haben viel zu tun. Außerdem werden sie das Gerät gleich mit der Schädelfraktur vergleichen. Es steht für heute Nachmittag im Plan, spätestens morgen wird der Bericht vorliegen." Anette beobachtete prüfend ihren aufgebrachten Chef. „Ich glaube übrigens nicht, dass er es war. So blöd kann niemand sein, die Mordwaffe so lang in der eigenen Wohnung zu liegen zu lassen."

„Glauben, glauben", zischte Geouffre. „Wir sind hier nicht in der Kirche!"

Anette wurde blass. Augenblicklich verschloss sich ihr Gesichtsausdruck. Sie wollte etwas erwidern, aber ein Klopfen unterbrach sie dabei.

„Besuch für Sie." Die Sekretärin steckte ihren Kopf durch die Tür. „Ein Monsieur Brunel möchte Sie sprechen."

„Hmmm", knurrte Geouffre. „Der Alte vom Hof? Soll rein kommen."

Unbehaglich ließ sich Brunel auf dem Rand des Besucherstuhles nieder. Er nahm seine Mütze vom Kopf und strich sich das schlohweiße Haar wieder glatt. „Ich möchte eine Aussage machen, Commissaire", begann er.

Geouffre hatte sich mittlerweile wieder beruhigt. „Ja?", fragte er kühl.

Verlegen drehte Brunel seine Mütze zwischen den Händen. „Mein armer Junge! Ich konnte die ganze Nacht nicht schlafen. Da war etwas, aber es war nicht greifbar für mich, verstehen Sie? Mein Gedächtnis ist nicht mehr das Beste."

Geouffre trommelte ungeduldig mit den Fingern auf die Schreibtischkante.

„Ich verstehe das gut", mischte Anette sich ein. „Manchmal passiert mir das auch. Es ist einfach weg, und je mehr ich mich darauf konzentrieren will, umso dunkler wird das Ganze. An was haben Sie sich denn nun erinnert, Monsieur Brunel?" Aufmunternd lächelte sie ihn an.

„Es ist bestimmt schon ein paar Monate her", sagte Brunel erleichtert. „Und ich habe einfach vergessen, dass ich es da hingestellt habe. In den Stall! Ich weiß auch nicht warum, da gehört es nämlich gar nicht hin." Ärgerlich schüttelte er den Kopf. „Mäuse sind ja irgendwie normal auf so einem Hof. Will man da nicht mit Gift hantieren, hat man keine Chance. Man kann sie nur mit Fallen aus den Wohnungen und den Gewölben raus halten. Aber dass sich solche Biester bei uns herumtreiben, wollte ich nun wirklich nicht dulden, schon gar nicht wegen dem Baby. Ich hatte gerade einen Pfeiler am Hoftor ausgetauscht, er war ganz morsch gewesen. Da rannte dieses Vieh an mir vorbei, fett und groß. Ich hab einfach drauf geschlagen und den Kadaver in die Mülltonne geworfen. Mon Dieu, es ist doch bloß Rattenblut, mehr nicht!"

„Ich fand es schon spannend, wie sie mir das alles erzählt hat. Sie gefiel mir."

„Weswegen war sie denn nun überhaupt in Straßburg?", fragte Frauke.

„Sie hat ihren Mann getroffen." Anna zog bedeutsam beide Augenbrauen in die Höhe. „Eine hübsche kleine Erpressung, das hat sie da abgezogen."

„Das klingt nicht sehr nett!"

„Ich kann sie verstehen. Sie hatte Fotos gemacht. Die hat sie mir dann auch gezeigt. Ziemlich eindeutig. Ihr Mann, wie er Geld an einen Berater des französischen Ministers gibt. Er hat ihn bestochen, verstehst du!"

„Aus eigener Tasche? Was soll er denn davon gehabt haben?" Frauke schüttelte verwundert den Kopf.

„Natürlich nicht. Frau Schreiber sagte, seine Kontakte zur deutschen Käseindustrie seien im letzten halben Jahr sehr intensiv gewesen. Er wird sich schon ein Stängchen Geld mit diesem Gesetzesentwurf verdient haben." Anna gab Milch in ihren Kaffee und rührte ihn um. „Für die deutsche Käseindustrie ist diese Verordnung hochinteressant. Schließlich wird damit sehr legal lästige Konkurrenz ausgeschaltet."

„Das macht Sinn." Frauke nickte langsam. „Also damit hat Frau Schreiber ihren Mann erpresst."

„Sie hat ihm einfach die Fotos unter die Nase gehalten und ihre Bedingungen gestellt."

„Die Nerven hätte ich nicht." Frauke schauderte.

„Nicht wahr? Und deswegen hat sie mir auch so imponiert. Sie drohte, dass sie einen riesigen Skandal aufwirbeln würde. Sie erwartete seine Antwort am nächsten Tag, gleiche Zeit, gleicher Ort. Leider kam er nicht. Er war nämlich bereits tot."

„Seltsame Geschichte." Nachdenklich spielte Frauke mit einem Ring am Finger herum.

„Wirklich merkwürdig," stimmte Anna zu. „Plausibel, und dennoch ... Aber sie ist nicht die Einzige, die mich verunsichert." Plötzlich sah sie ganz verloren aus. „Der Mistkerl meldet sich mal wieder nicht."

„Warum rufst du nicht selbst an?"

„Ich kann nicht. Je länger die Zeit vergeht, desto weniger kann ich. Ich denke, wenn er sich nicht meldet, dann... Ach, ich weiß auch nicht. Ich habe Angst, zu komplizieren. Zu viel Schwergewicht reinzubringen." Mit vager Geste beendete sie den Satz.

Aufmerksam beobachtete Frauke ihre Freundin, die mit untergeschlagenen Beinen und bedrücktem Gesichtsausdruck auf dem blauen Sofa hockte. „Du machst dir da ja ein seltsames Problem!"

„Wieso?", fragte Anna aggressiv und runzelte unwillig die Stirn.

„Hey, du wolltest darüber reden, nicht ich! Nicht, dass es mich nicht interessieren würde – aber das möchte ich doch klar stellen, ehe du mir an die Gurgel gehst."

„Ist ja in Ordnung." Anna lächelte zerknirscht. „Ich kann es einfach nicht akzeptieren, dass mich ein Mensch so aus dem Gleichgewicht bringt, verdammt noch mal. Das macht mich zornig!"

Frauke lachte los und schmatzte Anna einen Kuss durch die Luft zu. „Du bist vielleicht bescheuert!" Dann wurde sie wieder ernst. „Ist doch schön, dass dir jemand nahe geht. Du willst Gefühle, ohne dass du sie bemerkst, Liebe, ohne dass sie dich berührt. Das eine ist ohne das andere nun mal nicht zu haben!"

„Wer redet denn hier von Liebe!", rief Anna wütend.

„Na du." Frauke verdrehte die Augen. „Entschuldige, dass ich dieses unaussprechliche Wort überhaupt in den Mund genommen habe." Ironisch fuhr sie fort. „Du bist wirklich ein harter Brocken. Du und deine ach so geschätzte Ruhe. Hast du dir eigentlich mal überlegt, dass es vielleicht gut sein könnte, wenn dich da einer gründlich rausrüttelt?"

Trotzig funkelte Anna Frauke an. Die konterte mit einer aufmerksam in die Höhe gezogenen Augenbraue und spöttischem Blick. Schließlich zuckte es um Annas Mundwinkel. Sie fing an zu grinsen. „Ich hasse es, dass du immer so recht haben musst. Danke, du Stinkstiefel!"

Den Absender erkannte Anna schon an der verschnörkelten Handschrift. Hugo. Er schreibt reichlich oft in letzter Zeit. Pfeifend stieg sie die Treppen hoch, schloss die Wohnungstür auf und schleuderte ihre Schuhe mit gekonnter Drehbewegung der Füße direkt vor das Schuhregal. Dann riss sie den Brief mit dem Zeigefinger auf, so dass sich eine unordentlich gezackte, ausgefranste Linie bildete, und ließ sich in ihren Sessel fallen.

Anna, ma chère.
Ihr rüder Käsebauer steht unter Mordverdacht an diesem Monsieur Schreiber, das ist ja entsetzlich. Der arme Mann wurde in Straßburg ermordet an dem Wochenende der großen Demonstration, vermutlich haben Sie das gar nicht mitbekommen.

„Warum so aufgeregt, Hugo, das weiß ich doch alles!", murmelte Anna.

Ich lege Ihnen die Kopie eines Artikels bei.
Anna, ich mache mir aufrichtige Sorgen um Sie! Dieser Mann – es scheint sich ja zu bestätigen – hat sich nicht unter Kontrolle, und ohne Ihnen zu nahe treten zu wollen, beherzigen Sie meinen Rat und machen Sie lieber einen Bogen um ihn. Er tut Ihnen nicht gut und ist, falls das stimmt, was in der Zeitung steht, gefährlich. Aber ich bin mir sicher, dass Sie sich selbst ein Urteil bilden können...

Was faselt er da? Unwillig die Stirn runzelnd ließ Anna den Brief fallen. „Er tut Ihnen nicht gut", äffte sie nach.

Sie zog die Knie eng an den Körper und rollte sich in dem wulstigen Sessel zusammen. Komm her zu mir, ganz dicht, noch dichter, nur liegen, atmen, trinken deinen Duft und deine warme Haut, nur spüren deinen Herzschlag, meinen Herzschlag, satte Rundheit, Lust und Leichtigkeit und Heiterkeit und Netze eng versponnener Gedanken. Rühr dich nicht, bloß kein Wort jetzt, nur atmen, trinken, denn bald, sehr bald, ach, viel zu bald schon muss ich wieder geh´n.

Jetzt werde ich auch noch poetisch! Verlegen rieb sie sich die Nase. Wo ist die Freundin, die ich jetzt so gut brauchen könnte. Die liebe Freundin fliegt gerade auf die Kanaren. Mit Rainer. Faulenzen im heißen Sand.

Mit einer energischen Bewegung schwang Anna die Beine aus dem Sessel, verschränkte die Hände im Nacken und dehnte sich. Er tut mir nicht gut? Ach Hugo, er tut mir so was von verdammt gut, dass ich laut Scheiße schreien könnte. Du nimmst dir ein bisschen viel heraus, mein Lieber, findest du nicht?

Sie fischte den Brief vom Teppich auf, überflog ihn noch mal und entfaltete den beigefügten Artikel. In den verwaschenen Grautönen eines Kopierers, dem es an Toner mangelte, starrten ihr zwei Gesichter entgegen, verschwommen und surrealistisch entstellt durch grobporiges Zeitungspapier. Das eine Gesicht war ihr unbekannt, das andere so verfremdet, dass sie es nur schwer mit dem Marcel in Einklang bringen konnte, den sie kannte.

Im Mordfall Schreiber ist die Polizei ein gutes Stück weiter gekommen. Gestern Morgen wurde Marcel Fouchard auf seinem Hof am Petit Hohneck unter dem dringenden Verdacht festgenommen, die Tat begangen zu haben. Marcel Fouchard ist einer der Anführer der Protestbewegung gegen die anstehenden EU-Reformen zur milchwirtschaftlichen Produktion und hielt sich an dem betreffenden Wochenende im Zuge der Großdemonstration in Straßburg auf. Ob die Tat einen terroristischen Hintergrund hat, wird zurzeit noch überprüft.

Schon wieder verhaftet? Diese verfluchten Arschlöcher! Und wenn die jetzt noch einen Bogen zu terroristischem Umfeld hinbasteln, wird's vollends gefährlich.

„Sicher ist es nur eine Magenverstimmung, Madame. Beruhigen Sie sich doch." Anna lächelte süffisant. „Tut ihm nur gut, mal etwas weniger zu essen."

„Aber er isst überhaupt nicht mehr. Nicht zwei Tage wie bei einer Virusinfektion, sondern schon viel länger. Manchmal nimmt er ein paar Bissen, aber ein Großteil des Essens geht immer zurück. Meistens rührt er gar nichts an, nicht einmal meine Mousse au Chocolat, die er immer so gelobt hat. Das müssen Sie sich mal vorstellen. Er spricht auch nicht. Er schimpft nicht mal mehr mit mir!" Madame Fissoud weinte fast.

„Hmmm." Bedächtig kraulte Anna den schnurrenden Olli unter dem Kinn. „War er denn beim Arzt?"

„Nein, er will nicht. Wenn ich ihm das vorschlage, schüttelt er nur den Kopf und starrt wieder vor sich hin. Stundenlang hockt er vor seinem Aquarium oder in der Bibliothek und tut gar nichts. Mademoiselle!"

Die Frau übertreibt sicher maßlos. Aber seltsam klingt das alles schon. Anna gab sich einen Ruck. „Na gut, ich werde morgen kommen."

Aber vorher würde sie nach Straßburg fahren und diesem Commissaire Geouffre die Meinung sagen. Terroristischer Hintergrund. Lächerlich! Für wie blöd hielt der sie eigentlich? Sehr clever, der Gedanke, wirklich! Aber vielleicht durfte sie wenigstens mit Marcel sprechen.

„Wenn Sie gestern hier aufgetaucht wären, hätte ich Sie hochkant wieder raus geschmissen."

„Warum?", fragte Anna überrascht.

„Sie haben mir nicht gesagt, dass Sie mit Marcel Fouchard zusammen sind!" Eine steile Falte bildete sich zwischen Anettes Augenbrauen. „Was glauben Sie wohl, wie es mir ging, als ich das gehört habe. Niemals hätte ich Ihnen diese Informationen geben dürfen!"

„Aber ich dachte, das wüssten Sie!" Anna war empört. „Ihr Vorgesetzter hat uns doch zusammen gesehen. Was kann ich dafür, dass er das nicht sofort weiter gibt! Haben Sie Ärger bekommen?"

„Nein." Müde schüttelte Anette ihren Kopf. „Ich habe es vor mir her geschoben, mit ihm darüber zu sprechen. Dann kam diese Hausdurchsuchung. Und dann dieses blutverschmierte Brecheisen. Als das gefunden wurde, konnte ich es erst recht nicht mehr sagen."

Wovon redet die denn bloß! Anna, nun mehr irritiert als empört, hielt lieber den Mund. Sie registrierte, dass ihr Gegenüber völlig übernächtigt aussah.

„Als der Alte dann erzählt hat, dass er für die Sache mit dem Eisen verantwortlich ist, fiel mir ein Stein vom Herzen."

„Sprechen Sie von Brunel?"

„Ja. Wir warten nur noch auf die Bestätigung vom Labor, dann kann Ihr Freund wieder raus. Er hat echt mehr Glück als Verstand gehabt."

„Sie wissen also, dass Marcel es nicht war?" Eine Welle von Erleichterung flutete durch Annas Körper.

„Ich habe es ohnehin nie vermutet. Aber mein Chef hatte sich so darauf kapriziert." Anette griff sich mit Daumen und Mittelfinger an die Nasenwurzel und massierte sie leicht. Dann murmelte sie. „Dieser handgefertigte Käse, der dem Toten in den Mund gestopft war. Und diese Mayonnaise an der Wand. Ich bin mir sicher, dass ein Mann wie Marcel Fouchard so etwas nicht machen würde. Das ist zu kindisch für ihn."

Anna blieb der Mund offen stehen. Mit bleichem Gesicht starrte sie Anette an, die sich immer noch die Nasenwurzel massierte. Dann sprang sie auf. „Ich habe noch was zu erledigen", stammelte sie und stürzte aus dem Raum.

Sie fand ihn zusammengesunken in seinem Lehnstuhl sitzend. Entsetzt registrierte sie die teigige Haut, die Ringe unter den Augen und die Apathie, die er um sich verbreitete. Anna wusste nicht, wie sie jetzt weiter vorgehen sollte. Sie ließ sich neben dem Stuhl in die Hocke nieder und nahm seine kalte, feuchte Hand.

„Hugo", sagte sie schließlich leise und streichelte ihn. „C'est moi, Anna. Ich muss mit Ihnen reden!"

Flüchtig sah er sie an, um sofort wieder vor sich hin zu starren.

Sie streichelte weiter seine Hand, konnte ihm aber keine Reaktion entlocken. Ratlos verharrte sie in dieser unbequemen Haltung.

Nach einiger Zeit schliefen ihr die Beine ein. Sie versuchte, eine angenehmere Position zu finden.

Tölpel, fluchte sie leise, als sie mit dem Fuß gegen den kleinen Tisch stieß, der neben Hugos Sessel stand. Ein Stapel von Zeitungsausschnitten, bisher auf der unteren Ablage des Tisches gut verborgen, kam ins Rutschen und schlidderte über das Parkett. Mechanisch raffte sie die Blätter zusammen, um sie wieder auf den Tisch zu legen. Da blieb ihr Blick an dem Foto hängen.

Sie verharrte in der Hocke, fassungslos auf den Ausschnitt starrend. Denn mit derben Strichen war um den Hals ein dicker Strick gelegt, fest verknotet und andeutungsweise in die Höhe gezogen. Auch wenn die Kopfhaltung nicht der eines Gehenkten entsprach, war es dennoch grotesk und schaurig in seiner Wirkung. Blicklose Augen, mit einem Stift aus den Höhlen gestochen; ein roter Faden rann aus dem Mund, tropfte neben dem Hals hinunter und lief mitten in den Buchstaben des Artikels zu einer blutigen Pfütze zusammen. So stümperhaft das Ganze durchgeführt war, die Intention war grauenerregend in ihrer Deutlichkeit. Es war das Zeitungsfoto von Marcel.

Sie spürte, wie ihr das Blut aus dem Gesicht wich. Gott, wie schrecklich ... warum fällt mir bloß das Wort Gott jetzt ein ... diese Floskel ist wirklich nicht tot zu kriegen...

Intuitiv erkannte sie jetzt die Zusammenhänge, aber etwas in ihr weigerte sich, sie zu akzeptieren. Hilflos suchte sie Hugos Blick. Sag was, flehte sie stumm. Erkläre das, verdammt noch mal! Er aber saß nach wie vor still und grau in seinem Sessel.

„Hugo..." Sie musste sich räuspern, um die Beklemmung in ihrer Kehle zu vertreiben. „Hugo, warum?"

Langsam wendete er den Kopf zu ihr. Schockiert erkannte sie in seinen geröteten Augen den Ausdruck großen Leides. Immer noch fest seine Hand umklammernd wurde ihr bewusst, dass nicht sie

Trost brauchte, sondern er. Und dass er etwas Ungeheuerliches getan hatte.

„Warum, Hugo?", fragte sie leise.

Endlich sprach er. „Du bist fortgegangen mit ihm. Er hat dich berührt."

„Was?" So ein Mist. Das darf doch nicht wahr sein!

„Es tat so weh."

Wie schwülstig. Wie platt. Wie unglaublich platt. Sie wurde wütend. „Das soll der Grund sein? Deswegen bringt man doch niemanden um! Und was sollte das bringen? Das ist einfach so was von idiotisch, das kann doch nicht dein Ernst sein." Ohne nachzudenken verfiel auch sie ins vertrauliche Du.

Ihr Zorn weckte Hugo aus seiner traurigen Apathie. „Natürlich nicht deswegen", sagte er würdevoll. „Aber ich habe an diesem Samstag damals noch einmal mit meinem Informanten gesprochen. Fabian hatte seine Empfehlung an den Minister weitergegeben. Und der hat seine Abgeordneten entsprechend instruiert. Montag sollte die Abstimmung sein. Und das Ergebnis hing in der Tat an einer einzigen Stimme. Warum nicht an der dieses unglaublich dummen Deutschen!" Verächtlich schnaubend versetzte er sein Doppelkinn in schwingende Bewegung. „So ein Unsachverstand. Es ist empörend, so einen Unfug durchsetzen zu wollen. All die herrlichen Käse. Diese cremigen kleinen Gaumenfreuden. Diese zarten, verführerischen Köstlichkeiten!"

Anna sah ihn fassungslos an. „Das ist dumm. Das ist einfach unglaublich dumm. Der nächste steht doch schon in den Startlöchern! Wie konntest du nur denken, dass das eine Lösung sein kann?"

„Die Lösung war nicht schlecht!", herrschte Hugo sie an. „Deinen Marcel habe ich ganz schön am Haken zappeln lassen. Zwei Fliegen mit einer Klappe, was für eine wunderbare Gelegenheit." Verträumt fuhr er fort: „Und beinahe hätte es geklappt. Weißt du, ich liebe dich. Fast noch mehr als meine *petits fromages*." Er sah sie an aus seinen kleinen, geröteten Augen. „Warum bist du gekommen, Anna?"

Wie schrecklich. Das ist absurd. Das ist einfach nur absurd! Dennoch musste Anna schlucken. „Ich habe mir Sorgen gemacht. Madame Fissou hat mich angerufen. Und dann hat mir diese Polizistin in Straßburg von dem Munster erzählt, und von der Mayonnaise. Ich war schrecklich beunruhigt. Du bist doch mein Freund!" In ihren Augen begann es, zu schwimmen. „Wir haben so wunderbar miteinander gegessen." Jetzt liefen ihr Tränen über die Wangen. „Das war doch gut so", flüsterte sie.

Als Hugo ihre Linke tätschelte, merkte sie, dass sie immer noch seine Hand hielt.

„Du hast recht, es hätte nichts gebracht, nicht wahr? Vielleicht hätte ich die Käse behalten können, aber dich nicht."

Mit dem Handballen wischte sie sich ein paar Tränen ab. „Ich hätte dich besucht, Hugo, wie immer."

Ablehnend schüttelte Hugo den Kopf. „Das reichte nicht mehr. Nicht, nachdem ich dich mit diesem Kerl gesehen habe. Es tat so weh, verstehst du." Dies kam ganz ohne Schwulst.

Liebesschmerz. Davon kenne ich was, dachte Anna. Fast augenblicklich wurde ihr klar, dass das nicht stimmte. Denn ihr Schmerz basierte auf der Sehnsucht nach etwas, das sie immerhin ab und zu rundum genießen konnte. Sie litt an Erfüllung, Hugo an Aussichtslosigkeit. Als solches war ihr Leiden höchst luxuriös. Vernehmlich zog sie die Nase hoch.

„Und jetzt geh!" Mild lächelte Hugo sie an.

Benommen rappelte sich Anna vom Parkett hoch. „Was sollen wir jetzt bloß tun?", fragte sie kleinlaut. Dann schüttelte sie Hugos Arm. „Du kannst doch die

Schuld nicht einfach auf Marcel abwälzen!" Ihr Zorn verflog genauso schnell wieder, wie er gekommen war.

„Ich werde mich um alles kümmern." Hugo stand ebenfalls auf, legte seinen Arm um ihre Schulter und führte sie zur Tür. „Ich brauche nur noch ein paar Tage Zeit. So lange wird es dein Marcel im Gefängnis schon noch aushalten. Du kannst mir vertrauen."

Sie weinte hemmungslos. Saß in ihrem Auto auf einem schmalen Weg mitten in den Weinbergen bei Wissembourg und weinte. Heulte um die Freundschaft, die sie verloren und um die Liebe, die sie gewonnen hatte. Weinte um die Ungleichzeitigkeit von Gefühlen, um die Vergänglichkeit von Liebe und Leidenschaft, um die Angst, die dies in ihr auslöste und um die Stärke, die sie sich dauernd abverlangte.

Es wurde dunkel. Feuchtigkeit stieg auf und drang ihr in die Knochen. Sie zog sich noch einen weiteren Pullover über und rollte sich, in ihren Mantel gehüllt, auf den Vordersitzen ihres Autos zusammen. Die Gangschaltung drückte ihr gegen die Hüfte, das Lenkrad bohrte sich hart in die Schulter. Trotzdem schlief sie ein.

Als sie aufwachte, war es so finster, dass sie einen Moment lang nicht wusste, wo sie sich befand, und was mit ihr los war. Die Knochen taten ihr weh, als wäre sie verprügelt worden. Eingefroren in dieser fötalen Stellung auf den Autositzen schien ihr das Kreuz zu brechen, während sie sich stöhnend aufrichtete. Dann kehrte auch noch die Erinnerung zurück. Sie kam sich unsäglich beschissen vor.

Marcel... Die Intensität ihrer Sehnsucht erschreckte sie und rief intuitiv heftige Abwehr hervor. Sie wollte ihn jetzt nicht sehen. Nicht jetzt und nicht so. Irgendwann später, vielleicht. Hiermit sollte sie besser allein fertig werden.

Wissembourg, den 20. Oktober

Sehr geehrte Damen und Herren,
ich, Hugo Rouvillion, wohnhaft in Wissembourg zu der o.g. Adresse, bekenne mich hiermit schuldig des Mordes an Harald Schreiber, Commissaire der Europäischen Kommission.

Am Samstag, den 5.10. habe ich ihn gegen ca. 18 Uhr 30 in einer schmalen Gasse in Straßburg (deren Namen ich bedauerlicherweise nicht kenne, aber sie lag nahe der Rue des Poules), erschlagen.

Sie finden die Mordwaffe in meinem Haus in Wissembourg in der Diele in dem Schirmständer, es ist ein Spazierstock mit einem silbernen Knauf in Form eines Vogelkopfes, ein Erbstück meines Großvaters. Ich habe ihn oberflächlich gereinigt, aber es werden sicher noch relevante Spuren daran zu finden sein.

Wenn ich mich recht erinnere, habe ich den ersten Schlag von rechts hinten geführt, woraufhin der Herr nach vorne auf Hände und Knie fiel. Er versuchte, wegzukriechen, und ich habe noch einmal zugeschlagen, von oben auf den Hinterkopf.

Zur Sicherheit, damit er noch eine Weile liegen blieb, habe ich ihm noch einen dritten Schlag versetzt, wohl auch auf den Hinterkopf. Ich wollte Zeit gewinnen, um ihm den Käse in den Mund zu stecken und den Spruch an die Wand zu malen. Der Spruch lautet 'La bureaucratie, elle tue nos fromageries!' Das ist der Spruch, der bei der Demonstration als Parole ausgegeben wurde.

Es spielt natürlich keine Rolle, aber ich wollte den Mann nicht töten. Ich wollte ihm lediglich einen Denkzettel verpassen. Warum, das werde ich später noch ausführen.

An diesem Samstag bin ich dem Monsieur Schreiber vom Hotel Regent Petite France aus gefolgt, seit er sein Zimmer am frühen Nachmittag verlassen hat. Ich selber hatte dort ebenfalls ein Zimmer, zwei Nächte lang, Sie können das überprüfen.

Wenn Sie mich nun nach dem Motiv fragen, so kann ich nur sagen, dass es der Käse war. Ich liebe diese Vielzahl der kleinen, bäuerlichen Produkte in ihrer individuellen Note. Dieser Mann, Harald Schreiber, hat sich dafür eingesetzt, diese wunderbaren Köstlichkeiten zu reglementieren und damit zu vernichten. Er steht mit all seiner Ignoranz, seinem Unsachverstand und seiner Dummheit für diese entsetzliche Tendenz unserer Zeit, die Individualität der Überprüfbarkeit einer Norm zu opfern. Es ist ein politisches Phänomen, das mich zutiefst erschüttert.

Ich empfinde es als erschreckend unsinnig, solche Gesetze zu planen und durchzusetzen, die die Lebensfreude der Menschen um ein Erhebliches reduzieren.

Aber bedenken Sie bitte, dass ich ihn nicht töten wollte. Einen Denkzettel sollte er erhalten, nachdem er mich auf rüde Weise einfach hat stehen lassen wie einen kleinen Schuljungen. Ich wollte lediglich mit ihm reden, um ihm die Unsinnigkeit seines Handelns klar zu machen. Deshalb bin ich ihm gefolgt von unserem Hotel aus. Als ich ihn dann auf der Straße vor dem Café ansprach, in dem er sich mit einer Frau gestritten hatte, hat er mich einfach stehen gelassen. Er hat mir nicht zugehört. Er wollte sich nicht einmal auseinandersetzen mit dem Schwachsinn, den er da verbreitet.

Ich bin ihm weiter gefolgt, weil ich so empört war. Dann gerieten wir an den Rand dieses ganzen Tumultes mit der Demonstration, und er begann zu laufen. Ich holte ihn in besagter Gasse ein und wollte ihn einfach nur stoppen. Deshalb habe ich zugeschlagen. Ich habe ihm den Käse in den Mund gestopft und den Spruch an die Wand gemalt. Das sollte ihm zu denken geben, wenn er wieder aufwachte.

Noch einmal möchte ich betonen, dass ich ihn nicht töten wollte. Ich wollte ihn lediglich aufhalten. Dennoch empfinde ich keine Scham, keine Reue. Denn dieser Gesetzesentwurf, der seiner Feder entsprang, würde die Menschheit verarmen lassen. Dummheit kann man nur stoppen, indem man sich ihr in den Weg stellt. Ich, Hugo Rouvillion, habe die Ignoranz und die Dummheit bestraft.

Ich bestätige also hiermit, dass dieser Mann, den Sie verhaftet haben, unschuldig ist. Fragen Sie ihn nach der Mordwaffe. Fragen Sie ihn nach der Farbe, mit der der Spruch über dem Toten an die Wand gemalt wurde. Er wird es nicht wissen.

Ich aber weiß es. Es ist mein Spazierstock, und es ist der Inhalt einer Tube Lachs-Mayonnaise (genauer gesagt Lachs-Dill-Zitronen-Mayonnaise), den Sie dort über der Leiche als Spruch gefunden haben. Diese Mayonnaise gibt es nur in wenigen Läden, zum Beispiel in diesem kleinen Feinkost-Laden an der Rue de l'Homme de Fer, es ist ein wundervolles Geschäft, und keine andere Mayonnaise kann ihr das Wasser reichen. Sie müssen sie wirklich einmal probieren, ebenso wie den hervorragenden handgefertigten Munster. Ein Gedicht, dieser Käse. Auch ihn finden Sie in diesem Feinkostladen.

Sie werden es ohnehin herausbekommen, deshalb erspare ich Ihnen die Mühe: Mein Haus habe ich Mademoiselle

Anna Mandinsky überschrieben. Ein Erbe, das so bedeu-
tend nicht ist. Anna Mandinsky, eine Frau, die ich liebe,
weil sie mir Freude, Freundschaft und menschliche Wär-
me geschenkt und dadurch mein Leben bereichert hat.
Finden Sie es schwülstig oder nicht, mir ist das gleichgül-
tig: Sie war die Sonne in meinem Herzen und der Cham-
pagner in meinem Geist.

Sie brauchen sie nicht zu überwachen, ich werde der
Versuchung widerstehen, mit ihr Kontakt aufnehmen.
Denn, so schmerzhaft dies auch für mich ist, mich liebt sie
nicht. Die Liebe kann für den, der liebt, eine erschreckend
verbindliche und grausam ungleichzeitige Angelegenheit
sein.

Wie dem auch sei, ich liebe sie trotzdem und möchte,
dass es ihr gut geht. Das Haus ist nur ein morbider alter
Kasten voll des charmanten Moders, der Hirngespinste
und des knarrenden Eigenlebens, wie sie einmal so tref-
fend formuliert hat. Die Verfügung ist von meinem Notar
beglaubigt. Alles Halsabschneider, unter uns gesprochen.

Sie brauchen sich nicht zu bemühen. Mich werden Sie
nicht finden. Wenn Sie diese Zeilen erreichen, werde ich
schon längst irgendwo im europäischen Ausland sein und
das Verlassen dieses Kontinents unter einem anderen
Namen vorbereiten. Sie selber wissen, dass das so schwer
nicht ist. Sie haben keine Chance. Natürlich bin ich nicht
so dumm, ein Flugzeug zu benutzen. Oder vielleicht
doch?

Über die nötigen Mittel verfüge ich, sie werden reichen,
mir mein Leben – wenn auch einfach, so doch vergnüglich
– zu gestalten. Ich habe die antiquierte, aber nichts desto
trotz sehr nützliche Marotte meines Großvaters über-
nommen, den guten alten Sparstrumpf sicherer zu finden
als jede Bank. Dies ist natürlich bildlich gesprochen. Ich
schmeichle mir, sagen zu können, dass ich klug und alt-
modisch genug war, in Gold zu investieren und dies bei

mir im Haus aufzubewahren. Gold ist ein wunderbares Metall! Es sind keine wahrhaft aufregenden Schätze, aber es wird reichen, mir den Rest meines Lebens zu dienen, denn ganz jung bin ich ja nun auch nicht mehr. Ich wollte immer schon etwas von der Welt sehen, war jedoch stets zu träge, dies in die Tat umzusetzen.

Also, meine sehr verehrten Damen und Herren, bemühen Sie sich nicht. Es macht nur Arbeit und wird Sie nicht zum Erfolg führen. Ich bin nicht gefährlich, und ich morde nicht, weil ich Lust daran finde. Es war ein Versehen, ein Irrtum - nichts, was ich jemals auch nur annähernd wiederholen möchte.

Machen Sie sich ein schönes Leben und lassen Sie mich einfach in Ruhe.

Hochachtungsvoll
Ihr Hugo Rouvillion

„Ich kann Ihnen Entwarnung geben, Frau Schreiber."
Renate atmete tief durch. Eine immense Last fiel
ihr von der Seele. Sie ließ den Telefonhörer sinken,
aber Geouffres Stimme veranlasste sie, ihn wieder
ans Ohr zu heben.

„Wir haben einen Bekennerbrief bekommen. Es
war ein französischer Feinschmecker, der sich über
die geplanten Maßnahmen der EU empört hat. Wir
haben den Brief natürlich geprüft. Die Indizien waren – wenn auch etwas verrückt – so doch eindeutig.
Er hat ein paar Details genannt, die nur der Mörder
wissen konnte. Und die Mordwaffe haben wir auch
nach seinen Angaben gefunden. Bedauerlicherweise
hat er sich ins Ausland abgesetzt."

„Danke", sagte Renate trocken. „Auf..." Abrupt
unterbrach sie sich und lachte los. „Oh nein, bloß das
nicht! Leben Sie wohl, Commissaire!"

Es war ein skurriler Anblick, der nur deshalb wenig Aufmerksamkeit erregte, weil ohnehin nur die seltsamen Gestalten der Aussteiger und Langzeitreisenden aus aller Welt sich an diese einsame Stelle der Welt verirrten. Auf dem Wasser trieb ein mächtiger Berg gestreiften Lycras, voluminös hoben sich üppige Hinterbacken unter blauweißen Ringeln hervor, in zwei nicht minder geringelte feiste Schenkel auslaufend. Ein riesiger Strohhut schwebte auf der Wasseroberfläche und markierte die Stelle, an der sich der Kopf befinden musste. Ächzend unter der Last tauchte die Luftmatratze tief ein in die azurblaue, zart gekräuselte Dünung der Lagune.

Träge bewegte Hugo erst seinen rechten, dann den linken Fuß und trudelte, angetrieben durch die Gummiflossen, die sich seltsam zierlich an diesem kolossalen Körper ausnahmen, in sanfter Bewegung der Riffkante entgegen. Gleichmäßig durch den Schnorchel ein und ausatmend beobachtete er das rege Treiben unter sich, bewunderte die durchsichtigen Schulen von Flötenfischen, die Farbenpracht der Weißkehl-Doktorfische, die Geschäftigkeit der Zackenbarsche, die Anmut der rotweißen Strahlenfeuerfische. Eine gestreifte Seeschlange suchte zwischen den Verästelungen einer großen Fächerkoralle nach Nahrung.

Als er den getüpfelten Kofferfisch mit der wunderschönen gelben Zackenlinie auf blauem Grund sah, bewegte er vorsichtig seine Hand in die Richtung, fast wie zum Gruß. Blitzartig blähte sich der kleine Fisch zu doppelter Größe auf und drehte in wachsam schneller Bewegung seine zarten gelben Seitenflossen. Die Hand immer noch ausgestreckt verharrte Hugo reglos auf der Stelle. Endlich ließ der kleine Fisch die Luft ab. Aufmerksam beäugte er die weißlichen dicken Finger, bis er sich schließlich abwendete und gemächlich davon trieb.

Mit einer Behändigkeit, die ihm keiner zugetraut hätte, wälzte Hugo sich auf der Luftmatratze herum. Er streifte die Taucherbrille ab, legte den Hut aufs Gesicht und ließ sich die Sonne auf den geringelten Bauch scheinen. „Leb wohl, Anna, ma petite", murmelte er und registrierte mit Überraschung, dass der Gedanke an sie nicht mehr schmerzte, sondern lediglich ein leises Gefühl von Wehmut hinterließ.

Hey Marcel, du Mistkerl ,
wie du offenbar schon bemerkt hast (so eine Fernabfrage für den Anrufbeantworter ist wirklich ungemein praktisch), bin ich zurzeit nicht zu Hause.

Ich hatte dringend Urlaub nötig, Urlaub vom Käse, der EU, von Morden und der ganzen blöden Aufregung in letzter Zeit. Du bist ja sicher auch davon in Kenntnis gesetzt worden, was passiert ist.

Hugo mit dieser Wahnsinnstat steckt mir nachhaltig in den Knochen. Ich bin wütend und habe gleichzeitig Mitleid mit ihm. Denn es muss eine ganze Menge schief gelaufen sein in seinem Leben, sowohl was den Umgang mit sich selbst als auch anderen betrifft. Und weil mir das zu denken gibt, bin ich ausgebüchst, kommentarlos abgehauen, davongelaufen, was auch immer.

Lungere am Strand herum, mache einsame Wanderungen und wedele Männer beiseite wie lästige Fliegen (Schmeißfliegen, einige!), weil ich zur Ruhe kommen will.

Denn ich habe entschieden eine Überdosis Marcel im Körper. Nur um eventuellen Missverständnissen vorzubeugen; das ist durchaus als Kompliment zu verstehen.

Es kann nur einfach nicht angehen, dass ich wie ein Teenager mit reduziertem Verstand durch die Gegend taumele, okkupiert von diesem verrückenden und damit verrückten Zustand einer Verliebtheit, die mich zur Wartenden degradiert, sehnend, tatenlos herumhängend und ansonsten wie in Trance. Das ist doch bescheuert, so was!

Weshalb mir Hugo auch so zu denken gegeben hat. Warum hat der Idiot eigentlich nie etwas gesagt, verdammter Mist. Dann hätte ich freundlich ein paar Dinge klarstellen können und er sich nicht weiter in eine aussichtslose Sache hineingesteigert. Weißt du eigentlich darüber Bescheid? Wenn nicht, werde ich es dir bei Gelegenheit mal erklären. Obwohl es mit peinlich ist, das musst du mir glauben. Ach egal!

Versteh das bitte nicht falsch. Das ist einzig und allein mein Problem, nicht deines, ist also weder als Vorwurf noch als Aufforderung zu verstehen. Denn ich will selber nichts anderes als mich ab und zu auf etwas Schönes, verdammt schon sehr Schönes freuen können, ohne mein Leben dadurch völlig auf den Kopf zu stellen. Ich denke, du siehst das ähnlich. Das ist natürlich Spekulation und eigentlich auch gar nicht wichtig. Du wirst es mir schon deutlich machen, was du willst und was nicht.

Ich bin mir sicher, dass Männer in der Regel sehr viel rationaler mit ihren Gefühlen umgehen können als Frauen. Selbst wenn es sie heftig erwischt hat, lassen sich nicht so okkupieren von dieser Gemütslage, so was in der Art. Wie viel einfacher ist doch ein solch rationaler Umgang. Ich werde eurem Geheimnis schon noch auf die Spur kommen, denn ich will das verdammt noch mal auch können ... blablabla...

Ich bleibe noch eine Weile hier, werde mich dann irgendwann mal melden, wenn ich wieder zu Hause bin und mir danach ist.

Salut, Anna

Sie las den Brief durch, steckte ihn in einen Umschlag und wanderte über den Hügel zum Dorf. Kaute an den Formulierungen, drehte und wendete die Worte und sezierte den Inhalt. Lange saß sie in dem kleinen Café am Strand und konnte sich nicht entschließen, ihn einzuwerfen. Was für ein schwergewichtiger Scheiß, wo sie doch den lockeren Ton liebte. Und was, zum Teufel, wollte sie damit eigentlich sagen!

Die Schatten wurden länger, der Espresso lag bitter auf ihrer Zunge und der Wein rann herb und schwer ihre Kehle hinunter. Sie lehnte den Kopf gegen die kühle Scheibe der Glasveranda und beobachtete, wie die Sonne sich wie von einer Winde gezogen dem Horizont näherte.

Sie legte etwas Geld auf den Tisch und schlenderte langsam den schmalen Holzsteg entlang, der weit ins Meer hinein ragte. Sie setzte sich ans Ende des Steges, ignorierte die Kälte und die Feuchtigkeit, die ihr in den Hosenboden zog, und verfolgte das stete Heranrollen der See. Schimmernd zog sich ein rotgoldenes Band über das Wasser, eine Brücke zwischen ihr und der versinkenden Sonne schlagend. Sie seufzte.

Lange saß sie so da. Eine große Ruhe überkam sie, versetzte sie in eine friedliche, freundliche Stimmung und versöhnte sie schließlich mit sich selbst.

Sie zog den Brief aus der Tasche und zerriss ihn in lauter kleine Fetzen. Balancierte den Steg zurück, hüpfte und sprang über den Strand, platschte mit nackten Füßen durch die auflaufenden Wellen, bis ihre Füße eiskalt und die Hosenbeine schwer vor Nässe und Sand waren.

Schließlich holte sie ihr Handy aus dem Rucksack, stellte fest, dass der Akku mal wieder leer war und ging in die Post hinüber. Unter den interessierten Blicken des Postbeamten wählte sie eine Nummer. Atmete tief durch und spürte dem Weg der Luft bis weit in den Bauch hinein hinterher. Von ihren Hosen fiel der nasse Sand in Klumpen ab.

Dem monotonen Klingelton lauschend stellte sie sich vor, wie er sich jetzt aus seinem monströsen senfgelben Sofa hieven, die Musik leiser drehen und quer durch den Raum zum Telefon wandern würde. Stan Getz? Stevie Wonder? Marla Glen? Al Stewart? Leise lachte sie vor sich hin.

„Marcel, komm!", sagte sie, als er abhob. Nicht mehr und nicht weniger. Denn das war genau das, was sie jetzt wollte.

Elf Monate später...

Angesichts des Todes von Harald Schreiber wurde
die Abstimmung der Europäischen Kommission
über die Verwendung von Schafs- und Ziegenrohmilch bei der Herstellung von Käse zunächst ver-
schoben. Als das Thema schließlich wieder auf der
Tagesordnung stand, hatte sich die Konkurrenz um
die Führungsposition in der EU zwischen Deutschland und Frankreich so verschärft, dass Frankreich
gegen die geplante Verordnung stimmte. Der Gesetzesentwurf wurde mit einer knappen Mehrheit abgelehnt.

Die vom Europäischen Parlament beratene Reform
zur Vereinheitlichung der Ausbildungsnormen für
milchwirtschaftliche Betriebe wurde von der Europäischen Kommission dahingehend modifiziert, dass
die Grenze zwischen Kleinbetrieb und Großbetrieb
auf die Verarbeitung von 800 Litern Milch am Tag
angehoben wurde.

Marcel Fouchard hat sich dennoch entschlossen,
den entsprechenden Fachhochschulabschluss zu machen. Seit dem Wintersemester macht er ein Fernstu-
dium.

Renate Schreiber hat sich vom Verkauf des Hauses
eine Eigentumswohnung gekauft und den Rest des
Geldes an ihre Kinder ausbezahlt. Von der Witwen-

pension kann sie sorgenfrei leben. Das Erbe ihres Vaters ist nicht wieder aufgetaucht.

Wolfgang Ackermann ist dauerhaft nach Bonn umgesiedelt und hat sich als Berater für Existenzgründungen selbständig gemacht. Er verdient ganz leidlich. Er bewohnt eine kleine Wohnung unweit von Renates neuer Wohnung. Sie sehen sich häufig.

In einem amtlichen Schreiben aus Indonesien wurde Anna Mandinsky mitgeteilt, dass Hugo Rouvillion im Januar an einem Hitzschlag gestorben ist. Nach einigem Zögern hat Anna einen Makler beauftragt, Hugos Landhaus zu verkaufen. Sie rechnet nicht damit, dass sie viel Geld dafür bekommen wird.

Sie verbringt jetzt mehr Zeit in den Vogesen als in Frankfurt. Dem Käsehändler Minhard hat sie gerade das Angebot unterbreitet, ihm gegen zehn Prozent des entsprechenden Vertriebsumsatzes handgefertigte Käse aus den unterschiedlichen Departements Frankreichs zu beschaffen. Außerdem beschäftigt sie sich mit der Ausdehnung des Handels übers Internet.

Zusammen mit Marcel plant sie den Ausbau der Stallungen. Ihre Wohnung in Frankfurt will sie auf jeden Fall behalten. Schließlich weiß man ja nie...

Französische Käse – ein kleines Brevier
von Anna Mandinsky

Käse! Kleine Meisterwerke, deren Rezepturen auf jahrhundertealter Kenntnis und Tradition basieren. Köstlichkeiten in zarten Farbtönungen, sich oft hinter unappetitlichem Äußeren und noch unappetitlicherem Geruch verbergend. Geronnene Milch, verschimmelte, angegammelte Substanzen.

Wie verzweifelt hungrig musste ein Mensch sein, um da freiwillig hineinzubeißen. Es zu schlucken, dieses alte, schimmelige, mit einer frischkäseähnlichen Substanz überzogene Butterbrot, das der Legende nach eine Woche in einer Höhle gelegen hatte. In dieser Zeit an diesem feuchten Ort hatte sich mit der Butter jene biochemische Reaktion vollzogen, die schließlich als Camembert in die Geschichte der Esskultur einging.

Über 370 verschiedene Käsesorten werden mittlerweile in Frankreich hergestellt, wobei nur die bekannteren Sorten gezählt wurden. Rechnet man die vielen bäuerlichen, noch manuell gefertigten Produkte als eigenständige Sorten, ohne sie einer der großen Gattungen zuzuordnen, ist die Zahl um ein Vielfaches größer.

Die französischen Käse lassen sich zunächst unterteilen in die groben Kategorien Frischkäse, Ziegenkäse, Weißschimmelkäse, Rotschimmelkäse, Blauschimmelkäse, Schnittkäse sowie Hartkäse.

Frischkäse

Neben den Produkten, die auf Quark basieren, gibt es eine Fülle von handwerklich hergestellten Spezialitäten, die so jung verzehrt werden, dass sich noch keine Rinde bilden konnte. Die Farbe ist weiß wie bei allen jungen Käsen, die Konsistenz von locker körnig bis cremig wird durch den Fettgehalt bestimmt, der zwischen 45 % und 75 % i.Tr. liegen kann. Die Frischkäse werden aus Ziegen-, Schaf- und Kuhmilch hergestellt und häufig mit Gewürzen, Kräutern, gehacktem Knoblauch oder Zwiebeln, aber auch mit Honig, Zucker oder Marmelade angereichert.

Brillat-Savarin: *Die Milch dieses Käses wird mit Rahm versetzt. Es ist ein handgeschöpfter, mit 75 % Fett i.Tr. sehr cremig sahniger Laib von ca. 13 cm Durchmesser, auf dem sich außen ein feiner Gitterabdruck abzeichnet. Aus Rohmilch gefertigt ist der Geschmack frisch und fein, dem Käse sind keine Kräuter zur Würzung beigegeben. Er muss sofort verzehrt werden.*

Cancoillotte (oder Cancaillotte): *Ein Frischkäse, der der Umgebung von Besancon entstammt. Er ist in der Regel hausgemacht und wird ganz jung gegessen. Der Käse wird zum Gären an einem warmen Ort in der Küche aufbewahrt, bis er sein unverkennbares starkes Aroma entwickelt. Je nach Familienrezept wird er mit Milch oder mit Butter aufgewärmt und mit Kräutern, Weißwein, Branntwein oder sogar Kaffee verfeinert. Der geschmolzene Käse wird in ein Gefäß gegeben und abgekühlt, bis er eine dicke Paste bildet. Diese Paste wird gerne zu frischem Brot oder zu Kartoffeln gegessen, aber auch als Creme in einer pikanten Torte verwendet.*

Délice de Saligny: *Aus dem Burgund kommt dieser weiche Frischkäse aus pasteurisierter Kuhmilch. Der kleine*

Zylinder hat ein rindenlos weißes Äußeres. Sein Inneres ist cremig weiß ohne irgendeine Lochung. Er schmeckt leicht säuerlich frisch und ist mit 75 % Fett i.Tr. sehr sahnig.

Fromage des Troyes: Ebenfalls aus pasteurisierter Kuhmilch wird dieser Frischkäse im nördlichen Elsass und der Champagne hergestellt. Man verkauft ihn in einer Tortenform von etwa 20 cm Durchmesser. Sein Äußeres ist strukturiert, sein Inneres ist cremig weich, es ist eine leichte Bruchlochung zu sehen. Mit 70 % Fett i.Tr. ist er frisch und vollmundig, wobei er ganz jung am besten schmeckt. Er kann bis zu 28 Tagen reifen.

Explorateur: Im Südosten der Pariser Region liegt Beauxe. Hier wird der Doppelrahmkäse aus pasteurisierter Kuhmilch gefertigt. Er kommt in Laiben von 22 cm Durchmesser auf den Markt und ist mit einer leichten Schimmelrinde bedeckt, auf der sich die Strohmatten abzeichnen, auf denen er gereift ist. Sein Inneres ist cremig sahnig mit einer geringfügigen Lochung. Er schmeckt sehr mild, ein wenig nach saurer Milch, und enthält 75 % Fett i.Tr.

Orry (auch Castillion): Dieser mit Pfeffer und Piment gewürzten Fischkäse werden unter dem Einfluss der spanischen Küche vor allem im Baskenland bereitet. Sie werden aus der Milch der Kühe hergestellt, die auf den Weiden der Hügel am Fuße der Pyrenäen weiden. Außerhalb der Region sind sie kaum erhältlich.

Petit Suisse: Der Käse wird heute industriell produziert, ist aber bäuerlichen Ursprungs. Das Rezept kommt aus dem Departement Oise unweit von Paris. Eine Bäuerin verkaufte häufig ihren Frischkäse auf einem der Pariser Märkte. Ihr Schweizer Knecht schlug ihr vor, dem Käse noch Rahm beizumischen, wie es in der Schweiz üblich war. Diese Mischung, die frisch, säuerlich und etwas nussartig schmeckt und 60 % Fett i.Tr. enthält, wurde bald so beliebt, dass die Bäuerin zusammen mit ihrem Partner die Käsefabrik Gervais gründete, die noch heute im Familienbesitz ist.

Die Ziegenkäse

Nach dem Zweiten Weltkrieg lehnten viele Milchbauern die Ziegenwirtschaft als unökonomisch ab und wandten sich der technisierten, modernen Landwirtschaft zu. Wegen ihrer Genügsamkeit, was das Futter betrifft, werden Ziegen heute jedoch wieder von vielen kleineren Bauernbetrieben gehalten, die nur über wenig oder karges Land verfügen. Insbesondere in Regionen wie dem Poitou, der Provence und Korsika erlebte die Produktion des Ziegenkäses in den letzten zwanzig Jahren einen neuen Aufschwung, der die alte Tradition wieder aufleben ließ.

Vier Liter Milch am Tag gibt eine Ziege durchschnittlich. Die Ziegenmilch ist reichhaltiger an Fett als Kuhoder Schafmilch. Sie wird unter Zusetzung von Lab langsam erhitzt, bis die Milch zu einer gallert- oder puddingartigen Masse gerinnt. Vorsichtig wird die Masse dann in Stücke geteilt, damit die Molke besser ablaufen kann. In Formen mit durchlöchertem Boden gefüllt trocknet der Käse. Zwanzig bis dreißig Tage Reifung verändern das Aussehen. Die Kruste wird rissig und weist in fleckigen Belägen gelblichen oder bläulichen Schimmel auf. Am Anfang noch mild im Geschmack, wird der Käse immer schärfer und trockener.

Amalthée: Dieser sechseckige Ziegenweichkäse mit feiner Weißschimmelrinde entstammt der Westküste Frankreichs. Er wird aus Rohmilch gefertigt und hat ein weißlich weiches Inneres mit einer geringfügigen Bruchlochung. Der Geschmack ist fein und mild.

Banon chèvre: Der Weichkäse kommt aus der Provence und ist in verschiedenen Varianten (auch aus Kuhmilch) erhältlich. Er wird mit Branntwein oder Weißwein eingerieben und gärt fünf Wochen lang in einem tönernen Topf. Er kann mit Weinblättern, Bohnenkraut oder mit Bast umwickelt sein, ist aber auch mit einer Gewürzkruste bedeckt erhältlich. Sein Äußeres ist unter der Ummantelung rindenlos und in gereiftem Zustand mit einem leichten weißlichen oder bläulichen Schimmel bedeckt.

Der Teig selber ist cremefarben, weich und blöckelig. Er schmeckt würzig, der Geschmack wird durch die jeweilige Umhüllung in der entsprechenden Richtung intensiviert. Auffällig ist das stark nussartige Aroma.

Bossons Macérés: In den französischen Alpen aus der Region um den Montblanc herum wird dieser einfache Ziegenkäse hergestellt, der in einer Farce aus Alkohol, Olivenöl und Kräutern ausreift und dadurch sein pikantes Aroma gewinnt.

Charolais oder Charolles: Dieser häufig auch zur Hälfte mit Kuhmilch gefertigte Käse kommt aus dem Burgund. Er hat eine zylindrische Form und weist ein ungleichmäßig gefärbtes, rötliches Äußeres mit gräulich weißer Schimmelbildung auf.

Chabécou: Ein weicher Ziegen- oder Schafskäse, der aus dem Périgord, dem Query oder dem Rouergue stammt. Sein Äußeres ist weiß und rindenlos, sein Inneres ebenfalls weiß und etwas bröselig. Er hat einen sehr milden und cremigen Geschmack.

Chabichou du Poitou (de Cahaunay, de Civray etc.): *Dieser kleine, zylindrisch geformte Käse aus dem Poitou geht angeblich auf die Mauren zurück. Nach einer Reifezeit von ca. 30 Tagen ist sein stumpfer Kegel mit Rotflora und weißem oder graugrünem Schimmelbelag überzogen und sehr trocken. Häufig wird der Käse auch mit Holzkohle bestäubt. Sein Inneres ist leicht bröckelig und weiß ohne Bruchlochung. Er schmeckt pikant nach Ziegenmilch.*

Chèvreton d´Ambert, Brique de Forez: *Aus dem Massif Central kommend wird dieser Käse manchmal auch aus einer Mischung aus Ziegen- und Kuhmilch bereitet und hat dadurch ein milderes Aroma. Fünfzehn Tage reift er auf einem Lager aus Roggenstroh heran. Nach dieser Reifezeit hat er eine relativ feste Konsistenz.*

Chèvrotin: *Auch dieser Ziegenkäse stammt aus dem Massif Central. Der Käse reift im Schatten von Bäumen heran auf eigens dafür gebauten hohen Vorrichtungen, wo er zwar dem Wind, nicht aber der Sonne ausgesetzt ist. Direkte Beeinflussung durch die Sonne würde eine zu schnelle Fermentierung mit sich bringen und so die Bildung des Aromas beeinträchtigen. Er wird in der Regel sehr frisch gegessen, häufig mischt man zum Verzehr Doppelrahm und Zucker oder Knoblauch und Salz unter.*

Crottin de Chavignol: *Der Käse entstammt dem gleichnamigen Dorf Chavignol an der Loire im Departement Cher. Bei einer Reifezeit von ca. zehn Tagen ist sein Äußeres uneben und von bläulichem Schimmelbelag überzogen und wird teilweise mit dunkler Asche bestreut. Das Innere ist elfenbeinfarbig, glatt und fest und weist keine Bruchlochung auf. Der chèvre schmeckt intensiv und unverkennbar nach Ziegenmilch.*

Montrachet: *Aus dem Burgund stammend wird dieser zylindrisch geformte Ziegenkäse sehr jung gegessen. Er hat ein weiches weißes Äußeres ohne Krustenbildung. Sein Geschmack ist mild und cremig.*

Pélardon: *Den Pélardon gibt es in vielen Variationen in den Departements Gard, Ardèche und Lozère der Cevennen; er wird jung nach einer Reifezeit von einer Woche verzehrt. Der Laib ist klein und rund mit einer weiß gräulichen Schimmelkruste bedeckt, das Innere weißlich und elastisch. Er hat einen sehr milden Geschmack.*

Picandou fermier: *Die aus Rohmilch hergestellten kleinen runden Käsetaler kommen aus dem Burgund. Die Oberfläche ist gerillt und weiß, es gibt keine Rinde. Das cremige helle Innere ohne Bruchlochung schmeckt fein und aromatisch.*

Picardon de l'Ardèche, Picardon de la Drome: *Der den genannten Gebieten Ardèche und Drome entstammende runde flache chèvre wird bei zunehmendem Alter von bläulichem Schimmel überzogen und erhält ein pikantes Aroma.*

Poivre d'ane: *In der Provence hergestellt, wird dieser Ziegenkäse in halbtrockenem Zustand in Kräutern wie zum Beispiel Rosmarin oder Bohnenkraut gerollt und dann frisch verkauft. Es ist ein einfacher chèvre, der mild schmeckt und je nach Kräuterbeigabe eine entsprechende Note erhält.*

Pouligny-Saint-Pierre: *Er entstammt der Loire-Gegend und wird in Pyramidenform angeboten. Sein Äußeres ist hell gelblich und mit weißem Schimmel leicht überzogen. Pikant und intensiv nach Ziegenmilch schmeckt er nach längerer Reifung.*

Roc du Nontroneis: *Der in Halbkugeln angebotene Weichkäse aus Rohmilch stammt aus dem Périgord. Drei Wochen wird er in feuchten Kellern gelagert, es bildet sich eine dichte, gleichmäßige Weißschimmelflora mit gelbbraunen Flecken. Sein Teig ist weißlich und weich, aber nicht fließend. Er schmeckt typisch nach Ziegenmilch.*

Saint-Maure: *Die weiße bis bläuliche Rolle wird nach wie vor handwerklich aus Rohmilch hergestellt und bewahrt durch einen Strohhalm in der Mitte ihre Form. Daneben gibt es unter dem gleichen Namen eine industriell gefertigte Rolle mit weißem Außenschimmel aus pasteurisierter Milch. Die Zubereitung und Reifung des chèvre ist beeinflusst vom Rezept des Camemberts. Nach einer Reifezeit von 2 bis 3 Wochen bildet sich unter der Rinde eine Cremeschicht, darunter ist der Teig leicht bröckelig. Er hat ein ungewöhnlich zartes, aromatisches Ziegenaroma.*

Selles-sur-Cher: *Der Käse stammt von der südlichen Loire. Sein sich leicht verjüngender Zylinder wird mit einer Mischung aus Salz und Holzkohle bestäubt und dann drei Wochen getrocknet. Dadurch bildet sich eine harte Kruste. Sein Inneres ist weiß und leicht bröckelig. Der Käse schmeckt sehr mild und leicht nussig.*

Tomme de Chèvre: *Er kommt aus dem Périgord und wird mit Asche bestreut. Seine Oberfläche ist weiß und hat eine starke Schimmelbildung, die Konsistenz weich und krümelig mit leichter Bruchlochung. Er wird jung gegessen und hat ein typisches Ziegenaroma.*

Valencay, Levroux: *Aus dem Departement Indre kommend, wird diese Pyramide aus Rohmilch gefertigt. Nach einer Reifezeit von zwei bis vier Wochen ist die Rinde von einer weißgrau bis grünlichen Schimmelschicht bedeckt* und wird mit Pflanzenkohle bestäubt. Das glatte, weiche, weißliche Innere weist vereinzelte kleine Bruchlöcher auf. Sein sehr fein ausgeprägtes Ziegenaroma schmeckt frisch, bei zunehmender Reifung intensiv.

Die Weißschimmelkäse:

Der berühmteste Weißschimmelkäse ist mit Sicherheit der urheberrechtlich geschützte Camembert de Normandie, womit keinesfalls die in jedem Supermarkt erhältlichen Brie aus pasteurisierter Milch gemeint sind. Neben diesen industriell gefertigten, eher geschmacksneutralen Produkten gibt es jedoch eine Reihe von hochwertigen, handgefertigten Bauernprodukten, die in ihrer Eigenschaft dem Camembert sehr ähnlich sind.

Die Weißschimmelkäse sind Süßmilchkäse, die mit Lab zum Gerinnen gebracht werden. Die so aufbereitete Rohmilch teilt sich in Bruch und Molke. In seitlich gelöcherte Formen geschöpft wird der Bruch auf Brettern übereinander gestapelt und erneut gepresst, sodass weitere Molke abfließen kann. Schließlich werden die Käse in Salzlösung getaucht, getrocknet und bei hoher Luftfeuchtigkeit und ca. 15 Grad Celsius gelagert, bis sich die charakteristische weiße Schimmelschicht entwickelt. Bei der modernen Käsefabrikation wird dieser Prozess durch das Besprühen mit Penicilium Candidum beschleunigt.

Brie de Meaux: Dieser bekannte Brie wurde bereits von Karl dem Großen geschätzt. Heute wird er überwiegend industriell mit pasteurisierter Kuhmilch hergestellt und ist deshalb meist ziemlich salzig. Nur die wenigen bäuerlichen Produkte werden noch mit Rohmilch gefertigt.

Sein Äußeres weist nach einer Reifung von 3 Monaten gelblich-rötliche Flecken auf dem Weißschimmel auf. Sein Inneres ist rahmgelb, geschmeidig, glatt mit unterschiedlich großer Lochung. Er schmeckt mild und fein, bei zunehmendem Alter entwickelt sich immer deutlicher ein frisches Pilzaroma.

Brie de Melun: *Sowohl vom Äußeren als auch vom Geschmack her ähnelt er dem Brie de Meaux, wird jedoch ausschließlich aus Rohmilch gefertigt und nur in gereiftem Zustand gegessen. Er ist der einzige unter den Brie, bei dem sich die Weißschimmelflora von selber, also ohne Zusatz von Penicillium Candidum, entwickelt. Sein Äußeres nimmt eine etwas kräftigere, leicht fleckige Rotfärbung an, sein Inneres ist voll ausgereift von kräftigem Gelb und schmeckt nussartig. Im Frühjahr ist dieser Käse weniger gut.*

Camembert: *Der echte Camembert hat eine feine, sehr weiche Konsistenz und ein ausgeprägtes, nach Pilzen schmeckendes Aroma. Er wird aus Kuhrohmilch hergestellt. Feinschmecker genießen den Camembert nach einer Reifezeit von drei Wochen. Das Äußere weist dann dezent rötliche Flecken auf, der Teig – bei einem Fettgehalt von mindestens 45 % – ist satt gelb und hat eine weiche, fast fließende Konsistenz. Die kleinen Bruchlöcher schließen sich mit zunehmendem Reifegrad. Der Duft wird mit zunehmender Reife immer kräftiger. Der echte Camembert ist nur in runder Form und zwei Durchmessern erhältlich, entweder 10,5 bis 11 cm oder 8 bis 8,5 cm.*

Heute werden viele nach dem beschriebenen Verfahren hergestellte Käse unter dem Namen Camembert geführt. Nur das urheberrechtlich geschützte Produkt trägt jedoch die Bezeichnung ´Camembert de Normandie´.

Chaource: *Dieser seit dem Mittelalter bekannte Käse kommt aus der Champagne und dem nördlichen Burgund. Seine Außenrinde weist nach einer Reifezeit von 30 Tagen eine leichte Rotschmiere aus. Hergestellt aus Rohmilch und mit einem Fettgehalt von 50 % schmeckt er sehr cre-*

mig. In der Reife verfügt er über ein ausgeprägtes Champignonaroma. Am besten ist er im Sommer zu genießen.

Carré de l'Est: Der Carré wird aus pasteurisierter Kuhmilch hergestellt und in den Vogesen produziert. Jung schmeckt er leicht säuerlich, nach einer Reifezeit von 3 Wochen hat er ein erdiges, aromatisches Aroma. Wie der Camembert weist er mit zunehmender Reife einen Rotschmierebelag auf. Er ist fester als der Camembert, hat ein homogenes, schwach gelbes Inneres von 40 bis 60 % Fettgehalt und wird nur wenig gesalzen. Sein Teig ist nur minimal mit Bruchlöchern durchsetzt. Der Carré wird in quadratische Formen von 7,5 bis 11 cm gegossen und reift auf Drahtgittern heran.

Coulommiers: Dieser Brie stammt von der Ile de France und wird – je nach Herkunft – aus Rohmilch oder pasteurisierter Kuhmilch gefertigt. Er ist bedeckt von einem dünnen, weißen Schimmelrasen, der bei Vollreife nach 4 Wochen bräunlich bis rötlich wird. Sein Teig ist cremig gelb und geschmeidig und weist zuweilen unterschiedlich große Löcher auf. Sein Fettgehalt liegt bei 45 %. Er schmeckt mild, aromatisch und leicht nach Nüssen oder Mandeln.

Neufchatel: Aus der Seine-Maritime stammend ist dieser Käse schon seit dem 11.Jahrhundert bekannt. In Herz-, Zylinder- oder Quaderform angeboten wird er je nach Form Coeur, Bonde oder Bondon, Carré oder Briquette genannt, und weist einen hohen Fettgehalt von 50 - 60 % auf. Ungewöhnlich kurz für einen Weißschimmelkäse ist mit 15 bis 20 Stunden die Reifezeit des Neufchatel. Sein Teig ist gelblich mit einem eher weißen Kern und weist keine Bruchlochung auf. Er schmeckt erfrischend säuerlich und aromatisch, lässt man ihn etwas nachreifen, entfaltet er einen kräftigeren, leicht salzigen Geschmack.

Weichkäse mit Rotschimmel

Im Gegensatz zu den Weißschimmelkäsen werden die Rotschimmelkäse während des Reifungsprozesses immer wieder feucht abgerieben. Die Rinde, die sich bildet, ist glatt und glitschig, es entwickelt sich ein natürlicher Rotschimmel, der in der Reife dem Käse sein stark orange- bis rötlichfarbenes Äußeres gibt. In der letzten Phase der Reifung wird die Rinde häufig mit Bier, Wein, Trester oder anderen Bränden bearbeitet.

Die Rotschimmelkäse haben einen sehr intensiven, strengen Geruch. Sie schmecken würzig, aber dennoch mild und cremig. Ein stechender oder bitterer Geschmack weist darauf hin, dass der Käse zu alt ist.

Fromage d'Epoisses (Tomme au Raisin): Dieser Käse kommt aus dem Dorf Epoisses nahe Dijon. Er wird aus einer Mischung gekühlter Abendmilch und frischer Morgenmilch hergestellt. Sobald sich der Schimmel bildet, behandelt man die Oberfläche je nach Herkunft mit Marc de Bourgogne (Traubentrester). Kurz vor dem Verkauf taucht man die Käse noch mal in Marc, der mit weißem Burgunder verfeinert wurde. Die Rinde ist glänzend glatt oder leicht geriffelt und von einem tiefen Orange.

Eine Variante ist der Tomme au Marc de Raisin. Der Käse wird mit Traubentrester überzogen und gelagert, bis er eine harte Kruste bildet. Im Gegensatz zum Tomme au Marc de Raisin, der aus Rohmilch gefertigt wird, ist der Fondu au Marc de Raisin mit pasteurisierter Milch hergestellt. Bei beiden Sorten sollte man die harten Körnchen der Rinde jedoch besser nicht mit essen

Die Epoisses sind cremig und angenehm würzig, ohne dabei streng zu schmecken, und haben eine eindeutige Note von Burgunder Trauben. Das Innere ist weiß bis *strohgelb, nach einem Reifungsgrad von 8 Wochen ist der Teig fast fließend und hat einen ausgeprägten Duft.*

Langres: *Die Heimat dieses kleinen runden Käses ist die gleichnamigen Stadt Langres. Er hat in eine gelbe, glatte Rinde, die mit zunehmendem Alter dunkler wird. Der Teig ist leicht pikant und in reifem Zustand schmelzend.*

Livarot: *Der runde Livarot stammt aus dem Herzen des Calvados-Gebietes in der Normandie und wird seit Jahrhunderten produziert. Der Teig ist gelblich bis golden und elastisch und gelegentlich mit Bruchlöchern versehen. An den Seiten ist die Rinde von Binsenstreifen eingekerbt. Er hat nach einer Reifezeit von 2 bis 4 Monaten einen kräftigen, aromatischen, fast streng zu nennenden Geschmack.*

Maroilles: *Der Maroilles ist seit dem Mittelalter berühmt und geschätzt. Im 16. Jahrhundert war er bereits so bekannt, dass er an den spanischen Hof geliefert wurde. Zur Reifung benötigt der Käse mehrere Monate, in denen er häufig sorgfältig gewaschen und regelmäßig gewendet wird. Er hat eine quadratische Form von ca. 13 cm Seitenlänge und 6 cm Höhe und eine ziegelrote, glänzende Rinde, die manchmal mit Gartenkräutern, aber auch mit Nelken gewürzt wird (so z.B. der Dauphin). Mit seinem ausgeprägt eigenen Geschmack passt er hervorragend zu Bier.*

Es gibt den Maroilles in unzähligen bäuerlichen Varianten, genannt seien hier der Manicamp und der Monceau, der laibförmige Baguette und der zweimal gesalzene Maroilles Gris oder Vieux Lille mit seiner grautönigen Rinde.

Der Vieux Lille wird fünf oder sechs Monate lang in sehr feuchten Kellern gelagert, bis er eine fast flüssige Konsistenz hat. Er riecht scharf und deutlich nach Ammoniak und wird von vielen als abstoßend empfunden.

Auch heute werden die Maroilles zum großen Teil noch auf Bauernhöfen hergestellt.

Munster, Munster-Géromé: *Von irischen Mönchen, die sich im 7.Jahrhundert in den Vogesen niedergelassen hatten, wurde dieser kleine Käse zubereitet. Als Weichkäse mit Rotflora weist er eine orangerote Rinde auf. Sein Inneres ist gelbfarben, von weicher Konsistenz und hat ein kräftiges Aroma.*
Die kleinen Käse werden, obwohl immer häufiger in Fabriken produziert, teilweise noch handgefertigt. Zunächst trocknen sie eine Woche im Freien, um dann auf Strohlagen neben bereits vollreifen Käsen in Kellern gelagert werden, von denen sie die typische Rindenflora übernehmen. Nach einer Reifezeit von 6 bis 10 Wochen kennzeichnet sich der Munster durch lange Haltbarkeit.

Pont l'Eveque, Trouville, Pavé de Moyaux: *Seine Herkunft ist die Normandie. Ebenso wie beim Livarot ist das Rezept seit Jahrhunderten bekannt und geschätzt. Heute wird er überwiegend in Fabriken hergestellt. Dazu wird sehr frische Milch benutzt. Vier bis fünf Wochen trocknen die kleinen Käse. Dann werden sie gewaschen, wodurch die für das intensive Aroma typische Rotschimmelbildung hervorgerufen wird. Käse, der nicht gewaschen wird, entwickelt eine graue Rinde und Risse im Inneren.*
Seine Oberfläche ist leicht rissig, orange gelblich in der Tönung und eventuell mit feinem, grauweißem Schimmelrasen bedeckt. Seine Konsistenz ist elastisch und weich. Er schmeckt prägnant würzig mit nussiger Komponente und hat manchmal einen leicht seifigen Beigeschmack.

Vacherin Mont d'Or: *Diese Käsespezialität aus dem französischen Jura ist eine beliebte Gaumenfreude um die Weihnachtszeit herum. Sie darf nur zwischen dem 31.*

August und dem 31. März hergestellt werden. Zum Reifen wird der Käse drei Wochen in einem Gebinde aus Tannenholz und Rinde gelagert. Wegen der großen Nachfrage kommt es häufig vor, dass er mit nicht ausreichender Reife verkauft wird.

Die Rinde sollte gelblich bis rötlich, manchmal auch etwas grau und aufgeworfen sein, der elfenbeinfarbene Teig flüssig. Er wird mit einem Teelöffel aus der Rinde gelöffelt. Der Käse besitzt mit seinem Fettgehalt von mindestens 50 % einen wunderbar cremigen, fruchtigen, leicht süßlichen Geschmack mit einer zarten Bitternote.

Die Blauschimmelkäse

Blauschimmelkäse, auch Bleu genannt, heißen die Käse, die über einen weichen oder halbfesten, mit blaugrünem Schimmel durchzogenen Teig verfügen. Der Schimmel wird bei der Erzeugung des Käsebruchs beigegeben. Bei vielen Edelschimmelkäsen wird der natürliche Reifungsprozess dadurch gefördert, dass der Bleu bei der Trocknung mit Nadeln durchstochen wird. So dringt Sauerstoff in das Innere, was das Schimmelwachstum fördert.

Blauschimmelkäse wird aus Kuh, Ziegen oder Schafsmilch gewonnen. Ausgewiesen werden muss die Beigabe von Ziegen oder Schafsmilch, auch wenn sie mit Kuhmilch vermischt wurde. Eine Ausnahme von dieser Regelung bildet der Roquefort, der rein aus Schafsmilch hergestellt wird und seit 1925 urheberrechtlich geschützt ist.

Bleu d´Auvergne: Seit der Mitte des 19. Jahrhunderts gibt es diesen Käse aus dem Massif Central. Seine Reifezeit beträgt zwei Monate. Dem Käse wird nachgesagt, dass er eine appetitanregende und verdauungsfördernde Wirkung hat.

Der Bleu d´Auvergne wird mit sorgfältig behandelter, hochwertiger Milch hergestellt. Die heruntergekühlte

Rohmilch des Vorabends wird kurz erwärmt und dann mit der Rohmilch des Morgens vermischt. Das Penicillium glaucum wird manchmal schon dieser Milch beigemischt, meistens jedoch erst über den bereits in Formen abgefüllten Bruch verteilt.

Drei bis vier Tage wird der Käse gewaschen, regelmäßig gewendet und anschließend mit trockenem Salz eingerieben. Schließlich durchlöchert man den Bleu, um durch Luftzufuhr die Verbreitung des Schimmels zu fördern.

Gelagert wird der Bleu zunächst drei bis vier Wochen in einem Raum mit hoher Luftfeuchtigkeit und einer konstanten Temperatur von 8 bis 10 Grad Celsius. Anschließend lässt man die Käse, in Metallfolie gehüllt, zwei weitere Wochen bei einer Temperatur von 2 Grad ausreifen.

Der Bleu d'Auvergne hat eine gebürstete, dünne und meist trockene Rinde von gelb bis gelbbrauner Tönung.

Sein fester, elfenbeinfarbener Teig ist von ungleichmäßigen blaugrünen Adern durchzogen und ist geschmeidiger als der Teig des Roquefort. Er schmeckt aromatisch und pikant mit einer nussigen Note und ist nicht so scharf wie der Roquefort.

Bleu de Bresse: Er entstammt der Region zwischen der Saone und dem Jura. Weitaus robuster und haltbarer ist er als die Bleu du Haut Jura. Geschmacklich lässt er sich mit dem Gorgonzola vergleichen, hat jedoch ein milderes Aroma.

Bleu des Causses: Dieser Blauschimmelkäse wird nur aus Kuhmilch erzeugt. Er altert in den Kalksteinhöhlen des Aveyron im Massif Central unter ähnlichen Bedingungen wie der Roquefort. Sein Teig ist gleichmäßig hell und von bläulichem Edelschimmel durchzogen. Er weist eine Bruchlochung unterschiedlicher Größe auf. Bei einem Fettgehalt von 45 % schmeckt er cremig und aromatisch. Je nach Reifungsgrad, der zwei bis sechs Monate beträgt, *wird das Aroma verstärkt. Dieses Aroma hängt von der Beschaffenheit des Bodens sowie der Menge der Sonneneinstrahlung im Sommer ab, die die Temperatur bei der Reifung in den Höhlen verändert.*

Bleu de chèvre: *Der Ziegenkäse mit Blauschimmel wird in den Regionen Charentes, Poitou und im Loiretal hergestellt.*

Er ist als dreieckige Stange erhältlich und hat eine weißbläuliche, leicht strukturierte Schimmelrinde. Der schnittfeste, cremefarbene Teig ist von oben bis unten mit Blauschimmeladern durchzogen Sein Geschmack ist aromatisch und erhält sein unverkennbares Aroma durch die Ziegenmilch.

Bleu du Haut-Jura, auch Bleu de Gex und Bleu de Septmoncel: *Diese Bleu aus den französischen Alpen werden zu großen Rädern geformt. Auch hier wird nach altüberlieferten Rezepten gefertigt. Früher wurden sie direkt auf den Almen zubereitet, heute jedoch in kleinen, zentralen Molkereien produziert. Sie haben eine feste goldgelbe Rinde und werden per Hand gesalzen. Das Innere ist cremefarben bis gelblich, von feinem blauem Schimmel marmoriert und fest wie bei einem halbfesten Schnittkäse. Das delikat nussige Aroma, das diesen Bleu auszeichnet, kommt am besten in der Saison zwischen Juni bis Oktober zur Geltung.*

Fourme d´Ambert, Fourme de Montbrisan: *Aus der Auvergne stammend wird dieser Käse zu hohen Zylindern geformt. Bekannt ist er seit gut 1000 Jahren. Mit Blauschimmel geimpft, lässt man ihn mehrere Monate affinieren. Seine Rinde ist grau und häufig von verschiedenfarbenem Schimmel bedeckt. Der gelbliche Teig ist gleichmäßig mit blauen Adern durchzogen. Fett und mild im Ge-*

schmack, holt man den Käse mit Löffeln aus dem 19 cm hohen Zylinder.

Roquefort: Der Roquefort ist der berühmteste der französischen Blauschimmelkäse. Er wird aus reiner, voller Schafsrohmilch hergestellt. Das Dorf Roquefort-sur-Soulzon liegt am Rande der Causse de Larzac, einer kargen, wilden Hochebene, die sich für die Schafhaltung anbietet. Die Schafe ernähren sich von den vielen Kräutern und knorrigen Büschen, die auf den Causses wachsen. Schon lange reicht die Milch der Schafe, die auf den Caussen weiden, nicht mehr aus, um die großen Käsereien in Roquefort zu beliefern. Aus dem ganzen Land inklusive Korsika wird Schafsmilch in diese Region gebracht und zu dem berühmten Käse verarbeitet. Der Roquefort wird in den Höhlen und Spalten des Berges Combalou gelagert. In der Frühzeit drang kontinuierlich Wasser durch den porösen Kalkstein des Berges und bildete große Wasserreservoirs, die schließlich das Fundament des Berges so untergruben, dass er einstürzte. Durch diesen Einsturz entstanden natürliche Kamine und Luftschächte in Form von Spalten im Kalkstein. Dies bewirkte, dass in den unterirdischen Höhlen die Luft ständig zirkulieren kann und damit die Feuchtigkeit gleichmäßig verteilt. Es herrscht ein natürliches Gleichgewicht zwischen Luftdruck und Lufttemperatur, Kondensation und Verdampfung. Dieses Klima begünstigt das Wachstum von Schimmelpilzkulturen, die auf organischen Substanzen gedeihen. Es ist das natürliche Penicillium roqueforti, das diesem Bleu bei der Reifung seinen charakteristischen Geschmack verleiht. Kunstgerecht wird der Roquefort, nachdem die Laibe formfest sind, mit einer dünnen Salzschicht überdeckt, gebürstet und gewendet. Einstichlöcher im Käse bewirken, dass die Schimmelsporen der Höhlen bis in die tiefsten Schichten des Käses dringen können. Ein paar Wochen lang reift er heran, bis er in Folie verpackt wird, in der er noch weiterreift. Der Teig des Käses ist weiß und von blaugrünen Adern durchzogen. Er hat eine bröselig mürbe Konsistenz. Sein Geschmack ist würzig und pikant, hocharomatisch, aber nicht aufdringlich.

Bleu de Thiézac: *Auch dieser Bleu kommt aus dem Massif Central. Er hat ein ganz individuelles Aroma, da er noch warm gesalzen wird. Neben diesem Bleu gibt es noch den Bleu de Thiézac Fermier. Diese Käse werden von Bauern gefertigt und zwei Mal in der Woche zu einem Affineur gebracht, der die Käse zur Reifung lagert.*

Schnittkäse
Schnittkäse wird gepresst, nicht wie ein Hartkäse gekocht. Die Milch wird möglichst direkt nach dem Melken auf etwa 30 Grad erwärmt und mit Lab vermischt. Schnell dickt sie ein und es bildet sich die so genannte Gallerte. Diese Masse wird erst mit einer Käseharfe gebrochen, dann gepresst und ruhen gelassen, dann erneut sehr fein zerkleinert, gesalzen und in einer mit einem Tuch ausgelegten Form erneut gepresst. Anschließend werden die Käse zum Reifen in einen kühlen, feuchten Keller gebracht. Je nach Art wird der Käse dann unterschiedlich verfeinert.

Bethmale, Aulus oder Oustet: *Aus den Pyrenäen kommt dieser aus reiner Kuhmilch hergestellte Käse. Er wird im Winter zubereitet, wenn das Vieh im Stall bleiben muss.*

Die Rinde ist natürlich gereift, der Geschmack ist würzig und pikant. Wegen seiner harten Konsistenz eignet sich der Käse sehr gut als Reibekäse.

Cantal, Fourme de Cantal: *Dieser Schnittkäse stammt aus dem südlichen Massif Central. Die Reifezeit beträgt* bei jungem Käse einen Monat, bei mittelaltem Käse zwei bis sechs Monate, bei altem über ein Jahr. Er wird je nach Herstellungsverfahren aus roher oder pasteurisierter Kuhmilch hergestellt. Auf den Almen der Haute Auvergne wird in manuellem Verfahren manchmal noch der Fourme de Cantal produziert. Von Mitte Mai bis Anfang Oktober werden die Kühe (in der Regel Salers oder Aubracs) auf die Almen getrieben. Dort verarbeiten die Hirten aus der täglich anfallenden Milch den Bruch, der eine Stunde gepresst, dann in Streifen geschnitten und dann erneut gepresst wird. Sechs bis zehn Mal wird diese Prozedur wiederholt. Dann lässt man den Bruch ein 1 bis 1 ½ Tage in der Käsepresse ruhen. Erneut wird der Bruch in Form gepresst und dann 3 Monate gelagert, wobei er alle drei Tage gewendet werden muss. So bildet sich langsam die feste Rinde. Nur zwei Mal in der Saison fahren die Hirten ins Tal, um ihre Käse zu verkaufen.

Neben diesen Cantal Fermier gibt es die Cantal Laitier, die aus pasteurisierter Milch in modernen Käsereien hergestellt werden. Da sie nur zwei Monate reifen und die Milchkühe nicht auf den Hochweiden gehalten werden, sind diese Cantal nicht so aromatisch wie die Cantal Fermier.

Die Rinde der Cantal-Käse ist gelb bis grauweiß, mit orangeroten Flecken versehen und leicht mehlig. Je nach Alter ist das Innere blassgelb, vollrahmig geschmeidig und schnittfest oder – bei vollreifem Käse, trocken und leicht brüchig. Der Teig weist fast keine Lochung auf. Sein Aroma ist neben dem würzigen Kräutergeschmack der Alpenweiden leicht bitter und erdig zu nennen, im Alter pikant scharf.

Laguiole: Er ähnelt dem Cantal, dieser Käse, der auf dem Hochplateau des Aubrac noch handwerklich hergestellt wird. Seine Reifezeit beträgt vier bis zehn Monate.

Mimolette: *Der Mimolette wurde ursprünglich aus Holland importiert, wird inzwischen aber in Frankreich hergestellt. Seine Rinde ist orangefarben, trocken und hart und kann mit Weißschimmel bewachsen sein. Er hat einen schnittfesten, orangerötlichen Teig mit geringfügigen erbsengroßen Bruchlöchern. Je nach Reifegrad, der zwischen acht Wochen und vier Monaten liegen kann, ist das Innere speckig bis hart bröckelig. Sein Geschmack ist nussartig, leicht säuerlich und bitter.*

Morbier: *Man erkennt den Morbier, der aus der Region des Comté stammt, anhand des typischen Aschestreifens in der Mitte. Dieser Holzaschestreifen wurde ursprünglich von den Bauern abends auf den frischen Bruch gestreut, damit sich keine Rinde bilden konnte und auch Insekten ferngehalten wurden. Leicht strukturiert ist die beige Rinde, es kann eine leichte Schmierenbildung auftreten. Der weiß bis elfenbeinfarbene Teig ist bei einem Fettgehalt von 45 bis 51 % Fett i.Tr cremig und geschmeidig und wird von einer 1 mm dicken Ascheschicht durchzogen. Bei einer Reifezeit von ca 50 Tagen schmeckt der Morbier angenehm leicht und etwas fruchtig.*

Ossau-Iraty: *Dieser reine Schafskäse entstammt den Almen der westlichen Pyrenäen. Osseau liegt im Béarn, Iraty im französischen Baskenland. Der Käse wird nur ganz leicht gepresst. Seine feste, gelborange bis braune Rinde ist mit einem hellen, mehligen Schimmel überzogen. Glatt und geschmeidig ist der hellgelbe Teig, er weist wenige Bruchlöcher auf und enthält mindestens 50 % Fett. Das Aroma ist ausgezeichnet, markant, und fein nussig. Die Reifezeit beträgt mindestens drei Monate.*

Reblochon: *Im Savoyen wird dieser flache, runde Käse aus der noch warmen Kuhrohmilch teilweise noch auf bäuerlichen Höfen hergestellt. Er wird leicht gepresst und* wiederholt gewaschen und reift in Kellern heran. Die gelb-orange Rinde ist stellenweise mit weißem Schimmel über-zogen. Sein Teig ist cremig, elastisch, in gereiftem Zu-stand auch leicht laufend und hat keine Bruchlochung. Er schmeckt angenehm mild und leicht nach Haselnuss. Die bäuerlichen Reblochon sind als Reblochon fermier oder als Colombière erhältlich.

Saint-Nectaire: Er ist berühmt, seit Ludwig der XIV ihn gepriesen hat. Der Rohmilchkäse ist halbfest und wird zwei Mal gepresst. Er wird auf Roggenstroh in feuchten Kellern gelagert, bis er reif ist. Seine dünne Rinde ist röt-lich gelb und mit weißen und grauen Flecken durchsetzt. Sein hellgelbes Inneres ist speckig und elastisch. Er hat ein feines Pilz- oder Nussaroma und ist geschmacklich mit dem Cantal zu vergleichen.

Salers: Der Salers ist ein Cantal-Käse, der aber nur aus der Milch der auf Sommerweiden grasenden Salers-Kühen hergestellt wird. Sein hoher Zylinder hat ein Gewicht von 35 bis 45 Kilogramm.

Tomme de Savoie: Früher wurde dieser Käse in den Sa-voyen nur aus entrahmter Milch hergestellt, heute auch aus pasteurisierter Milch, wobei der Käser beim Wenden den Schimmelpilz von Hand in die Rinde presst. Er hat eine dünne, graubraune Oberfläche mit rötlichen Flecken. Das blassgelbe, kompakte Innere weist wenige linsengroße Löcher auf. Der Geschmack ist bei einer Reifungszeit von ein bis drei Monaten je nach Alter frisch, mild, molkig bis intensiv, säuerlich und leicht bitter. Der Fettgehalt vari-iert zwischen 10 und 45 % i.Tr.

Es gibt unzählig viele verwandte Käsesorten, allein aus dem Savoyen sind die Sorten Tomme de Belleville, Tomme de Boudane, Tomme au fenouil, Tomme au marc, Tomme de Revard zu nennen. Manche von ihnen, z.B. der Tomme au Raisin, werden mit Traubentrester oder Branntwein behandelt.

Hartkäse

Die Methode, Käse mit gepresstem und gekochtem Teig aufzubereiten, wurde in den Alpenregionen entwickelt. Die Milch wird nach der Labgerinnung mit einer Käseharfe in korngroße Bruchmasse zerkleinert und dann unter Rühren langsam erhitzt. Durch dieses Verfahren verfestigt sich das Bruchkorn. Eine halbe Stunde wird die Masse gerührt und dann in mit Tüchern ausgekleidete perforierte Gefäße abgefüllt, so dass die Molke abgesondert werden kann. Erst wenn die Masse richtig fest ist, wird der Käse gesalzen und abgerieben. Drei bis sechs Monate beträgt die Reifezeit. Typisch für diese Käse ist das großformatige Wagenrad.

Abondance: Seit dem 12. Jahrhundert wird dieser Hartkäse im Haute-Savoie von den Mönchen des Klosters Abondance hergestellt. Auch die gleichnamigen Kühe züchteten die Mönche selber. Nur deren Milch wird für die Herstellung des Käses benutzt.

Die gekochte Käsemasse wird in ein Tuch geschlagen und dann in Holzreifen gepresst. Die Rinde hat eine hell orangefarbene Tönung. Der Teig ist von einem hellen Gelb und weist wenige Bruchlöcher auf. Angenehm im Geschmack, hat der Käse insbesondere im Sommer ein fruchtiges Aroma. Seine Reifezeit beträgt drei Monate.

Beaufort: Der Beaufort ist ein Rohmilch-Hartkäse und wird aus Kuhmilch gewonnen. In Buchenreifen gepresst wiegt er bei einem maximalen Durchmesser von 75 cm bis zu 70 Kilo. Die Milch, aus der er gefertigt wird, kommt aus den 1500 bis 2500 Meter hoch gelegenen Almwiesen der Hochtäler Tatenaise und Maurienne. Auch diese Käse reifen in den Kellern von Genossenschaften bei einer konstanten Temperatur von 10 bis 12 Grad heran, werden dort in den ersten zwei Monaten am Morgen gesalzen, am Nachmittag gebürstet und am nächsten Tag gewendet. Nach einer Reifezeit von mindestens sechs Monaten ist die Rinde hart, fest und gelb bis braun. Der Teig ist gelb, elastisch und bei einem Fettgehalt von mindestens 50 % rahmartig fettig. Er weist eine geringfügige, eher spaltförmige Bruchlochung auf. Das Aroma ist mild, nussig und leicht salzig.

Comté, Gruyere de Comté: Gemacht wird der berühmte Käse aus der rohen Milch der Kühe, die auf den Almen des Jura weiden. Da für einen einzigen Käse 500 bis 1000 Liter Milch benötigt werden, schloss man sich schon früh zu Genossenschaften zusammen, zu den so genannten fruitières. Die ersten fruitières gab es bereits im Mittelalter. Der Comté wird aus einem Gemisch von roher Abend- und Morgenmilch hergestellt. Auf der Abendmilch setzt sich der Rahm ab, der vor dem Vermischen mit der Morgenmilch abgeschöpft wird.

Er wird während der Reifezeit von mindestens sechs Monaten bei einer konstanten Temperatur von 18 bis 20 Grad sehr häufig gewendet und mit Salzlake abgerieben, aber nicht gebürstet. Diese Arbeit übernehmen Affineurs, die die unreifen Comté blanc von den Käsehütten und Bauern kaufen und in ihren Kellern ausreifen lassen.

Die Rinde ist leicht feucht und mürbe mit goldgelber bis brauner Färbung, es entwickelt sich Schimmel. Seine hellgelbe Konsistenz ist glatt, fest, elastisch und weist eine ungleichmäßige, manchmal erbsengroße Bruchlochung auf. Dank der Schimmelbildung der Rinde ist sein Aroma kräftig und leicht fruchtig.

ÜBER DIE AUTORIN

Ursula Sternberg studierte in ihrer Heimatstadt Duisburg Kunst und Geschichte und wechselte später nach Essen und in die IT-Branche, wo sie lange Zeit als Anwendungsentwicklerin tätig war.

Sowohl ihre Romanserie um die Privatermittlerin Toni Blauvogel als auch ihre neueren Kriminalromane spielen im Ruhrgebiet und befassen sich mit aktuellen brisanten Themen wie Fracking, Korruption, Obdachlosigkeit und Immobilienspekulation.

Was sonst? Ölmalerei, lecker kochen, essen und trinken, gute Geschichten lesen und hören, viel Bewegung an der frischen Luft, Freunde und zuletzt, aber ganz sicher nicht als letztes die Stubentiger.

VERÖFFENTLICHUNGEN:

Romane:

»*Ruhrtopia – Tief unten*«
Kriminalroman und Ökothriller, BoD 2023

»*Ruhrbeben*«
Kriminalroman und Ökothriller, BoD 2021,
Originalausgabe Emons , 2014

»*Variationen der Wahrheit oder Von Liebe, Käse und anderen Dingen*«
Kriminalroman, BoD 2025,
Originalausgabe Assoverlag Oberhausen, 2007

Ruhrgebiets-Krimiserie um Toni Blauvogel:

»*Ruhrschnellweg*«
Band eins, BoD 2025,
Originalausgabe Assoverlag Oberhausen, 2007

»*Insolvenzgeld*«
Band zwei, BoD 2025,
Originalausgabe Assoverlag Oberhausen, 2009

»*Nachtexpress*«
Band drei, BoD 2021,
Originalausgabe Emons 2010

»*Innenhafen*«
Band vier, BoD 2021,
Originalausgabe Emons 2011

Kurzgeschichten:

»*Stickum*«, erschienen in »**Mordsjahre**«,
Kurzkrimis aus dem Ruhrgebiet,
Hg. Steffen Hunder, Klartext 2025

»*Sieben*«, erschienen in »**Zechen, Zoff und Zuckerwerk**«,
Kriminelle Weihnachtsgeschichten aus dem Ruhrgebiet,
Hg. Almuth Heuner, Prolibris Verlag 2018
»*Sieben*« wurde für den Friedrich Glauser Preis 2019 in
der Rubrik Kurzkrimi nominiert.

»*Countdown*«, erschienen in »*Killer, Kerzen, Curry-wurst*«, Kriminelle Weihnachtsgeschichten aus dem
Ruhrgebiet, Hg. Almuth Heuner, Prolibris Verlag 2017

»*Abschied*«, erschienen in »*Schachbordelle*«
35 Erotische Gedichte und Geschichten zum Menantes-Preis 2012, Hg. Jens-F. Dwars, Quartus Verlag 2012

https://www.krimis-und-kunst.de